教育部高职高专计算机教指委规划教材

Flash CS5 动画设计项目实践教程

主　编　周　奇

副主编　陈　霄　李　娜　胡明霞

黄桂斌　高　攀　何红玉

中国人民大学出版社

·北京·

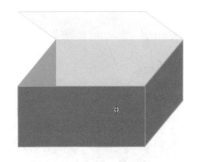

第2章　纸盒子效果

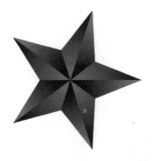

第2章　五角星效果

第2章　八卦图效果

第2章　展开的扇子

第2章　齿轮效果图

第2章　QQ完成效果

第2章　友情贺卡

第2章　古代美女

第2章　小鸟

1

第2章 蝴蝶

第2章 漫画人物

第3章 静态阴影文字效果

第3章 渐变填充效果

第3章 立体效果文字

HELLO

第3章 霓虹灯文字效果

第3章　变幻的文字

第3章　字母变形

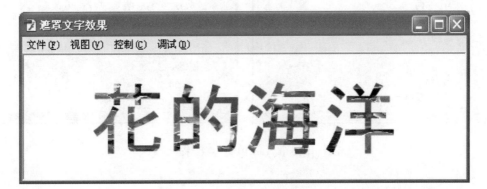

第3章　遮罩文字效果

第3章　电影文字

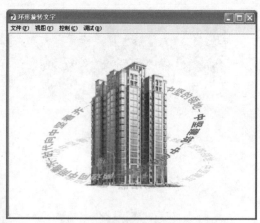

第3章　文字探照灯效果　　　　　　　第3章　环形旋转文字

第3章　简单打字效果

第1帧绘制图形　　　　　第10帧绘制图形　　　　第4章　可爱青蛙动画

4

第4章　跳动的心

第4章　展开的画卷

第1帧色环放置的位置

第40帧色环放置的位置

第80帧色环放置的位置

第4章　滚动的色环动画动画效果

图形运动轨迹

导入"放大镜.png"图片

第4章　放大镜动画最终效果

第4章　探照灯动画效果

原始图

遮罩后效果图

第4章　发光动画效果

元件编辑区效果

第4章　旋转的地球动画效果

第4章　水波动画效果

第4章　礼花绽放

第4章　飘落的雨丝动画

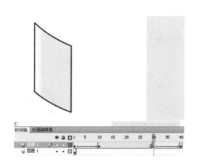  

复制书页　　　　　　　创建中间帧　　　　第4章　翻动的书页动画效果

弹起　　　　　　　　指针经过　　　　　　　按下

第5章　按钮在鼠标经过、点击时的效果

弹起　　　　　　　　指针经过　　　　　　　按下

第5章　按钮在动画过程中的三个状态

第5章　按键文字

认识环保标志

认识环保标志

弹起帧   鼠标经过帧

第5章　跟随鼠标提示实例效果

第5章　"Kara"电视机界面外观   第5章　遥控的木偶人外观界面

第5章　左右声道调节动画界面   第5章　外部库按钮控制的LONLY外观

第5章　时尚XPOD外观界面

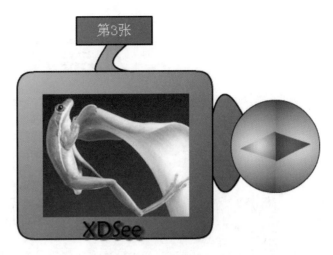

第5章　XDSee图片浏览器外观界面

第6章　视频播放控制

第6章　登录系统

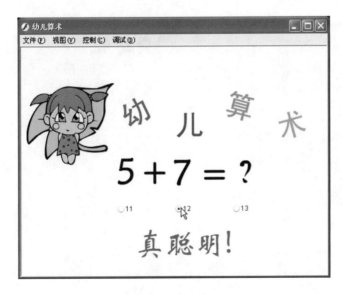

第6章　测试题目

第6章　警告框

9

第6章　看图识标题

第6章　网站调查表

总　序

近年来，我国高等教育取得了跨越式发展，毛入学率由 1998 年的 8％ 迅速增长到 2010 年的 25％，已经进入到大众的发展阶段，这其中，高等职业教育对实现"形成全民学习、终身学习的学习型社会"、"构建终身教育体系"的宏伟目标，发挥着其他教育形式不可替代的作用。

质量是职业教育的生命，社会需求是职业教育发展的终极动力。新颁布的《国家中长期教育改革和发展规划纲要》（简称《纲要》）特别强调通过推进教育教学改革来提高质量。《纲要》要求通过课程、教材、教学模式和评价方式的创新，推进就业创业教育，实现人才培养方式转变，着力提高学生的职业道德、职业技能和就业创业能力。

实际上，为了适应我国高等职业教育的发展，全面提高教育教学质量，教育部主管部门先后启动了"国家精品课程建设"和"国家示范性高等职业院校建设计划"，经过四年的建设，无论是办学条件、人才培养模式，还是学生的就业质量都取得了显著进步；同时，也涌现出了一批高水平的优秀课程和优秀教材，为传播优秀教学理念、教学方法和教学内容起到了重要作用，为提高教学质量奠定了坚实基础。

为进一步深化教育教学改革和精品课程建设，进一步挖掘优秀的课程和教材，推广优秀的教育成果，扩大精品课程的受益面，在教育部高等学校高职高专计算机类专业教学指导委员会的指导下，中国人民大学出版社组织召开了计算机类专业的教材研讨会，并成立了教材编审委员会，计划在未来两三年内陆续推出百种高职高专计算机系列精品教材。

此套教材的作者大都是有着丰富的职业教育教学经验和较高专业学术水平的专家和教

授。教材内容的选择克服了追求理论"大而全"的不足，做到了少而精，有针对性，突出了能力的训练和培养；教材体例的安排突出了学习的弹性和灵活性，形成文字教材和多媒体教程相结合的立体化教材，加强了教师对学生学习过程的指导和帮助，形象生动、灵活方便，更能适应学员在职、业余自学，或配合教师讲授时使用，相信会起到很好的教学效果。为满足教师在实际教学中的需求，本套教材在编写体例形式上不拘一格，具备"任务引领型"、"案例型"、"项目实训型"等写作特点，其目的是让学生在学中练、练中学，在实际动手练习中掌握理论知识和专业技能。

我们期待，这套高职高专计算机精品教材能够为促进我国高校 IT 职业教育的教学质量做出积极的贡献；我们也相信，这套教材必将在实践中日臻完善、追求卓越！

教育部高等学校高职高专计算机类专业教学指导委员会 主任委员

大连东软信息学院院长　温涛教授

二〇一〇年六月

前　言

　　根据国家统计局、国家广播电视总局和中国动画学会等渠道发布的权威数据，目前中国动漫制作机构大量涌现，全国范围内由各部委和各省市命名的动漫产业园和基地就有 30 余个，全国与动漫有关的机构达到 5 473 家，涌现出了一大批优秀国产动画片并逐渐走出国门。1993 到 2003 年我国动画片总产量仅为 4.6 万分钟，而 2005 年一年的产量就增长到 4.27 万分钟。2006 年我国电视动画产量已达 8.2 万分钟，但这一产量仍不能满足我国动画片的市场需求。2007 年我国动画制作机构自主生产的动画在数量和质量上都有明显的提高，2007 年我国共制作完成国产动画片 186 部，比 2006 年增长了 24%。

　　从产品生命周期的理论看，中国动漫产业正处于发展的增长期。全球数字内容产业产值约为 2 228 亿美元，与游戏、动漫产业相关的衍生产品产值超过 5 000 亿美元。而中国的动漫产业刚刚兴起，预计市场容量至少有 1 000 亿元人民币，同时 3.67 亿未成年人，也是未来动漫产业潜在的消费群体。

　　由于市场需求动画制作第一线的技术人员，因而许多高职高专院校都开设了 Flash 这门课。为了更好地普及 Flash 技术，适合市场、行业需求，作者编写了本书，这是本书的创作初衷。

　　本书是多年课程教学、产学研实践的结晶，是教学改革的探索，是根据高等职业技术教育的教学特点而编写的，它强调理论够用、实用，以强化应用为原则，使 Flash 应用技术的教与学得以快速和轻松地进行。

　　本书采用项目化组织结构，每章的内容都按项目效果、项目目的、项目技术实训、相关知识和拓展练习（第 1 章除外）进行编排，使读者在实际项目中学习知识。拓展练习部分，书中未给出操作步骤，只给出了作品效果图，学生在学完相关知识后进行自主学习，使学生能在创意和启发式的向导中完成对知识体系的掌握。

全书共 6 章：第 1 章动画制作原理；第 2 章 Flash CS5 图形绘制与编辑；第 3 章 Flash CS5 文字特效；第 4 章 Flash CS5 动画制作；第 5 章 Flash CS5 按钮制作；第 6 章 Flash CS5 综合制作。本课程建议教学时数为 64～80 学时，授课时数和实训时数最好各为 32～40 学时。

本书由广州体育职业技术学院周奇任主编，由广东青年职业学院陈霄、湖南商务职业技术学院李娜、华南师范大学增城学院胡明霞、广州市工贸技师学院高攀、广东外语艺术职业学院黄桂斌、大庆职业学院何红玉任副主编。本书涉及的所有数据、程序、开发案例以及开发手册等相关资料均可在中国人民大学出版社网站上下载，作者的电子邮件地址是 zhoudake77@163.com，欢迎大家相互交流。

由于编者水平有限，时间仓促，不妥之处在所难免，衷心希望广大读者批评指正。

编　者

2011 年 4 月

目　录

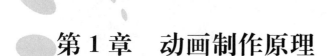

第1章　动画制作原理

教学要求

知识要点	能力要求	关联知识
动画（漫）的基本原理	掌握动画（漫）的基本概念	动画（漫）的基本概念、Flash 动画制作的流程、动画制作时应该注意的问题
动画的运动规律	熟悉动画的运动规律	人物、动物以及自然现象的运动规律，为动画的设定奠定理论基础
动画的镜头规律	了解动画镜头的运动规律	镜头画面的构图设计、各个镜头的组接，为制作动画影片奠定理论基础

项目导读

　　有人认为，熟练掌握 Maya、3ds Max、Flash 等动画软件，就可以制作动画了，答案无疑是否定的。无论是 Maya 还是 Flash，对于动画设计者来说，它们只是一种工具，如同作家利用钢笔或者电脑写作一样，无论用什么来写作，文字功底、思想内涵才是最重要的，动画也是如此。

　　在动画学习过程中，最困难的是如何让画动起来，如何动得合理、动得好看。想成为真正的动画设计人员最重要的还是要掌握动画制作的基础理论。

项目 1　了解动画的原理

1.1.1　动画的基本原理

　　动画是通过连续播放一系列画面，给视觉造成连续变化的图画。它的基本原理与电影、电视一样，都是视觉原理。医学研究证明，人类具有"视觉暂留"的特性，就是说人的眼睛看到一幅画或一个物体后（见图 1—1），在 1/24s 内不会消失。利用这一原理，在一幅画还没有消失前播放出下一幅画，就会给人造成一种流畅的视觉变化效果，如图 1—2 所示。因此，电影采用了每秒 24 幅画面的速度拍摄播放，电视采用了每秒 25 幅（PAL 制）（中央电视台的动画就是 PAL 制）或 30 幅（NSTC 制）画面的速度拍摄播放。每一个单独图像称之为帧。

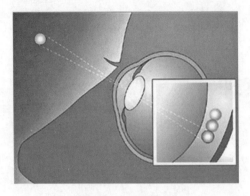

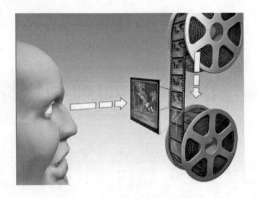

图1—1　视觉成像　　　　　　　　　　　　　图1—2　流畅的效果

1.1.2　关键帧

通常，制作动画的难点在于动画制作人员必须生成大量的帧。一分钟的动画大概需要720～1 800个单独图像，单独图像的数量决定动画的质量。用手来绘制图像是一项艰巨的任务，因此出现了一种称为关键帧的技术。

动画中的大多数帧都是例程，动画工作室为了提高工作效率，让主要动画设计人员只绘制重要的帧，即关键帧，然后动画制作人员再计算出关键帧之间需要的帧，填充绘制在关键帧之间的帧，即中间帧。画出了所有关键帧和中间帧之后，通过链接或渲染图像以生成最终连续的图像，如图1—3所示。基于这一原理，计算机动画可以在两幅关键帧之间进行插值计算，自动生成中间画面，如图1—4所示，大大提高了工作效率。

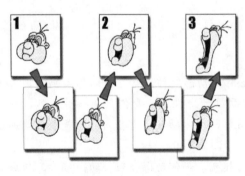

图1—3　关键帧　　　　　　　　　　　　　　图1—4　中间画面

1.1.3　动漫的概念

动漫的概念，和它的名称一样，处在一个动态发展的过程之中。从字面意义来看，动漫是动画和漫画的合称。因为两者之间存在密切的联系，所以中文里一般把两者合在一起称为动漫。随着动漫产业的发展，它逐步成为一门综合艺术工程，集成了绘画、音乐、平面设计、三维技术、运动规律、灯光、摄影、后期合成等诸多门类。

随着计算机技术、网络技术的发展，数字媒体应运而生，而以数字媒体为基础的动漫产业涵盖了艺术、科技、传媒、商业、娱乐等多方面，被视为21世纪创意经济中最有希望的产业。

1.1.4　动画制作的基本流程

一部动画片的诞生，无论是5分钟的短片，还是120分钟的长片，都必须经过编剧、导演、美术设计（人物设计和背景设计）、设计稿、原画、动画、绘景、描线、上色（描线复印或计算机上色）、校对、摄影、剪辑、作曲、拟音、对白配音、音乐录音、混合录音、洗印（转磁输出）等十几道工序的分工合作、密切配合才能完成。可以说动画片是集体智慧的结晶。计算机软件的使用大大简化了工作程序，方便快捷，也提高了效率。

Flash 动画制作的基本流程是：策划主题→搜集素材→制作动画→测试→发布。

1. 策划主题

策划主题是每一项工作取得满意结果的重要保证。在这个步骤中，需要对整个动画片编辑工作中的诸多内容进行分析，如动画视觉效果要保持什么风格，需要使用什么样的素材，工作步骤如何安排，舞台场景怎样布置和以怎样的方式进行动画片输出等。

策划主题时需要一个书面的文稿——剧本。任何动画片生产的第一步都是创作剧本，但动画片的剧本与真人表演的故事片剧本有很大不同。对于一般影片中的对话，演员的表演是很重要的，而在动画片中则应尽可能避免复杂的对话，用画面去表现。

为了让文字的剧本通过动画片表现得更加清楚明白，会再制作故事板。导演要根据剧本绘制出类似连环画的故事草图（分镜头绘图剧本），将剧本描述的动作表现出来。故事板由若干片段组成，每一个片段由系列场景组成，一个场景一般被限定在某一地点和一组人物内，而场景又可以分为一系列被视为图片单位的镜头。故事板在绘制各个分镜头的同时，作为其内容的动作、对白的时间、摄影指示、画面连接等都要有相应的说明。一般 30 分钟的动画剧本，若设置 400 个左右的分镜头，将要绘制约 800 幅绘图剧本——故事板。

2. 搜集素材

在拟定好动画片的主题与需要表现的画面效果、故事内容后，在故事板的基础上，要对人物或其他角色进行造型设计，并绘制出每个造型的几个不同角度的标准页，如图 1—5 所示。同时确定背景、前景及道具的形式和形状，完成场景环境和背景图的设计、制作，为动画片准备需要的外部素材，如位图、视频、音效、音乐等。

图 1—5　不同角度的标准页

3. 制作动画

动画制作的步骤为：新建文件→制作元件→编排动画→保存文件。

（1）新建文件。Flash CS5 在启动时会自动创建一个空白的动画片编辑文件。在编辑时，也可以根据需要随时新建编辑文件。

（2）制作元件。根据动画片要演绎的故事内容绘制图形元件，编辑有动画内容的影片及按钮元件。计算机动画中的各种角色造型以及它们的动画过程都可以在库中反复使用，而且修改也十分方便。在动画中套用动画，也可以使用库来完成。动画着色是非常重要的一个环节，计算机动画辅助着色可以代替乏味、昂贵的手工着色。用计算机描线着色界线准确、不需晾干、不会窜色、改变方便，而且不因层数多少而影响颜色，速度快，更不需要为前后色彩的变化而头疼。动画软件一般都会提供许多绘画颜料效果，如喷笔、调色板等，这些都很接近传统的绘画技术。

（3）编排动画。将制作好的各个图形元件放入对应的场景中，按剧本的顺序编排动画。Flash CS5 会依次将所有舞台场景中的内容输出成动画。用计算机对两幅关键帧进行插值计算，自动生成中间画面，这是计算机辅助动画的主要优点之一，不仅精确、流畅，而且将动画制作人员从烦琐的劳动中解放出来。传统动画的一帧画面是由多层透明胶片上的图画叠加合成的，这是保证质量、提高效率的一种方法，但制作中需要精确对位，而且受透光率的影响，透明胶片最多不超过 4 张。在动画软件中，也同样使用了分层的方法，但对位非常简单，层数从理论上也没有限制，对层的各种控制，像移动、旋转等也非常容易。

（4）保存文件。确定每一个编辑操作准确无误后，应该及时保存，避免因出现误操作、死机甚至突然断电等情况造成损失。

4. 测试

在生成和制作特技效果之前，可以直接在计算机屏幕上演示一下草图或原画，检查动画过程中的动画和时限以便及时发现问题并进行修改。在舞台场景中查看目前编辑完成的动画效果，对发现的问题可以及时修改。在复杂的互动影片编辑中，测试则更为重要。

5. 发布

将编辑完成的动画片文件输出成可完整播放的影片文件或其他需要的文件格式。

项目 2　掌握运动规律的基本概念

在动画的制作中，研究物体怎么运动（包括它们运动的轨迹、方向以及所需要的时间）的意义远大于对单帧画面安排的考虑，虽然后者也很重要。所以，相对每一帧画面来说，人们应该更关心"每一帧画面与下一帧画面之间所产生的效果"。所以，在制作动画的过程中，动画设计人员要有良好的动作连续感，在此要求下制作出来的动画才能受欢迎。动画设计人员要考虑到各种各样的动画运动规律，尽可能避免重复的劳动，在遵循合理的运动规律的前提条件下，才能绘制与制作具有特点的作品。

1.2.1　人的运动规律

在动画中，最常见的就是人物（包括一些拟人化角色）的动作，除了剧情所规定的任务，需要做各种带表演性的动作之外，还经常会碰到属于基本运动规律的动作。动画设计人员懂得这些动作的基本规律，熟练掌握表现人的运动规律的动画技法，就能进一步根据剧情的要求和不同造型的角色去创造加工动画。

1. 人物走路的运动规律

回忆一下生活中人的动作，人走路时身体是倾斜的吗？手脚怎么样配合身体的运动？它们的位置是怎么样的？

人走路的基本规律是：左右两脚交替向前，为了求得平衡，保持重心，总是一只脚支撑，另一只脚才能提步。当左脚向前迈步时左手向后摆动，右脚向前迈步时右手向后摆动。在走的过程中，当脚迈开时头顶的位置略低，随着一只脚着地，另一只脚朝前运动，到两脚交叉时为止，头顶高度的变化是一个逐渐升高的过程。随着一个一个的循环，头顶也跟着做一起一伏的波浪形运动。人物走路的动作如图 1—6 所示。

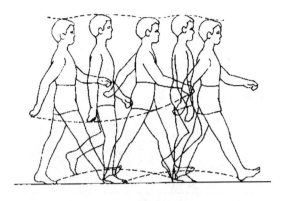

图1—6 人物走路的动作

人走路的速度节奏变化也会产生不同的效果。如描写步伐较轻的效果是"两头慢中间快"，即当脚离地或落地时速度慢，中间过程的速度快；描写步伐沉重的效果则是"两头快中间慢"，即当脚离地或落地时速度快，中间过程的速度慢。人物走路时脚的运动如图1—7所示。

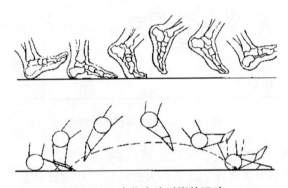

图1—7 人物走路时脚的运动

2. 人物跑步的运动规律

正常人物跑步的规律是：身体重心略向前倾，手臂呈弯曲状；自然握拳，跑动时手臂配合双脚的跨步前后摆动；脚的弯曲幅度要大，每步蹬出的弹力要强；头部的高低成波形运动状态。在写实人物奔跑时，几乎没有双脚同时着地的时间，而是依靠单脚支撑身体的重量。但是在可爱型人物跑步时，中间要有双脚同时离地的过程，这样才能显得更加生动有趣。由于跑步时速度比较快，因此，时间的掌握非常重要。只有掌握动画的时间和跑步的规律，才能设计出流畅的动作。人物跑步的动作如图1—8所示。

一般情况下，正常人跑一个半步大概用的时间是半秒钟不到（大约10帧），跑一个完整步的时间是不到一秒（大约18帧）。动画设计人员设计动作时，习惯用25帧每秒，因为这是电视动画的标准帧数（电影是24帧每秒），但是在Flash CS5中默认的帧数是12帧每秒，读者可以把它改成25帧每秒，如果不想改，就拿帧数除以二。

3. 人物跳跃的运动规律

人物的跳跃是由身体屈缩、蹬腿、腾空、蜷身、着地、还原等几个动作组成的。人在跳起之前身体的屈缩，表示动作的准备和力量的积蓄，接着单腿蹬腿蹦起，使整个身体腾空向

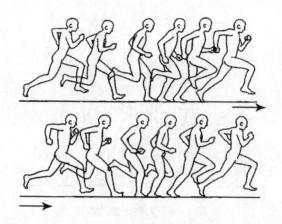

图 1—8　人物跑步的动作

前，落下时，双脚先后或同时落地，由于自身的重量和调整身体的平衡，必然产生动作的缓冲，之后恢复原状。人物单腿跳跃的动作如图 1—9 所示。

图 1—9　人物单腿跳跃的动作

双腿跳跃时的运动线呈抛物线，这个抛物线的幅度高低根据用力的大小来决定。原地跳时，蹬腿跳起腾空，然后原地缓冲、落下，人的身体和双脚只是上下运动，不产生抛物线。人物双腿跳跃的动作如图 1—10 所示。

图 1—10　人物双腿跳跃的动作

以上就是人的基本的运动规律。人的感情是丰富的，在高兴、悲伤、愤怒等情绪下所表现的状态是不同的，动作也是千变万化，但都离不开基本的规律，所以读者在熟练掌握基本规律后要多观察生活，多体验动作，这样设计出的动画人物才能更生动。

1.2.2　人物的动画技法

一般来说，人的身体高度是头的 7.5 倍。但在卡通世界里，夸张的身体高度可以为头的 8 倍，甚至 9 倍或 10 倍。但头部也可夸大同身体等高，或者是身体的 2 倍，总之，一切视剧情的风格和人物的需要而定。

1．行走

学习动画的第一步就是画行走，研究不同人物的走路姿态，对理解运动规律以及原画和中间画之间的关系至关重要。人行走的姿态千差万别，但却存在着相同的规律。

女性行走时，一般两腿并拢，紧收胯部，步态优雅，头部和身体上下移动的幅度不大。女性的服装例如紧身衣、迷你裙、旗袍等，都制约着她们的行走的动作幅度。男性则不同，由于男、女生理构造的不同，男性行走时两腿微叉，头部和身体上下浮动的幅度较大，步伐刚劲有力。

人物行走的设定如下：

4 格（帧）：每秒六步，飞跑。

6 格（帧）：每秒四步，跑或快走。

8 格（帧）：每秒三步，慢跑或动漫式行走。

12 格（帧）：每秒两步，自然地正常行走。

16 格（帧）：2/3 秒一步，恬静地漫步。

20 格（帧）：接近一秒一步，老者或疲惫的人行走。

24 格（帧）：一秒一步，非常缓慢地走。

32 格（帧）：老态龙钟地挪动。

2．跑步

行走时总是一只脚着地，另一只脚离地，而跑步动作中间可以有1～2格的双脚同时离地的过程。跑步总是一拍一，行走动画的原理可以直接运用到跑步中，只是动作被减半。

奔跑时，双脚几乎无同时着地的时间，而是依靠单脚支撑身体的重量。要注意的是，在跑步过程中，人物前倾的动态应前后保持一致，原画和中间画的上半身要保持同一前倾的姿势。

3．转头

头部是个立体，而非平面。转头动作的中间张，不能直接在线条上中割，心中必须有立体的概念，准确地与中间张衔接。

表现人转头的动作时，需正确地画出头部的线描结构和透视关系，最好掌握不同角度的头部的绘画技法。

4．眼睛

眼睛是传神的器官，可以最直接地表达喜怒哀乐等诸多表情。因此，在画眼部动作时应尤其小心，如果中间张动画有丝毫的跳动或错位，都会损坏前后两张的连贯性和真实性，让观众感觉不舒服，从而影响动画人物感情的准确传达。

眼睛的表现要注意以下三点：

（1）视线运动轨迹要明确。当瞳孔露出太少时，很难表达人物注视的表情和方向。

（2）眼球应夸张稍突出于眼眶。夸张瞳孔以便清楚地表明侧视的方向。

（3）瞳孔运动同步，以保证视线的统一。两个瞳孔转动的方向要一致，否则人物表情将毫无生气。

5．口型

嘴唇的形状比我们想象的复杂，富有起伏感，要用立体的思维进行口型变化的绘画练习。

原画在设计口型动作时，应注意的是：

（1）口型与形象的配合。

（2）口型与表情的配合。画口型时，要注意与脸部肌肉、眼睛和脸形的变化结合起来。

6. 投掷

投掷是全身运动，由腰部转动、上半身转动、胳膊前挥、手腕返回四个动作构成。投掷的动力从腰部的转动开始，然后按顺序向身体的末端传送。

1.2.3 动物的运动规律

动物的基本动作是：走、跑、跳、跃、飞、游等，特别是动物走路动作与人的走路动作有相似之处（双脚交替运动和四肢交替运动）。但是，由于动物大多是用脚趾走路（人是用脚掌着地），因此，各部位的关节运动也就产生了差异。

1. 兽类动作

兽类大部分均属于 4 条腿走路的"趾行"或"蹄行"动物（即用脚趾部位走路）。它们走路的基本运动规律是：4 条腿两分、两合，左右交替成一个完步（俗称后脚踢前脚）。前脚抬起时，腕关节向后弯曲；后腿抬起时，踝关节向前弯曲。走步时由于脚关节的屈伸运动，身体稍有高低起伏。狗走路的动作如图 1—11 所示。

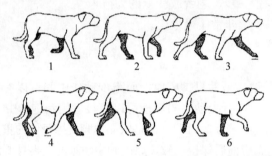

图 1—11　狗走路的动作

兽类走步时，为了配合脚步的运动、保持身体中心的平衡，头部会上下略有浮动。一般是在跨出的前脚即将落地时，头开始朝下点。兽类走路动作的运动过程中，要注意脚趾落地、离地时所产生的高低弧度。

兽类快速奔跑的基本运动规律如下：

（1）兽类奔跑动作的基本规律与走路时 4 条腿的交替分合相似。但是，跑得越快 4 条腿的交替分合就越不明显，有时会变成前后 2 条腿同时屈伸。

（2）身体的伸展和收缩姿态变化明显。

（3）跑的过程中，身体上下起伏的弧度较大。但在极度快速奔跑的情况下，身体起伏的弧度又会减小。马奔跑的动作如图 1—12 所示。

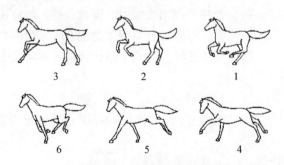

图 1—12　马奔跑的动作

兽类跳跃和扑跳动作的运动规律基本上和奔跑动作相似，不同之处是：在扑跳前一般有个准备阶段，身体和四肢紧缩，头和颈部压低或贴近地面，两眼盯住目标物体。跃起时爆发力强，速度快，身体和四肢迅速伸展、腾空，呈弧形抛物线扑向猎物。前足着地时身体及后足产生一股向前冲力，后足着地的位置有时会超过前足的位置。如果是连续扑跳，身体又再次形成紧缩，进而又是一次快速伸展、扑跳动作。

2. 禽类动作

为了方便掌握禽类的运动规律，这里把禽类分为家禽类（以走为主）和飞禽类（以飞为主）。

（1）家禽类：这里以鸡、鸭、鹅来作为范例。家禽的走路运动规律是：双脚前后交替运动，走路时身体左右摇摆，为了保持身体的平衡，头和脚互相配合运动。一般是当一只脚抬起时头开始向后收缩，抬起的那只脚超前至中间位置时，头收到最后面，当脚向前落地时，头也随着超前伸到顶点。要注意的是脚部关节运动的变化。脚爪离地抬起向前伸展时，趾关节的弯曲同地面必然呈弧形运动。鹅走路的动作如图1—13所示。

图1—13　鹅走路的动作

鸭、鹅的划水运动规律是：双脚前后交替划水，动作柔和。左脚逆水向后划水时，脚蹼张开，形成外弧线运动，动作有力。右脚同时向前回收，脚蹼紧缩，形成内弧线运动，动作柔和，以减小水的阻力。身体的尾部随着脚在水中后划和前收的运动会左右摆动。

（2）飞禽类：按翅膀长短，分为阔翼类和雀类。

①阔翼类：如鹰、雁等这类飞禽。它们的翅膀一般长而宽，颈部较长而且灵活，基本运动规律是：以飞翔为主，飞翔时翅膀上下扇动，变化较多，动作柔和。由于翅膀大，飞行时空气对翅膀产生升力和推力（也有阻力），托起身体上升和前进，扇动翅膀时，动作一般比较缓慢。翅膀扇下时展开，动作有力；翅膀抬起时收拢，动作柔和。飞行过程中，当飞到一定高度后，用力扇动几下翅膀，就可以利用上升的气流展翅滑翔。阔翼类的动作都偏慢，走路的动作与家禽类相似。

②雀类：如麻雀等它们的身体一般短小，翅翼不大，嘴小脖子短，基本运动规律是：飞行速度快，翅膀扇动的频率较高，往往看不清动作，飞行中形体变化少，如图1—14所示。

雀类由于体形小，飞行时一般不是展翅滑翔，而是夹翅飞翔，如图1—15所示。

图1—14　雀类展翅飞翔的动作

图1—15　雀类夹翅飞翔的动作

雀类有的还可以在空中停留，这时翅膀扇动奇快。雀类很少用双脚交替行走，一般都用双脚跳跃前进，如图1—16所示。

图1—16　雀类跳跃的动作

3. 鱼类动作

鱼类生活在水中，它们的动作主要是运用鱼鳍推动流线形的身体，在水中向前游动。

鱼身摆动时的各种变化呈曲线运动状态。为了方便掌握鱼类的运动规律，这里分为大鱼、小鱼和长尾鱼来讲解。

（1）大鱼：如鲨鱼等。它们的身体较大较长，鱼鳍相对较小，基本运动规律是：在游动时，身体摆动的曲线弧度较大，缓慢而稳定。停留原地时，鱼鳍缓慢划动，鱼尾轻摆。

（2）小鱼。它们的身体小而狭长，基本运动规律是：游动快而灵活，变化较多；动作节奏短促，常有停顿或突然窜游；游动时曲线弧度不大。

（3）长尾鱼：如金鱼等。它们的鱼尾宽大，质地轻柔，运动特点是：柔和缓慢，在水中身体的形态变化不大，随着身体的摆动，大而长的鱼鳍和鱼尾跟随运动。

4. 爬行类和两栖类动作

爬行类可以分为有足和无足两类。有足类的基本运动规律是：爬行时四肢前后交替运动，尾巴随着身体的运动左右摇摆，保持平衡。无足类的基本运动规律是（以蛇为例）：超前运动时，身体向两旁作S形曲线运动。头部微微离地抬起，左右摆动幅度较小，随着动力的增大并向后面传递，越到尾部摆动的幅度越大。

两栖类（以青蛙为例）的基本运动规律是：陆地上以跳跃为主，在水中时以后腿的屈蹬作为前进的动力，注意脚蹼的变化和续力时间的掌握。

5. 昆虫类动作

昆虫种类繁多，以移动方式来分，可以分为飞行类、爬行类和跳跃类。

飞行类昆虫的基本运动规律是：昆虫的翅膀基本上都是上下抖动或振动，区别在于它们的运动轨迹。如蜜蜂的运动轨迹是有规则的，呈8形、O形等；苍蝇的运动轨迹则是混乱的；蝴蝶的运动轨迹是柔和轻盈的，像蝴蝶这样的昆虫翅膀的扇动要比其他昆虫慢，而且不总是上下扇动，偶尔有双翅合拢状。

爬行类昆虫的基本运动规律是：靠身体下面的足，交替运动向前爬行，有翅膀的会偶尔振翅。

跳跃类昆虫的基本运动规律是：以跳跃为主，需要注意的是细节的处理，如触须的曲线运动等。

以上所讲述的动物分类及它们的基本运动规律，不属于专业性的动物学方面的研究，而是为了了解各类动物的一般特性，找出它们的动作特点，作为制作动画时的依据。为了使动画中的各种动物动作更加丰富、生动、合理，平时还要注意多观察，熟悉各类动物的形象特征和动作特点。

1.2.4 动物的动画技法

动物在动画片的艺术创作中必不可少，动物的骨骼结构与人类的骨骼结构有相似之处，加之动画多采取拟人夸张的表现手法，因此，动物的运动规律与人的运动规律既相似又有自身的独特之处。动物大致分为四足动物、飞禽类动物、爬行类动物、鱼类动物和昆虫类动物。

1. 四足动物

（1）爪类动物的行走。爪类动物行走时关节动作不明显，故感觉动物很柔和。爪类动物的行走速度（以狗为例）：慢走15张交替一次；中速行走13张交替一次（以上均为两格一拍）。

（2）爪类动物的奔跑。爪类动物在奔跑时，身体的伸展和收缩比较明显。奔跑过程中，四脚离地，身体起伏的弧度较大。

爪类动物的奔跑速度通常为：

①小跑：11～13张（拍单格）；6～7张（拍双格）。

②跳跃式奔跑：6～9张（拍单格）；3～5张（拍双格），拍单格或拍双格视动作需要而定。

（3）蹄类动物的行走。蹄类动物的关节运动比较明显，幅度较大，动作僵直。蹄类动物行走的一般速度（以马为例）：慢速21张动画，四脚交替一次，完成一个循环；中速15张交替一次，完成一个循环。

（4）蹄类动物的奔跑。蹄类动物奔跑时身体的伸展和收缩幅度加大，腾空时间长，落地时间短，四脚落地时间有时相差一二格。

蹄类动物奔跑的一般速度：一般跑，11～13张动画完成一个循环；快跑，8～10张动画完成一个循环。

2. 飞禽类动物

（1）飞禽类动物行走的动作规律：

①双脚交替运动走路时身体略向左右摆动。

②走路时，为了保持身体的平衡，一般是后脚抬起时，头开始向后收，脚向前抬到中间最高点时，头收缩到最里面，当脚向前伸出落地时，头随之伸到顶点。

③鸡走路时，脚部关节的变化较多，脚部呈弧线运动。

（2）鸟类的飞行动作规律。鸟类的身形为流线形，飞行时脚爪蜷缩紧贴着身体或向后伸展，飞行的冲击力来自鸟的翅膀向身体下面的空气扇动的反作用力。在一个鸟类的飞行的循环动作中，向上、向下扇动的时间大约一样。动作循环的长度视鸟的大小而定，通常大型鸟比小型鸟的动作略慢。例如：麻雀的翅膀在一秒钟内可扇动12次，而鹰、鹤等大型鸟类一秒钟只扇动2次。

鸟类飞行的共同特点是：

①飞行时，翅膀上下扇动，变化较多，动作柔软优美；

②飞行时由于空气的浮力，翅膀的上下扇动，动作比较缓慢，下扇时翅膀张开幅度较大，动作有力，抬起时翅膀收拢，动作柔软；

③飞行时常有展翅的滑翔动作；

④走路时与鸡的动作规律相似。

3. 爬行类动物

爬行类动物的运动轨迹相对简单，只要把握大的动态线即可。蛇类爬行动物的动作路线多以S线为主。蜥蜴、鳄鱼等大型有肢类爬行动物的动作规律则是前脚和后脚分别左右前进，并摆动身体和尾部做平衡动作。

4. 鱼类动物

鱼类生活在水中，其运动轨迹多以柔美的曲线和弧线为主，不同鱼类共同的基本运动规律是：以身体摆动来前进，尾部起到平衡和调整方向的作用。以经过身体水流来观察鱼类身体的摆动位置，依次作为描绘的依据。

一旦造型需要扭曲压缩时，控制身体的体积大小、身体摆动中心动态线就成为最直接的作画依据。

5. 昆虫类动物

昆虫的基本结构分为头部、身体、尾部三部分。昆虫的爬行大致为两对前脚和一对后脚做相对运动来进行。昆虫的飞行形态多样，须视具体情况而定。

1.2.5 自然现象的运动规律

在动画中，除了有角色的运动以外，还需要一些自然现象的画面，以适应剧情发展的需要和进行必要的气氛烘托。所以，研究和学习自然现象的运动规律是非常必要的。

1. 水的运动规律

在掌握水的运动规律之前，先来了解一下水的特征。水是一种液体，是一种没有固定形态的物质，无色、透明，常常以多种状态存在。

（1）水滴的运动规律。水有表面张力，因此，一滴水必须积聚到一定的量，才会滴下来。水滴的运动规律是积聚、分离、收缩，然后再积聚、再分离、再收缩。一般来说，积聚的速度比较慢、动作小，画的张数比较多；分离和收缩的速度快、动作大，画的张数应比较少，如图1—17所示。

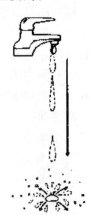

图 1—17　水滴滴落

（2）水花的运动规律。水遇到撞击时，会溅起水花。水花溅起后，向四周扩散，降落。水花溅起时，速度较快，升至最高点时，速度逐渐减慢，分散落下时，速度又逐渐加快。物体落入水中溅起的水花，其大小、高低、快慢与物体的体积、重量以及下降的速度有密切的关系，在设计动画时应予以注意。

（3）水面波纹的运动规律。物体落入水中，会在水面形成一圈又一圈的圆形波纹；水面物体的游动、船只的行驶，会在水面形成人字形的波纹；微风吹来，平静的水面会形成美丽的涟漪。

图形波纹：物体落入水中造成的波纹由中心向外扩散，圆圈越来越大，逐渐分离消失。

人字形波纹：人字形波纹由物体的两侧向外扩散，并向物体行进的相反方向拉长、分离、消失，其速度不宜太快。

涟漪：风与水面摩擦形成涟漪，如果风再吹向涟漪的斜面，就成为小的波浪，表现这种波纹的最简单的办法就是画几条波形线，使之活动起来。

（4）流水的运动规律。用水面光斑的移动表现流水，这种方法比较简单。只要画几块浅色的光斑，放在画有水面底色的背景上，逐格移动，就可造成平静的水面缓缓流动的效果。

通过平行波纹线的运动表现流水，为了加强其运动感，可在每一组平行波纹线的前端加一些浪花和溅起的小水珠。通过不规则的曲线形水纹的运动表现流水。用弧线及曲线形水纹的运动表现湍急的流水，如瀑布、漩涡等。

图1—18 水浪的运动

（5）水浪的运动规律。江河湖海中的波浪是由千千万万排变幻不定的水波组成的，在风速和风向比较稳定的情况下，一排排波浪的兴起、推进和消失比较有规律；在风速和风向多变的情况下，大大小小的波浪，有时合并，有时冲突。冲突后，有的消失，有的继续推进，此起彼伏，千变万化，令人眼花缭乱。水浪的运动如图1—18所示。

在表现大海的波涛时，为了加强远近透视的纵深感，往往分成A、B、C三层来表现，C层画大浪，B层画中浪，A层画远处的小浪。大浪距离近，动作大，速度快；中浪次之；小浪在远处翻卷，速度比较慢。由于速度不同，分开来画，也比较容易掌握。

2. 雨的运动规律

在动画片中，经常出现下雨的镜头。雨产生于云，云里的小水滴互相碰撞，合并增大，当上升气流托不住它时，它便从天上掉下来，成为雨。雨的体积很小，降落的速度较快，因此，只有当雨滴比较大或是距离人们眼睛比较近的时候，才能大致看清它的形态。在较多的情况下，人们看到的雨，往往是由视觉的暂留作用而形成的一条条细长的半透明的直线。所以，动画片中表现下雨的镜头，一般都是画一些长短不同的直线掠过画面。雨从空中降落时，本来是垂直的，但由于风的作用，所以人们看到的雨点往往都是斜着落下来的。

为了表现远近透视的纵深感，雨一般画3层，如图1—19所示。

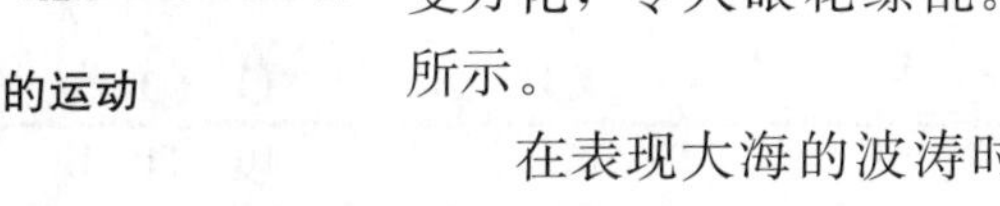

前层　　　　　　　中层　　　　　　　下层

图1—19 雨的表现方法

前层：画比较短粗的直线，夹杂着一些水点，每张动画之间距离较大，速度较快；中层：画粗细适中而较长的直线，比前层可画得稍密一些，每张动画之间的距离也比前层稍近一些，速度中等；后层：画细而密的直线，组成一片一片的表现较远的雨，每张动画之间的距离比中层更近，速度较慢。

雨不一定都是平行的，也可稍有变化。三层雨的不同速度，可通过距离大小和动画张数的多少来加以区别。

绘制一套可供多次循环拍摄的雨，前层至少要画12～16张，中层至少要画16～20张，后层至少要画24～32张。也就是说，至少要比雨点一次掠过画面所需的张数多一倍，这样就可以画两组构图有所变化的动画，循环起来才不会显得单调。

雨的颜色应根据背景颜色的深浅来定，一般使用中灰或浅灰，只需描线，不必上色。

3. 火的运动规律

火是可燃物体在燃烧时发出的光焰，它也是动画片中常常需要表现的一种自然现象。动画片表现火主要是描绘火焰的运动，因此要研究火焰的运动规律。

火焰除了随着物体在燃烧过程中发生、发展、熄灭而不断变化其形态之外，还会受到气流强弱的影响，出现不规则曲线的运动。大体上可以把火焰的基本运动状态归纳为7种：扩张、收缩、摇晃、上升、下收、分离、消失。这7种基本运动状态和不规则的曲线运动，就是火焰运动的基本规律。无论是小小的火苗还是熊熊的烈火，它们的运动都离不开这些基本规律。

小火苗的表现方法：小火苗的动作特点是琐碎、跳跃、变化多。可以用十几个画面表现其摇晃、上升、下收、分离等不同的运动状态，如图1—20所示。

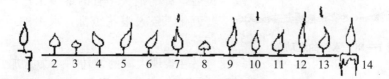

图1—20　烛火的基本运动

较大一些的火（如柴火、炉火等）的表现方法：稍微大一点的火，实际上是由几个小火苗组成的，其动作规律与小火苗基本相同，只是动作速度比小火苗要慢一点。一般来说，表现这样的火，画10张左右原画就够了。如在拍摄时，再用抽去部分动画的方法改变速度，并穿插一些不规则的循环，动作变化就更多了。

大火的表现方法：大火是由许多小火苗组成的，如果用一条虚线把许多弯曲的线条框起来，就成为一个大的火苗。把两堆火连接起来，就是一堆更大的火。

在表现大火时，要注意处理好整体与局部的关系。整体的动作速度要略慢一些，局部（小火苗）的动作速度要略快一些；每个小火苗在随着总体运动时，其本身的动作变化要比总体的动作变化更多一些。因此，在设计关键动作（原画）时，既要注意整个外形的动作变化及速度，又要注意每一组小火苗的动作变化（扩张、收缩、摇晃、上升、下收、分离、消失等）及速度。同时，无论原画或动画，都要符合曲线运动的规律。

火熄灭时的动作是：一部分火焰分离、上升、消失；另一部分火焰向下收缩、消失，接着冒烟，如图1—21所示。

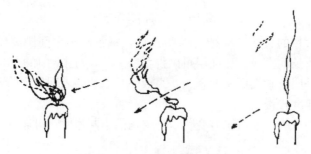

图1—21　火熄灭时的动作

4. 风的运动规律和表现方法

风是日常生活中常见的一种自然现象。空气流动便成为风，风是无形的气流。一般来讲，人们是无法辨认风的形态的，在动画片中，可以画一些实际上并不存在的流线，来表现运动速度比较快的风。但在更多的情况下，人们还是通过被风吹动的各种物体的运动来表现风。因此，研究风的运动规律和表现风的方法，实际上就是研究被风吹动着的各种物体的运动规律和具体的表现方法。

在动画片中，表现自然形态的风大体上有 3 种方法。

图 1—22　纸张被吹落

（1）运动线表现法。凡是比较轻薄的物体，例如树叶、纸张、羽毛等，当它们被风吹离了原来的位置，在空中飘荡时，可以用物体的运动线来表现风。在设计这类物体的运动线及运动速度时，应考虑到下面几个因素：风力强弱的变化，物体与运动方向之间角度的变化（仰角时上升，反之则下降），物体与地面之间角度的变化，接近平行时下降速度慢，接近垂直时下降速度快。纸张被吹落的运动线如图 1—22 所示。

由于这些因素的影响，使得物体在空中飘荡时的动作姿态、运动方向以及速度都不断发生变化。当人们根据剧情以及上述因素设计好运动线并计算出这组动作的时间后，可以先画出物体在转折点时的动作姿态作为原画。然后按加减速度的变化，确定每张原画之间需加多少张动画以及每张动画之间的距离。加完动画后，连接起来，就可以表现出物体随风飘荡的运动了。这样虽然没有具体地画风，人们却从风的效果中感受到了风的存在。

（2）曲线运动表现法。凡是一端固定在一定位置上的轻薄物体，例如系在身上的绸带、套在旗杆上的彩旗等，它们被风吹起而迎风飘扬时，可以通过这些物体的曲线运动来表现风。曲线运动的规律前面已讲过，这里不再重复。

（3）流线表现法。旋风、龙卷风以及风力较强、风速较大时，仅仅通过被风吹动的物体的运动来间接表现风是不够的，一般都要用流线来直接接表现风的运动。

运用流线表现风，可以用铅笔或彩色铅笔按照气流运动的方向、速度，把代表风的运动的流线在动画纸上一张张地画出来。有时，根据剧情需要，还可在流线中画出被风卷起的沙石、纸、树叶或是雪花等，以加强风的气势，制造飞沙走石、风雪迷漫的效果。

5. 雪的运动规律和表现手法

气温低于零摄氏度时，云中的水蒸气直接凝结成白色的晶体成团地飘落下来，这就是雪（雪花）。

雪花体积大、分量轻，在飘落过程中受到气流的影响，就会随风飘舞。这里介绍两种表现雪的方法。

（1）雪花在微风中飘舞着轻轻落下。表现雪的方法与表现雨的方法有相似之处，为了表现远近透视的纵深感，也可分成 3 层来画：前层画大雪花；中层画中雪花；后层画小雪花，最后结合在一起拍摄。

3 层雪花各画一张，画出雪花飘落的运动线，运动线呈不规则的 S 形曲线。雪花总的运动趋势是向下飘落，但无固定方向，在飘落过程中，可出现向上扬起的动作，然后再往下飘。有的雪花在飘落过程中相遇，可合并成一朵较大的雪花，继续飘落。

前层大雪花每张之间的运动距离大一些，速度稍快；中层次之；后层距离小，速度慢，但总的飘落速度都不宜太快。

绘制一套雪花飘落动作，可反复循环使用。每张动画一般拍摄两格，为了使速度有所变化，中间也可穿插一些拍一格的动画图片。为了使画面在循环拍摄时不重复，在动画设计时，应考虑每一层的张数不同，错开每一层的循环点。

（2）暴风雪。暴风雪的运动速度很快，一般只需几格就可掠过画面。由于运动速度快，所以设计稿上不必画出每朵雪花的运动线，也不必明确标出每朵雪花的前后位置。只要设计好整个雪花的运动线及每张画面之间的距离即可。

6. 烟的运动规律和表现方法

烟是可燃物质（如木柴、煤炭、油类等）在燃烧时所产生的气状物。由于各种可燃物质的成分不一样，所以烟的颜色也不同：有的呈黑色，有的呈青灰色，有的呈黄褐色等。同时，由于燃烧程序不同，烟的浓度也不一样。燃烧不完全时，烟比较浓烈；燃烧完全时，烟比较轻淡，甚至几乎没有烟。

烟的形状及其扩散形式与下层大气的稳定程度密切相关。例如，由烟囱排出的烟就可分为下列几种形式：

（1）波浪形：在不稳定气层中的烟，上下波动很大，呈波浪形，并沿主导风向流动扩散。

（2）锥形：在中等稳定状的气层中或风力较强时，烟呈锥形，沿主导风向流动扩散。

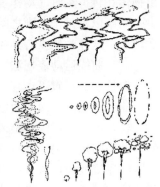

（3）扇形：在稳定气层中（即逆温层内），一般风速很弱，烟在上下方向几乎无扩散，若从上下方向看去，烟呈扇形；若从侧面看去，烟则呈带形。

（4）屋脊形：白天的气层不稳定，从日落后地面冷却开始，其下面变成稳定层，上层出现不稳定层。于是，烟就不向下方扩散，而只向上方扩散，呈屋脊形。

（5）熏烟形：早晨的太阳照暖了地面和接近地面的空气，夜间形成的下层大气的稳定层从下面开始破坏，使烟在上方不扩散，只在下方扩散，称为熏烟形。这时，一般风力较弱，烟带浓度较高。

图1—23 烟的各种形态

烟的各种形态如图1—23所示。

由此可见，气流对烟的形状和运动影响很大。因此，在动画片中设计烟的形状和动作，也要根据剧本中规定的情景，选择适当的表现方式。动画片表现的烟，大体上可分为浓烟和轻烟两类。浓烟造型多呈絮团状，用色较深，并分为两个层次；轻烟造型多呈带状和线状，用透明色或比较浅的颜色。

轻烟一般只表现整个烟体外形的运动和变化，如拉长、摇曳、弯曲、分离、变细、消失等。浓烟除了表现整个烟体外形的运动和变化之外，有时还要表现一团团的烟球在整个烟体内上下翻滚的运动。

在实际中，还须在此基础上加以变化，如有的烟球逐渐扩大，有的逐渐缩小；有的互相合并，有的互相分离；有的翻滚速度快，有的翻滚速度慢。同时，还要注意整个烟体外形的变化，一般来说，整个烟体的运动速度可以偏慢一些，烟体中部分烟球的运动速度可以偏快一些，力求表现出浓烟滚滚的气势，而不要显得机械、呆板。

7. 云的运动规律和表现方法

形成云的主要原因是潮湿空气的上升运动。潮湿空气在上升过程中，气温逐渐降低，在一定的气温下，一部分水泡附着在空中的烟粒微尘上成为小水滴或小冰晶，统称为云滴。小而密集的云滴聚在一起，被空气中的上升气流托着，就成为悬浮在空中的云体。

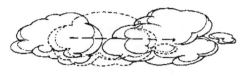

图1—24 云的形态

云的形态如图 1—24 所示。云的形状千变万化，有的体态比较结实，如城堡云、宝塔云、馒头云等；有的体态比较轻盈，如带状云、钩状云、絮状云、鳞片云等；有的体态比较沉重，如雷雨时密布天空的乌黑的悬球云等。由于空气的对流运动以及云体内部的运动，使得云的形状不断发生变化，有的发展扩大，有的缩小消失，有的互相分离，有的互相合并。除了在少数情况下（如乌云翻滚、风卷残云等），云的运动速度较快外，一般来说，云的运动速度都是比较缓慢、柔和的。

在多数动画片中，都是把云画在背景上，除了随着背景移动外，不去表现云体本身的运动。但在有些动画片中，也要直接描绘云体本身的运动，有时是为了渲染气氛，有时是将云作为拟人化的角色。这里讲的主要是作为自然形态的云体的运动。

动画片中云的造型大体上有两类：一类是比较写实的；另一类是装饰图案型的。表现云的运动可以先画原画，再加动画；也可以画好设计稿以后，一张张地顺序画下去。云的形状要不停地变化，否则容易呆板，但动作必须柔和，速度必须缓慢。

8. 雷电的运动规律和表现方法

打雷闪电往往发生在空气对流极其旺盛的雷雨季节。雷雨云是带电的，一边带有正电，一边带有负电。当带电的云层正负电荷之间，或是云层与云外物体的正负电荷之间的电磁场差大到一定程度时，正负电就会互相吸引，产生火花放电现象。火花放电时产生的强烈闪光叫闪电。放电时温度很高，使空气突然膨胀，发出巨大的响声，就是打雷。

闪电的光带有的比较垂直，有的比较平斜。地方性的雷雨云，一般是垂直发展的，闪电的光带自上而下，叫"直雷"；地区性的雷雨云往往有个平斜面，因此，闪电的光带比较平斜，叫"横雷"。

闪电的速度很快，由一个"先导闪击"开始，紧跟着是"主闪击"，接着主闪击而来的则是一系列的放电，数目可达 20 个以上。由于整个放电过程一般只有半秒左右，所以肉眼无法区别，只能感到一系列明显的闪烁。相比之下，雷声持续的时间要长得多，有时甚至可达一分钟之久。闪电的形态如图 1—25 所示。

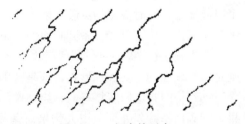

图1—25 闪电的形态

动画片中出现闪电的情况不多，有时根据剧情的需要，为了渲染气氛，也要表现电闪雷鸣。动画片表现闪电时，除了直接描绘闪电时天空中出现的光带以外，往往还要抓住闪电时的强烈闪光对周围景物的影响，并加以强调。动画中闪电的表现方法有两种，发生闪电的天空，总是乌云密布，周围景物，也都比较灰暗。当闪电突然出现时，人们的眼睛受到强光的刺激，感到眼前一片白，瞳孔迅速收小；闪电过后的一刹那，由于瞳孔还来不及放大，眼前似乎一片黑；瞳孔恢复正常后，眼前又出现闪电前的景象。

因此，它的基本规律是：正常（灰）——亮（可强调到完全白）——略（可强调到完全黑）——正常（灰）。在半秒钟的放电过程中，闪电次数很多，在十几帧的动画中闪烁两三次。

项目3 熟悉动画的镜头语言

每种艺术都有它独特的语言，音乐用音符说话，绘画用笔触和色彩说话，诗歌用文字说话。动画也有它独特的语言，那就是"镜头"。

动画片属于电影的一种形式——"动画电影"。动画片画面和电影画面都是一种视觉语言，它无须用话语或文字解释，只是借助于镜头与镜头之间的组接，就会让人读懂并引起共鸣。动画片的电影语言，是对动画艺术美的深层次解读，也是对动画艺术表现潜力的重新发掘。

1.3.1 镜头画面的设计

镜头画面并非物理意义或光学意义上的镜头，而是指承载影像，能够构成画面的镜头，是指摄像机从开机到停机所拍摄的连续画面。

镜头是组成整部影片最基本的单位，同样也是动画片构成的基本要素。若干个镜头构成一个段落或场面，若干个段落或场面构成一部影片。因此，镜头也是构成视觉语言的基本单位，是叙事和表意的基础。

镜头的决定因素是它的物理存在形式——一个连续的整体，或者说它的外表是连续不断的。

动画片的世界是一个虚拟的世界，是幻想实现的地方，是真实和美丽的寄托，动画片的镜头设计也是虚拟实拍摄影机的镜头设计。除了动画摄影机本身运动以达到某种效果外，其他的镜头画面设计都是通过绘画实现的。这是因为实拍的影片中通过摄影机本身运动就可以拍的某些效果，在动画片之中是难以达到的。

在电影制作中，不少人根据绘画的经验，简单地认为电影是每帧图像的连续播放，他们仅仅重视了每帧图像的构图，而忽视了"图像变化"，及这种变化本身所蕴涵的巨大信息量和表达潜力。也有可能"图像变化"所携带的信息和其具有的表现力通常超出人们的经验和体验，所以，很少有人能够较好地把握这种"变化"的表达方式。

构图是指在一个分镜画面中所有形象元素的组合关系。构图规律是艺术创作规律的一个组成部分，有时规律的突破又能创造出新的构图，所以构图规律只有一般的规则，而没有绝对的模式。构图直接关系到画面的美感，其中有两个方面的处理会对构图造成影响。

影视画面构图，一般分为静态构图和动态构图，以及动与静相结合的构图。而动态构图则是影视画面的主要表现形式，这是区别于绘画、照相构图的重要特征。

动态构图是电影所特有的，绘画作品是不能表现的。另外，有时动画片为了加强某种效果，把画面作倾斜处理，把人物呈对角线关系处理在画面中。这在镜头画面设计中是很常见的。

静态构图更加倾向于绘画。绘画中对画面设计构成的定义是："画面构成是指在四边形的画面中，绘画者为了表现主题所进行的图形配置"。而电影中对静态构图的定义是："为表现某一特定的内容和视觉美感效果，将镜头前被表现的对象以及摄影的各种造型因素有机地组织，分布在画面中，以形成一定的画面形式"。构图就是要在每一个镜头画面中体现一种画面布局，一种画面结构。从定义上看，电影与绘画构图除运用形式外，还是有相通之处的。它们两者都是在四边形的画面中，为了表达自身的主题，而对画面中的所有的造型因素进行一种合理的配置。

无论什么样风格类型的动画，每一个镜头画面都存在平面空间的构成关系。从平面的角度看，画面中的形象元素会形成虚、实两个空间部分，它们又分别形成形与量的比较、比例对比现象。人们可以用实形与虚形的剪影进行形态与面积的比较，这样较容易对构图的平面空间关系做出正确的判断。一部动画片是由无数个单帧画面构成的，有的画面一闪而过，有的画面会停留相对长一些的时间。在一组连续的镜头中，每一个单帧画面并不一定十分完美，而一组画面所构成的完整性才是重要的。《小鹿斑比》可以说是迪斯尼经典动画艺术的一个总结，叙事主要靠音乐和动作，画面构图保持静止、比例一致，没有受到电影镜头语言的影响。值得注意的是起幅与落幅的画面，以及相对停留时间较长的镜头画面，因为这时观众的注意力会从情节部分转换至画面。

在二维空间中表现纵深的空间感，是借透视原理、色彩的冷暖、画面的明暗层次等来表现的，视觉上的空间形态会影响人的心理情绪。所以，在设计和调节运动画面中的空间层次关系使之或空虚或丰盈时，都应根据其对视觉心理所产生影响的规律为基本原则。画面的立体空间关系部分是由构图布局的因素形成的，目的并不仅仅是满足一般视觉效果上的要求，更重要的是使人能在有限的画面空间中感受到更多、更丰富的意味。

1.3.2 固定镜头和运动镜头

动画的镜头根据拍摄方法（摄影机移动与否）分为固定镜头和运动镜头。

1. 固定镜头

固定镜头主要把摄影机固定在一定的位置上，方位和角度对准被拍的主体后不再变换。

拍摄对象可处于静态，如人物坐、立、卧或建筑、雕塑等。同时，也可以表现被摄人物或物体的运动，如人物的行走、汽车的奔驰等。另外，还可以拍摄动静结合的画面，如一棵参天大树，其树干纹丝不动，其枝叶却在风中摇曳；又如，人站在街边，汽车则在人的身前或身后不断地飞驰而过。

固定镜头的特点是在表现形式上常常给人一种稳定、均衡、厚重的审美感觉。有的导演非常喜爱和擅长运用固定镜头叙事和表意，形成自己的独特风格，展示出创作个性。

2. 运动镜头

动画片的运动元素具有无限性，这首先要归功于技术条件的优越性。而技术实现手段的优越性在运动方面的更明显的例证要数拉镜头。片中多次出现几格之内快速的连续的拉镜头，在揭示新空间的同时造成突兀的感觉，这种运动在影片的实际拍摄中是很难实现的，而在动画片的制作中可以通过后期非线性编辑轻松做到。技术的成熟为传统的电影语言元素带来了新的表现力。

运动镜头是指摄影机运动所拍摄出来的具有自身动感的镜头画面。无论被摄对象处于静态或是动态，摄影机都能在运动过程中将其捕捉下来。

运动镜头已成为动画片中经常被使用的一种视觉语言元素，可以多视点、多角度、多层次地展示空间环境、刻画影片的人物性格和情感，使时间和空间在流动中达到统一与和谐，在镜头画面不断地变换中调节视觉的节奏，使人产生审美的愉悦。

动画镜头有下列几种主要的表现形式。

（1）推镜头：主要指摄影机镜头逐渐向被拍摄对象移动，逼近对象，由全貌逐渐展示拍摄对象的局部和细节，使观众的视线有前移的感觉。人或物越来越近，而背景空间则越来越被人或物填充，变得狭小。

推镜头的特点是：可以在一个镜头内使观众了解到整体与局部的关系、主体与环境的关系、增强画面的可视性与逼真性。

运用变焦镜头也可产生"推"的效果，它不需要向前移动摄影机，只需要将短焦距逐渐调至长焦距，即可模拟出"推"的拍法。

值得注意的是利用变焦距推的效果，给人的感觉不是镜头逐渐接近拍摄主体，而是主体被逐渐拉到镜头的前面来。

（2）拉镜头：与推镜头方向相反，主要指摄影机镜头逐渐远离被拍摄对象。

由局部拉出整体，背景空间越来越大，使观众视觉有向后移动的感觉。

拉镜头的特点是：逐渐扩展视野范围，背景范围越来越大，人物、景物越来越小。

（3）摇镜头：也称"摇拍"，简称"摇"，主要是指摄影机位置不动，机身依托于三脚架上的底盘做上下、左右、旋转等运动，如同人们站在原地环顾周围的人或事物。

摇镜头分左右摇、上下摇、闪摇（闪摇又称甩镜头，是速度极快地摇摄镜头）。它们均呈现生动的动态构图、不同的艺术表现效果和多种表现力，如渐次展示广阔环境，舒缓或急速地表现动态中人物的精神面貌，烘托情绪与氛围等。摇镜头的使用与观众的视觉感受和观赏情绪密切相连。摇拍的不同速度会引起观众视觉感受的各种变化，观众对画面内事物的辨认速度和接受情绪也制约着摇拍的速度。

（4）移镜头：当被拍摄物体呈现静态效果时，摄像机移动，使景物从画面中依次划过，造成巡视或者展示的视觉效果；被拍摄物体呈现动态时，摄像机伴随移动，形成跟随的视觉效果。还可以创造特定的情绪和气氛。

移镜头的基本作用是为了表现场景中的人与物、人与人、物与物之间的空间关系，或者把一些事物连贯起来加以表现。移镜头和摇镜头有相似之处，都是为了表现场景中的主体与陪体之间的关系，但是在画面上给人的视觉效果是完全不同的。摇镜头是摄像机的位置不动，拍摄角度和被拍摄物体的角度在变化，适合于拍摄远距离的物体。而移镜头则不同，是拍摄角度不变，摄像机本身位置移动，与被拍摄物体间的角度无变化，适合拍摄距离较近的物体和主体。

动画创造虚拟的真实，人们看见的一切是视网膜上的影像，而更多的时候是直接感知这些影像。面对运用计算机技术生成的一个逼真的三维视觉、听觉、触觉等感觉世界，被虚拟的影像在人的感官感知中成为真实，而对于所构造的物体来说它又是不存在的。《埃及王子》中大量运用了摄影机的飞行运动。虚拟的摄影机在场景中可以自由飞行运动，在烟雾里穿行，甚至在运动过程中不断改变焦距，其运动轨迹是故事片所无法企及的，一种极强的超现实的夸张的运动。

运动镜头丰富多彩、生动流畅，有着无限的表现力。恰当地运用不同的运动摄影镜头能够产生出丰富的视觉效果，对于表现人物的心理情绪、创造特殊气氛、营造紧张场面和抒发情感都极具表现力。同时，运动镜头的自身美感也是不能忽略的。其自身的韵律感、节奏感、动感等，常常赋予情节和内容更丰富的内涵，有时甚至运动形式本身就能够感染人。

1.3.3　镜头的组接

一部影片是由许多镜头合乎逻辑地、有节奏地组接在一起，从而阐释或叙述某件事情的发生和发展的。

1. 镜头发展的变化规律

许多镜头能使观众从影片中看出它们融合为一个完整的统一体，那是因为镜头的发展和变化要服从一定的规律。这些规律将在下面的内容里做详细的叙述。

镜头的组接首先要考虑符合观众的思想方式和影视表现规律，符合生活的逻辑、思维的逻辑，不符合逻辑观众就看不懂。要明确表达出影片的主题与中心思想，在这个基础上才能确定根据观众的心理要求，即思维逻辑来决定选用哪些镜头，怎么样将它们组合在一起。

景别的变化要采用"循序渐进"的方法。一般来说，拍摄一个场面的时候，"景"的发展不宜过分剧烈，否则就不容易连接起来。相反，"景"的变化不大，同时拍摄角度变换亦不大，拍出的镜头也不容易组接。

由于以上原因在拍摄的时候，"景"的发展变化需要采取循序渐进的方法。循序渐进地变换不同视觉距离的镜头，可以实现顺畅的连接，形成各种蒙太奇句型。

2. 镜头组接的连续性

在镜头组接过程中，最为重要的是连续性。应注意下面3个方面的问题。

（1）关于动作的衔接。应注意流畅，不要让人感到有打结或跳跃的痕迹出现。因此，要选好剪接点，特别是导演在拍摄时要为后期的剪辑预留下剪接点，以利于后期制作。

（2）关于情绪的衔接。应注意把情绪镜头留足，可以把镜头尺数（时间）适当放长一些。

有些抒情见长的影片，其中不少表现情绪的镜头结尾处都留得比较长，既保持了画面内情绪的余韵，又给观众留下了品味情绪的余地和空间。

情绪既表现在人物的喜、怒、哀、乐的情绪世界里，也表现在景物的色调、光感以及其面貌上，所以情与景是互为感应和相互影响的。古人云："人有悲欢离合，月有阴晴圆缺"，其内涵就是以情与景作对比。因此，对情与景的镜头的对接，应给予充分的注意。

要善于利用以景传情和以景衬情的镜头衔接的技巧。

（3）关于节奏的衔接。动作与节奏联系最为紧密。特别是在追逐场面、打斗场面、枪战场面中，节奏表现得最为突出。这类场面动作速度快，节奏高，因而适合用短镜头。有时只用两三格连续交叉的剪接，即可获得一种让人眼花缭乱、目不暇接、速度快、节奏高的艺术效果，给人一种紧张热烈的感觉。

除动作富有强烈的节奏感之外，情绪镜头衔接中也蕴涵着节奏，有时它来得像疾风骤雨，有时它又给人一种像小溪流水一样徐缓、舒畅的感觉。动画片《花木兰》中，总体节奏紧凑，在容易减缓情节的部分，如训练、行军、木兰心理描写等，都纷纷采用歌曲带过。

在叙事部分，人为制造多处紧张情节，使全片保持快节奏感。如木兰的奶奶闭目过街，木兰军中洗澡等。悬念插入是美式动画常用的手法，可以在紧张节奏处进一步制造高潮，或者将幽默因素加入到严肃段落中。如雪崩一节，士兵射出绳索却没有抓住，木兰随意射出绳索却被士兵抓住的悬念制造。

3. 镜头组接要遵循的规律

如果影片画面中同一主体或不同主体的动作是连贯的，可以动作接动作，达到顺畅、简洁过渡的目的，简称为"动接动"。如果两个画面中的主体运动是不连贯的，或者它们中间有停顿时，那么这两个镜头的组接必须在前一个画面主体做完一个完整动作停下来后，接上一个从静止开始的运动镜头，这就是"静接静"。"静接静"组接时，前一个镜头结尾停止的片刻叫"落幅"，后一镜头运动前静止的片刻叫做"起幅"，起幅与落幅的时间间隔为一二秒钟。

运动镜头和固定镜头组接，同样需要遵循"动接动"、"静接静"的规律。如果一个固定镜头要接一个摇镜头，则摇镜头开始要有"起幅"；相反一个摇镜头接一个固定镜头，那么摇镜头要有"落幅"，否则画面就会给人一种跳动的视觉感。为了特殊效果，也有"静接动"或"动接静"的镜头。《埃及王子》最后整个段落的动——静——动的情绪线索、快速——舒缓——快速的剪接节奏和音乐一起构成流畅的视听语言。

4. 固定镜头的组接方式

在镜头组接的时候，如果遇到同一机位，同景别又是同一主体的画面是不能组接的。因为这样拍摄出来的镜头景物变化小，一幅幅画面看起来雷同，接在一起好像同一镜头不停地重复。另一方面，这种机位、景物变化不大的两个镜头接在一起，只要画面中的景物稍有变化，就会在人的视觉中产生跳动或者好像一个长镜头断了好多次，有"拉洋片"、"走马灯"的感觉，破坏了画面的连续性。如果遇到这样的情况，除了把这些镜头从头开始重拍以外（这可以解决镜头量少的节目片的问题），对于其他同机位、同景物的时间持续长的影视片来说，采用重拍的方法就显得浪费时间和财力了。最好的办法是采用过渡镜头。如从不同角度拍摄再组接，穿插字幕过渡，让表演者的位置、动作变化后再组接。这样组接后的画面就不会产生跳动、断续和错位的感觉。

第 2 章　Flash CS5 图形绘制与编辑

教学要求

知 识 要 点		能 力 要 求	关 联 知 识
绘图的基本原理		掌握绘图的基本原理	绘图的基本原理
各种绘图工具		熟练掌握常用的基本绘图工具	各种绘图工具
绘图的基本方法和基本技巧	矩形工具	掌握矩形工具的使用技巧	纸盒子制作
	颜料桶和填充	如何运用填充工具填充色彩	各项目都有运用到该知识点
	变形工具	熟练掌握图形对象的编辑方法及变形。	除项目 1 外其他各项目都有运用到该知识点
明暗交界颜色填充	线条工具	运用线条工具增添画面立体感	各项目都有运用到该知识点

项目导读

本章主要介绍 Flash CS5 图形绘制与编辑的基本方法。图形图像的绘制与编辑是矢量制作软件必不可少的功能。通过本章 11 个项目的讲解与学习要求学生掌握基本绘图知识及浮动面板的设置和使用，掌握绘图工具的使用方法，掌握绘图的基本方法和基本技巧。本章前面几个项目比较简单，作为后面各章学习的基础，后面的几个项目有一些难度，作为学生绘图和编辑能力的提高，教师或学生可以根据自己的实际情况选择讲解或练习。

作为一款优秀的交互性矢量动画制作软件，丰富的矢量绘图和编辑功能是必不可少的。Flash CS5 提供了两种主要的绘图方式：绘制矢量线条和绘制矢量色块。Flash CS5 提供了丰富的编辑处理和文本编辑工具，利用它们可以非常方便地绘制出栩栩如生的矢量图形。

项目 1　纸盒子的制作

在 Flash CS5 动画制作与日常应用中，规则图形的绘制与设计最为常用，也是我们学习动画制作的起点和基本要求。复杂的动画和图形都是由这些简单的基本图形组成的。本项目介绍纸盒子的制作。

2.1.1 项目效果

通过本项目的设计与制作，最终项目效果如图 2—1 所示。

2.1.2 项目目的

规则图形（纸盒子）是我们在实现场景中接触得最多的图形对象之一，熟练掌握这些基本图形的绘制操作与应用尤为重要。

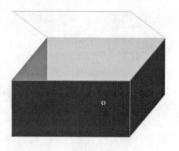

图 2—1　纸盒子效果

在本项目中，主要解决以下问题：

（1）矩形绘制及应用处理。

（2）运用直线工具连接图形。

（3）运用填充工具填充色彩。

（4）运用任意变形工具对图形对象进行变形处理。

2.1.3 项目技术实训

在制作项目之前，首先要构建和明确本项目的体形结构，做到心中有数，然后再着手制作，以减少不必要的更改。

1. 创建图形元件

（1）启动 Flash CS5，会弹出如图 2—2 所示的对话框，根据需要，选择所需要的模板。单击"从模板创建｜动画｜确定"，新建一个默认的动画模板场景，如图 2—3 所示。

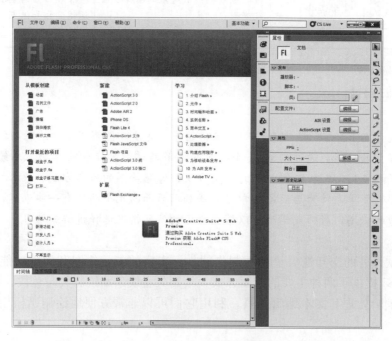

图 2—2　Flash CS5 启动界面

（2）单击"插入｜新建图形元件"，弹出"创建新元件"对话框，输入名称"纸盒子"，在"类型"中选择"图形"，如图 2—4 所示。单击"确定"按钮，就可以进行图形元件的创建了。创建完成后，单击时间轴左上角，回到当前场景。

图 2—3　动画模板场景

2. 绘制项目

（1）单击"修改｜文档"，弹出"文档设置"对话框，如图 2—5 所示。"背景颜色"选择白色，单击"确定"按钮，即设置好图形元件的背景颜色。

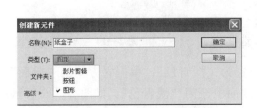

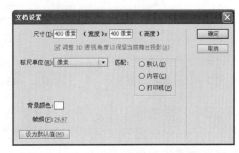

图 2—4　"创建新元件"对话框　　　　图 2—5　"文档设置"对话框

（2）在图形元件右边的控制面板中，选择"矩形工具"，将"笔触颜色"设置为灰色，将"填充颜色"设置为无填充，如图 2—6 所示。在舞台上绘制矩形，如图 2—7 所示。

（3）单击任意变形工具，此时矩形四周出现 8 个黑色的小方块，如图 2—8 所示。把鼠

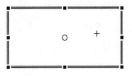

图 2—6　矩形　　　　　图 2—7　绘制矩形　　　　图 2—8　选择变形

标指针移到矩形的上边，按住鼠标左键不放，向右拖动，使矩形变成如图 2—9 所示的效果。松开鼠标，再将鼠标指针移到矩形顶边中间的小黑块上，并向下移动，使矩形变成如图 2—10 所示的效果。

（4）选择图形，单击"编辑｜复制"，然后再一次单击"编辑｜粘贴到当前位置"，复制一个与如图 2—10 所示一样的矩形。按键盘上的↑键，使复制的矩形垂直向上移动，得到如图 2—11 所示的图形。

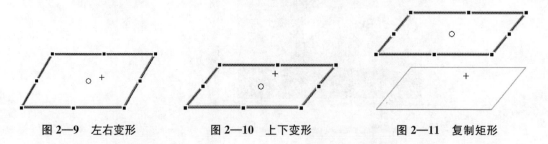

图 2—9　左右变形　　　　　图 2—10　上下变形　　　　　图 2—11　复制矩形

（5）选择"线条工具"，将如图 2—11 所示的图形用直线连接成如图 2—12 所示的图形。

（6）选择"选择工具"，在按住 Shift 键不放的同时，如图 2—13 所示选中直线，并按 Delete 键，将所选中的直线删除，得到如图 2—14 所示的图形。

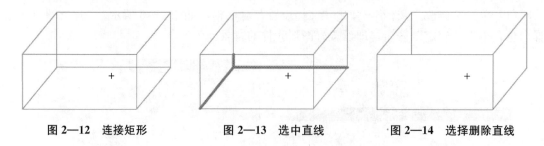

图 2—12　连接矩形　　　　　图 2—13　选中直线　　　　　图 2—14　选择删除直线

（7）选择"颜料桶工具"，并将填充颜色设置为"淡青色"，单击立方体的"前面"，得到如图 2—15 所示的图形。用同样的方法将右侧面填充为"淡青色"，如图 2—16 所示；将内侧面填充为"浅灰色"，如图 2—17 所示。

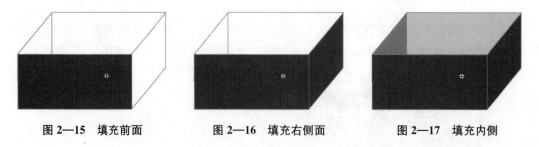

图 2—15　填充前面　　　　　图 2—16　填充右侧面　　　　　图 2—17　填充内侧

（8）选择"选择工具"，在按住 Shift 键的同时，单击立方体顶面的四条边，得到如图 2—18所示的图形，按 Ctrl＋C 组合键，再按 Ctrl＋Shift＋V 组合键复制一个平行四边形。选择"任意变形工具"，得到如图 2—19 所示的图形，并将任意变形的中心点移到如图 2—20所示的位置。

（9）将鼠标指针移到被选中的平行四边形的前边线的中点黑块上，按住鼠标左键不放并向上移动，得到如图 2—21 所示的图形。

（10）选择"颜料桶工具"，并将其填充色设置成"淡黄色"，单击立方体盒盖，得到如图 2—22 所示的图形。

图 2—18　选择四边形

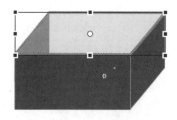
图 2—19　选取变形四边形

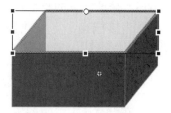
图 2—20　修改中心点

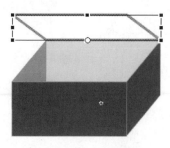
图 2—21　任意变形

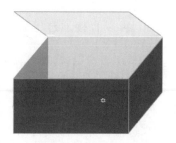
图 2—22　填充盒盖

2.1.4　相关知识

1. 元件和实例

元件是指一个可以重复利用的图像、动画或按钮，它保存在库中；实例是指出现在舞台上的元件或嵌套在其他元件中的元件。

元件的主要作用如下：

（1）元件的运用可以使电影的编辑更加容易。因为当我们需要对许多重复的元素进行修改时，只要对元件进行修改，Flash CS5 就会自动根据修改的内容对所有该元件的实例进行更新。

（2）在电影中运用元件可以显著减少文件的大小。保存一个元件比保存每个出现的元素要节省更多的空间。如将一张静态的美丽背景转换成元件，就可以减少电影文件的大小。

（3）加快电影的播放。在浏览器上，一个元件只需要下载一次，因此就节约了时间。

2. 元件类型及创建

元件的类型主要有三种，如图 2—23 所示。其中，代表图形元件；代表影片剪辑元件；代表按钮元件。

图形元件的创建有两种情况：

（1）将当前图形转化为图形元件：在需要转化的图形上单击鼠标右键，在弹出的快捷菜单中选择"转换为元件"，然后进行相应的设置即可。

图 2—23　元件的类型

（2）新建图形元件：选择"插入｜新建图形元件"，弹出"创建新元件"对话框，输入相应的元件名称，在类型中选择要创建元件的类型，如图 2—24 所示。单击"确定"按钮，进入图形元件创建状态，此时就可以进行图形元件的创建了。

3. 线条工具

"线条工具"的主要作用是定义线条的长度、颜色、粗细及样式。

（1）修改线条的长度有两种方法。

①直接拖曳：使用"选择工具"选中线条的一端并拉长。

②使用"任意变形工具"变形。

（2）改变线条颜色的方法。

①在没有选中线条的情况下，为笔触选择一个颜色，然后单击"墨水瓶工具"按钮，并单击需要改变颜色的线条。

②选中线条以后，可以直接通过笔触颜色修改线条的颜色。

（3）改变线条的笔触（粗细）、样式、端点和接合，可以根据需要进行设置，如图2—24所示。

图2—24 线条工具"属性"面板

4. 选择工具

"选择工具"用来选择目标，修改目标形状的轮廓。

利用"选择工具"可以选择线条、选择填充色、选择整个对象以及选择部分对象。

利用"选择工具"可以移动对象和复制对象。

利用"选择工具"修改对象的线条形状可以通过两种方式，一种为通过选项组来设置线条的平滑度与伸直度，另一种为直接用选择工具来修改线条的形状。修改线条的拐角位置即可改变图形的形状，修改线条部分可以改变线条的弧度。

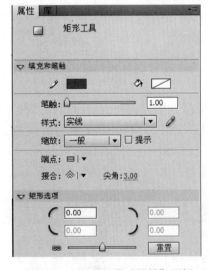

图2—25 矩形工具"属性"面板

5. 色彩的填充

填充颜色可使用"刷子工具"或"颜料桶工具"。边框颜色可使用"墨水瓶工具"编辑。

6. 矩形工具

用"矩形工具"可以绘制矩形、正方形和圆角矩形等图形。

单击工具栏中的"矩形工具"按钮，在弹出的列表中选择"矩形工具"，将光标移动到舞台中，按住鼠标左键向任意方向拖动即可绘制一个矩形。矩形工具"属性"面板如图2—25所示，各参数的含义如下：

（1）矩形选项。矩形选项用于指定矩形的角半径。可以在框中输入半径的数值，或单击滑块调整半径的大小。如果输入负值，则创建的是反半径。还可以取消选择限制角半径图标，然后分别调整每个角半径。"重置"按钮是重置所有基本矩形工具控件，并将在舞台上绘制的基本矩形恢复为原始的大小和形状。

（2）填充和笔触。填充可选择填充的颜色；笔触可更改图形对象的笔触或边框的颜色。

（3）端点和接合。选择不同的设置再配合矩形边角半径的设置，就可以绘制出矩形、正方形和圆角矩形等各种不同效果的图形了。

7. 对象任意变形的调整方法

选择"修改|变形|任意变形",或单击"任意变形工具"按钮,选中的对象四周会出

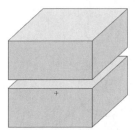

现 8 个黑色方形控制柄。将鼠标指针移到控制柄处,根据鼠标指针的形状,拖动鼠标,可以调整对象的大小、旋转角度、倾斜角度等。用鼠标拖动中心标记,可以改变中心标记的位置。

2.1.5 拓展练习

使用前面所学的知识绘制如图 2—26 所示的重叠四方体。

说明:利用所学的知识完成一个四方体的绘制,然后填充色彩。

图 2—26 重叠四方体 第二个四方体只需复制、粘贴和上移即可。

项目 2 五角星的制作

本项目主要介绍通过直线工具、渐变填充工具、椭圆填充工具、精确变形工具的综合使用来制作五角星。在 Flash CS5 绘图中,有些绘图对象必须使用精确变形和精确旋转工具,才能达到绘图对象的要求和效果,本项目以这些工具为基础,进行绘制。

2.2.1 项目效果

通过此项目的设计与制作,最终项目效果如图 2—27 所示。

2.2.2 项目目的

在本项目中,主要解决以下问题:

(1) 直线工具的使用。

(2) 渐变填充工具的使用。

(3) 精确变形和精确旋转工具的应用。

2.2.3 项目技术实训

图 2—27 五角星效果

1. 创建图形元件

创建一个名为"五角星"的图形元件。

2. 绘制五角星

(1) 选择"直线工具",然后设置笔触和色彩,在按住 Shift 键的同时在舞台中绘制一条直线,如图 2—28 所示。

(2) 选择"任意变形工具",这时直线效果如图 2—29 所示。

图 2—28 绘制直线   图 2—29 选择任意变形

(3) 单击"窗口|变形",弹出如图 2—30 所示的"变形"面板。

(4) 将"变形"面板中的"旋转"选项选中,并将角度设置为 36°,单击"变形"面板右下角的" ⊞(复制选区和变形)"按钮 4 次,得到如图 2—31 所示的图形。

(5) 选择"椭圆工具",并将椭圆工具的填充颜色设置为无,在按住 Shift+Alt 组合键的同时,以直线的交点为中心画正圆,如图 2—32 所示。

(6) 用直线将如图 2—32 所示的图形连接成如图 2—33 所示的图形。

(7) 选择"选择工具",在按住 Shift 键的同时,单击所要删除的直线,如图 2—34 所

示，按 Delete 键，将不要的直线删除，如图 2—35 所示。

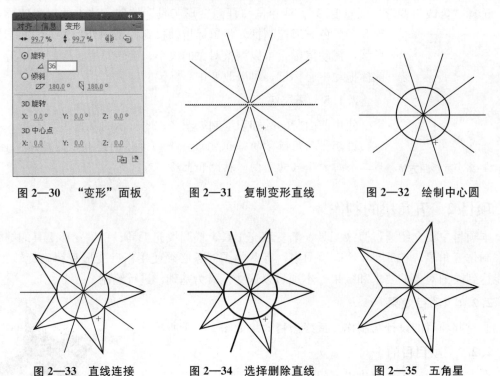

图 2—30　"变形"面板　　　图 2—31　复制变形直线　　　图 2—32　绘制中心圆

图 2—33　直线连接　　　图 2—34　选择删除直线　　　图 2—35　五角星

3. 填充选择

（1）选择"颜料桶工具"，并将"填充颜色"设置为"黑红渐变"。单击如图 2—36 所示的"1、2、3、4、5、6、7、8、9、10"，得到如图 2—37 所示的图形。

（2）选择"选择工具"，按 Shift 键，单击五角星的绘制直线，这时五角星的所有直线被选中，如图 2—38 所示。按 Delete 键，将其直线删除，得到如图 2—39 所示的图形。

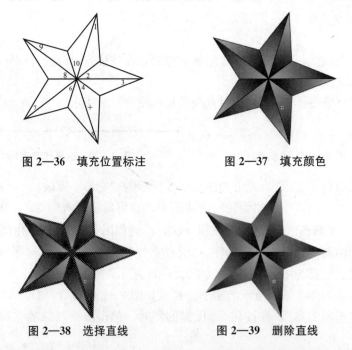

图 2—36　填充位置标注　　　　　图 2—37　填充颜色

图 2—38　选择直线　　　　　图 2—39　删除直线

2.2.4 相关知识

下面是对象精确变形调整的步骤：

（1）精确调整对象的缩放和旋转角度。单击"修改｜变形｜缩放和旋转"，弹出"缩放和旋转"对话框，如图2—40所示。在该对话框的"缩放"文本框中输入缩放数值，在"旋转"文本框中输入旋转角度数值，再单击"确定"按钮，即可将选中的对象按设定的缩放和角度旋转。

图2—40　缩放和旋转对话框

（2）90度旋转对象。单击"修改｜变形｜顺时针旋转90度"，可将选中的对象顺时针旋转90度。"修改｜变形｜逆时针旋转90度"，可将选中的对象逆时针旋转90度。

（3）垂直翻转对象。单击"修改｜变形｜垂直翻转"，可将选中的对象垂直翻转。

（4）水平翻转对象。单击"修改｜变形｜水平翻转"，可将选中的对象水平翻转。

图2—41　"变形"面板

（5）使用"变形"面板调整对象。使用工具箱中的"选择工具"，并选中对象。然后，单击"窗口｜变形"，弹出"变形"面板，如图2—41所示。利用该面板可以精确调整对象的缩放、旋转与倾斜。

在第一个文本框中输入缩放百分比数，即可改变选中对象的水平宽度；单击面板右下角的 按钮，即可复制一个改变了水平宽度的选中的对象。

在第二个文本框中输入缩放百分比数，即可改变选中对象的垂直宽度；单击面板右下角的 按钮，即可复制一个改变了垂直宽度的选中的对象。单击该面板右下角的按钮后，可以使选中的对象恢复到变换前的状态。

如果没有选中 （约束）复选框，则两个文本框中的数据可以不一样，即长宽的缩放比例可以任意设置。如果选中了该复选框，则会强制两个文本框的数值一样，即保证选中对象的宽高比不变。

（6）对象的旋转：选中"旋转"单选按钮，在其右边的文本框中输入旋转的角度如图2—41所示，再按Enter键或单击鼠标左键，即可按指定的角度将选中的对象旋转或复制一个旋转的对象。

（7）对象的倾斜：选中"倾斜"单选按钮，再在其右边的文本框内输入倾斜的角度如图2—41所示，然后按Enter键或单击鼠标左键，即可按指定的角度将选中的对象旋转或复制一个倾斜的对象。图标左边的文本框表示以底边为准来倾斜，右边的文本框表示以左边为准来倾斜。

2.2.5 拓展练习

使用前面所学的相关知识绘制如图2—42所示的六角星。

说明： 六角星的每半个角为30°，连接时应先选中 （紧贴至对象），这样连接后才不会形成不封闭的图形。

图2—42　六角星效果图

项目3　八卦图的制作

椭圆工具是常用的工具之一，利用它能够绘制更多的图形。下面将通过"八卦图"的绘制，来学习椭圆工具的使用。

2.3.1 项目效果

通过此项目的设计与制作，最终项目效果如图 2—43 所示。

2.3.2 项目目的

在本项目中，主要解决以下问题：

（1）椭圆工具的应用。

（2）进一步熟练掌握变形与填充工具的使用。

图 2—43　八卦图效果

2.3.3 项目技术实训

1. 创建图形元件

利用前面所学的知识，新建一个名称为"八卦图"的图形元件。

2. 绘制八卦图

（1）单击"椭圆工具"，并将填充色设置成"无"，按 Shift＋Alt 组合键在场景中绘制一个圆，如图 2—44 所示。

（2）利用"选择工具"，选中刚才绘制的圆，按 Ctrl＋C 和 Shift ＋Ctrl ＋V 键复制一个圆，并选中刚才复制的圆。"变形"面板的设置如图 2—45 所示，按 Enter 键，将复制的圆缩小一半，并调整位置，如图 2—46 所示。

图 2—44　绘制圆　　　图 2—45　设置缩放比　　　图 2—46　变形复制圆

（3）单击"选择工具"选择小圆，再复制一个小圆，并调整好位置，如图 2—47 所示。

（4）单击"直线工具"，选择 "⌷"（紧贴对象绘制），按 Shift 键，在如图 2—47 所示的图形中绘制一条水平线，如图 2—48 所示。

（5）单击"选择工具"，按 Shift 键选择要删除的线条，如图 2—49 所示。按 Delete 键，删除所选择的线，如图 2—50 所示。

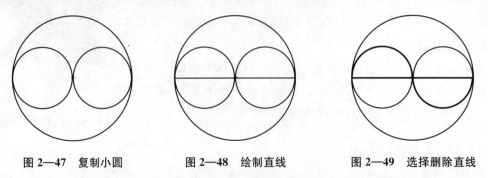

图 2—47　复制小圆　　　图 2—48　绘制直线　　　图 2—49　选择删除直线

（6）单击"椭圆工具"，绘制两个圆，如图 2—51 所示。

3. 填充色彩

单击"颜料桶工具"，并设置填充色为"黑色"，把上半部分填充为"黑色"，再把右边的小圆也填充为"黑色"，如图 2—52 所示。

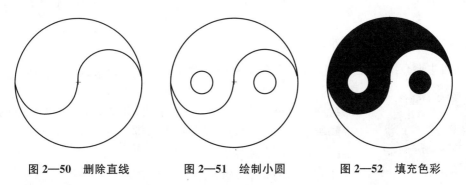

图 2—50 删除直线   图 2—51 绘制小圆   图 2—52 填充色彩

2.3.4 相关知识

基本图形的绘制方法如下：

椭圆工具是一个工具组合，将椭圆工具、矩形工具、基本矩形工具、基本椭圆工具和多角星形工具组合在一起，如图 2—53 所示。

从工具箱中选中椭圆工具，其"属性"面板如图 2—54 所示。

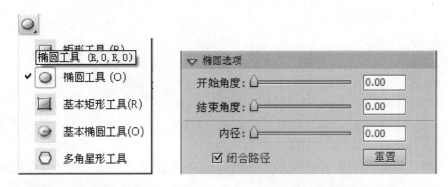

图 2—53 椭圆工具组   图 2—54 椭圆工具"属性"面板

各选项的含义如下：

开始角度和结束角度：用于指定椭圆的起始点和结束点的角度。使用这两个控件可以轻松地将椭圆和圆形的形状修改为扇形、半圆形及其他有创意的形状。

内径：用于指定椭圆的内径（即内侧椭圆）。可以在框中输入内径的数值，也可以滑动滑块调整内径的大小，允许输入的内径数值范围为 0～99，内径的椭圆无填充。

闭合路径：用于指定椭圆的路径（如果指定了内径，则有多个路径）是否闭合。如果指定了一条开放路径，但未对生成的形状应用任何填充，则仅绘制笔触。默认情况下选择闭合路径。

重置：单击"重置"按钮将重置所有基本椭圆工具控件，并将在舞台上绘制的基本椭圆形状恢复为原始大小和形状。

椭圆工具可以绘制出椭圆或圆形，绘制正圆形时需要同时按 Shift 键。

2.3.5 拓展练习

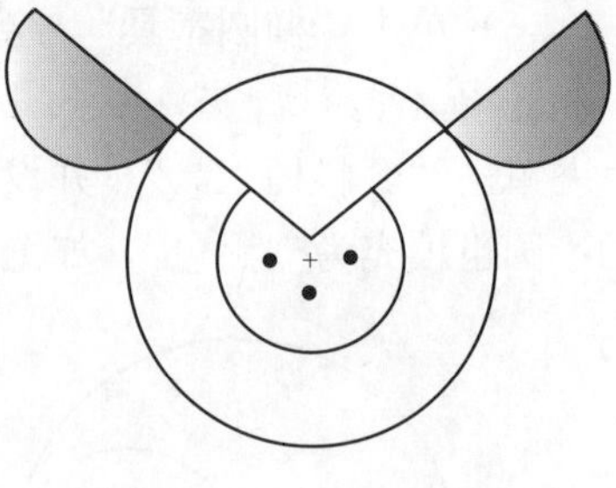

使用前面所学的相关知识绘制如图 2—55 所示的闹钟后板面。

说明：本项目中用到了数学中"圆的相切"的知识。

图 2—55 闹钟后板面

项目 4 QQ 头像的制作

本项目主要介绍通过复制工具、选择工具的综合使用来制作 QQ 头像。在 Flash CS5 的绘图中，有些相同对象不需要我们重复绘制，例如对称的眼睛、手脚等。本项目以此主要工具为基础，进行绘制，来进一步学习绘图工具的综合使用。

2.4.1 项目效果

通过此项目的设计与制作，最终项目效果如图 2—56 所示。

2.4.2 项目目的

在本项目中，主要解决以下问题：

图 2—56 QQ 头像

（1）线条工具的绘制与调整。

（2）进一步熟练掌握线条变形与颜色填充的使用。

2.4.3 项目技术实训

1. 创建图形元件

创建一个名为"QQ 头像"的图形元件。

2. 绘制 QQ 头像

（1）单击"椭圆工具"，并将填充色设置成黑色，在场景中绘制一个椭圆，如图 2—57 所示。

（2）单击"选择工具"，选中刚才绘制的椭圆，移动鼠标到椭圆边缘，进行调整变形，作为企鹅的身体。调整位置，如图 2—58 所示。

（3）单击"椭圆工具"，并将填充色设置成白色，在黑色椭圆中绘制一个白色椭圆，如图 2—59 所示。

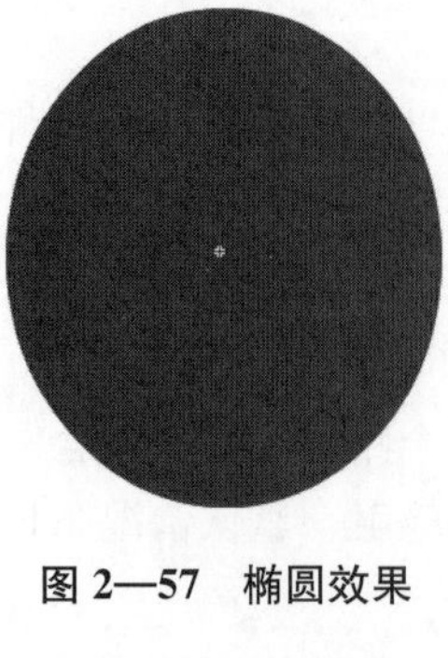

图 2—57 椭圆效果

图 2—58 调整椭圆效果

图 2—59 企鹅身体调整效果

（4）使用"椭圆工具"和"矩形工具"，并将填充色设置成红色，组合成一个红色围脖，如图 2—60 所示。

（5）将企鹅红色围脖和企鹅身体形状进行合并，稍微调整

图 2—60 围脖调整效果

位置，如图 2—61 所示。

（6）如图 2—62 所示，使用"颜料桶工具"将围脖以上的白色填充为黑色。

（7）新建一个图层，命名为"眼睛"。再利用"椭圆工具"在新建图层上绘制一个小椭圆，按 Alt 键再复制一个小圆，并调整好位置，如图 2—63 所示。

图 2—61　颜色调整效果　　　图 2—62　颜色调整效果　　　图 2—63　企鹅眼睛调整效果

（8）在白色眼睛的基础上。按照上一步的方式，绘制眼珠，如图 2—64 所示。

（9）新建一个图层，命名为"手臂"，如图 2—65 所示。再利用"椭圆工具"在新建图层上绘制一个小椭圆，选择任意变形工具" "调整好位置，如图 2—66 所示。

图 2—64　企鹅眼珠调整效果　　　图 2—65　企鹅手臂　　　图 2—66　企鹅手臂调整效果

（10）调整好位置后，选择右边手臂，按 Alt 键再复制一个，作为左边手臂并调整好位置，如图 2—67 所示。

（11）新建一个图层，命名为"嘴巴"。在"嘴巴"图层，选择"多角星形工具"，如图 2—68 和图 2—69 所示。

图 2—67　复制手臂调整效果　　　图 2—68　选择多角星形工具

（12）选择"多角星形工具｜属性｜工具设置｜选项"，在弹出的"工具设置"对话框中，设置边数为"3"，如图2—70所示。企鹅嘴巴效果如图2—71所示。

图2—69　调整多角星形工具

图2—70　多边形的设置

图2—71　企鹅嘴巴效果

（13）利用"选择工具"将边缘线调整为弧形，成为企鹅的嘴巴，如图2—72所示。

（14）新建一个图层，命名为"脚"。利用"椭圆工具"，在"脚"图层绘制一个椭圆并调整好位置，如图2—73所示。把"脚"图层顺序移动到底层，位置如图2—74所示。

图2—72　企鹅嘴巴调整后的效果

图2—73　企鹅脚调整效果

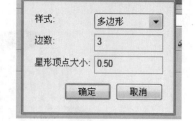

图2—74　图层设置

（15）调整右脚位置，按Alt键再复制一个，作为左脚，并调整好位置。最终完成效果如图2—56所示。

2.4.4　相关知识

从工具箱中选中"矩形工具"，单击矩形工具下的"▣"，打开"多角星形工具"属性面板"工具设置"对话框，如图2—75所示，各项参数如下：

样式：用于改变所选物体的形状。有"多边形"和"星形"供选择。

边数：用于指定"多边形"和"星形"的边数，可以在框中输入数值，绘制出如五边形或八边形等。星形顶点大小：用于指定多边形的内径。

图2—75　"工具设置"对话框

2.4.5　拓展练习

使用前面所学的知识绘制如图2—76所示的卡通造型。

说明： 在绘制成对物体（如手臂、腿、发髻）时，首先完成单个，然后按 Alt 键进行复制，这样复制后就不会出现不对称的情况。

图 2—76　拓展练习效果图

项目 5　齿轮的制作

本项目主要介绍通过椭圆工具、颜料桶填充工具、复制变形工具的综合使用来制作一个齿轮。绘图中，有些对象需要重复绘制，以及改变角度，例如对称的花瓣，太阳伞等。本项目以此复制变形工具为基础，来继续学习绘图。

2.5.1　项目效果

通过此项目的设计与制作，最终项目效果如图 2—77 所示。

2.5.2　项目目的

在本项目中，主要解决以下问题：

（1）如何绘制圆形及应用处理。

（2）如何运用填充工具填充色彩。

（3）如何运用复制变形工具对图形对象进行变形处理。

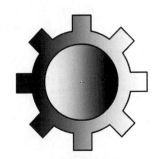

图 2—77　项目效果

2.5.3　项目技术实训

1. 创建图形元件

创建一个名为"齿轮"的图形元件。

2. 绘制齿轮外观

（1）单击"椭圆工具"，不要填充色，选择线条颜色为"黑色"，如图 2—78 所示。

（2）选择椭圆工具，选择"属性｜填充和笔触｜笔触设置"，如图 2—79 所示将笔触大小该为 3 号。按 Shift 键，绘制一个圆，如图 2—80 所示。

（3）按 Ctrl＋K 组合键调出对齐面板，勾选"与舞台对齐"，如图 2—81 所示。分别选择水平居中，垂直居中选项。

图 2—78　选择线条颜色"黑色"

图 2—79　笔触设置

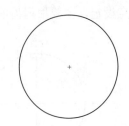

图 2—80　绘制一个圆

（4）新建一个图层，命名为"交叉"，在舞台任意位置画一条直线，直线目测大于圆的直径就可以了，如图 2—82 所示。

（5）选中直线，按 Ctrl＋C 组合键，再按 Ctrl＋Shift＋V 组合键，这时直线为选中状态（这时不要单击舞台的任何区域），选择变换工具，对选中的直线进行 90 度旋转操作，使之

图 2—81 "对齐"面板

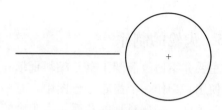

图 2—82 直线

成为十字形,如图 2—83 所示。

(6)双击十字交叉线,在对齐面板中单击相对于舞台水平垂直居中的按钮,效果如图 2—84所示。

(7)新建一个图层,命名为"旋转",在舞台中的任意位置创建一个矩形,不要和其他线交叉,如图 2—85 所示。

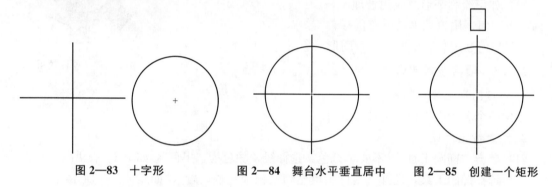

图 2—83 十字形   图 2—84 舞台水平垂直居中   图 2—85 创建一个矩形

(8)使用相对于舞台垂直居中按钮,使矩形和其他图形垂直居中,并使用方向键进行微调,达到一个合适的位置,如图 2—86 所示。

(9)使用"选择工具",选中矩形,选择变形工具"▨",将变形的中心点移到十字的中心,如图 2—87 所示。

(10)按 Ctrl+T 组合键调出变形面板,将旋转的度数设为 45 度(这个根据设计的要求任意设定,主要根据齿的多少),如图 2—88 所示。

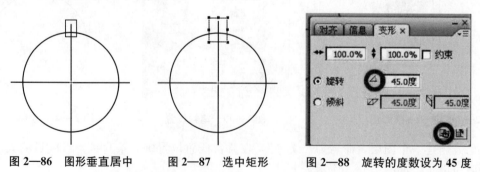

图 2—86 图形垂直居中   图 2—87 选中矩形   图 2—88 旋转的度数设为 45 度

(11)单击下方的复制变形按钮,可以看到,矩形以 45 度的角度,并以十字形的中心为中心,旋转复制出了一个矩形,连续点击复制变形按钮,形成如图 2—89 所示的形状。

38

（12）利用"选择工具"，选中所有图层的内容，点击鼠标右键，选择"剪切"，如图2—90所示。

（13）剪切之后，不要松开鼠标，来到图层1，点击鼠标右键，选择"粘贴到当前位置"，可以看见，形状没有发生改变，把所有物体全部放在"图层1"，如图2—91所示。

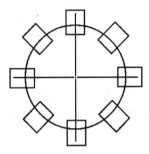

图2—89　复制变形按钮

图2—90　选择"剪切"

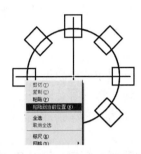

图2—91　粘贴到当前位置

（14）来到图层1（见图2—92），去掉不要的线条，形成如图2—93所示的图形。

（15）来到"交叉"图层，在舞台的任意位置创建一个圆，直径小一些。在对齐面板中单击相对于舞台水平垂直居中按钮，效果如图2—94所示。

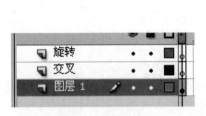

图2—92　图层一

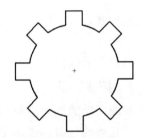

图2—93　去掉线条

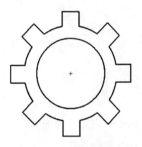

图2—94　水平垂直居中

（16）选择"颜料桶工具"，来到"属性"工具栏，根据如图2—95所示设置黑色到白色的"线性渐变"填充。

（17）选择图层1，用"颜料桶工具"进行填充，效果如图2—96所示。

（18）继续选择图层"交叉"，来到"属性"工具栏，设置如图2—97所示白色到黑色的"线性渐变"填充，用"颜料桶工具"进行填充，最终效果如图2—98所示。

图2—95　填充为黑色

图2—96　"颜料桶"工具

图2—97　设置填充

图2—98　线性渐变填充

39

2.5.4 相关知识

任意变形工具可以单独执行某个变形操作，也可以将诸如移动、旋转、缩放、倾斜和扭曲等多个变形操作组合在一起执行。

在舞台上选择图形对象、组、实例或文本块，再选择"任意变形"工具，在所选内容的周围移动指针，指针会发生变化，指明哪种变形功能可用。

要移动所选内容，可将指针放在边框内的对象上，然后将该对象拖动到新位置。但不要拖动变形点。

要设置旋转或缩放的中心，可将变形点拖到新位置。

要旋转所选内容，可将指针放在角手柄的外侧，然后拖动。所选内容即可围绕变形点旋转。按 Shift 键并拖动可以以 45°为增量进行旋转。若要围绕对角旋转，请按 Alt 键或按 Option 键并拖动。

要缩放所选内容，沿对角方向拖动角手柄可以沿着两个方向缩放尺寸，按 Shift 键拖动可以按比例调整大小。

水平或垂直拖动角手柄或边手柄可以沿各自的方向进行缩放。

图 2—99　花朵卡通造型

要倾斜所选内容，可将指针放在变形手柄之间的轮廓上，然后拖动。

要扭曲形状，可按住 Ctrl 键或按住 Command 键拖动角手柄或边手柄。

若要结束变形操作，请单击所选项目以外的地方。

2.5.5 拓展练习

使用前面所学的知识绘制如图 2—99 所示的花朵卡通造型。

说明： 花朵的绘制：选择变形工具，注意设置旋转度数。

项目 6　绘制展开的扇子

本项目主要介绍通过椭圆工具、颜料桶工具、复制变形工具的综合使用制作一个扇子。本项目在上一例子的基础上继续巩固，学习绘图。

2.6.1　项目效果

通过本项目的设计与制作，最终项目效果如图 2—100 所示。

图 2—100　最终项目效果

2.6.2　项目目的

在本项目中，主要解决以下问题：

（1）矩形的绘制及应用处理。

（2）运用位图填充工具填充色彩。

（3）运用复制变形工具对图形对象进行变形处理。

2.6.3　项目技术实训

1. 创建图形元件

首先，新建一个名称为"扇子"的图形元件。

2. 绘制扇柄

（1）选择"矩形工具"，将笔触颜色设置成黑色，将填充颜色设置成木质褐色，在舞台中绘制一个矩形，如图 2—101 所示。

（2）"折扇"的扇片是上宽下窄的，选择"部分选取工具"，单击右边端点，如图 2—102 所示。朝内进行移动，最终效果如图 2—103 所示。

（3）现在选中绘制好的扇片，按 F8 键再次转换为元件，按 Ctrl＋T 组合键调出"变形"面板，将扇片的中心点移动位置，如图 2—104 所示。

图 2—101　绘制一个矩形

图 2—102　部分选取

图 2—103　朝内进行移动

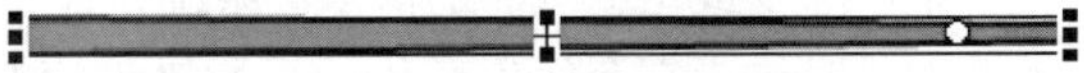

图 2—104　中心点移动位置

（4）在"变形"面板中，将旋转的度数设为 10°，连续单击复制变形按钮，形成如图 2—105 所示形状。

（5）新建图层，选择"椭圆工具"，利用"颜料桶工具"，不要填充色（见图 2—106），根据扇片的大小，绘制两个圆，大圆包含小圆，如图 2—106 所示。

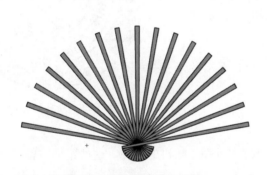

图 2—105　复制变形按钮

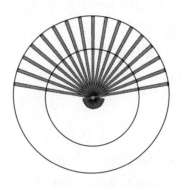

图 2—106　大圆包含小圆

（6）沿两侧竹片画线，去掉多余部分，如图 2—107所示。

（7）将扇面区域填充颜色，为方便起见，填充位图。导入一张国画图片到库中，选择"颜料桶工具"，在"属性"面板中选择"位图填充"，如图 2—108 所示。

（8）设置好"位图填充"属性后，使用"颜料桶工具"喷绘，如果图的大小不合适，使用"渐变变形工具"调整（见图 2—109）。

（9）最终效果如图 2—110 所示。

图 2—107　去掉多余部分

2.6.4　相关知识

通过调整填充的大小、方向或者中心，可以使渐变填充或位图填充变形。

图 2—108　位图填充　　　图 2—109　渐变变形工具　　　图 2—110　最终效果

从"工具"面板中选择"渐变变形工具"。如果在"工具"面板中看不到"渐变变形工具"，请单击"任意变形工具"，然后从显示的菜单中选择"渐变变形工具"。

单击渐变或位图填充的区域。系统将显示一个带有编辑手柄的边框。当指针在任意一个手柄上的时候，它会发生变化，显示该手柄的功能。

（1）中心点：中心点手柄的变换图标是一个四向箭头。

（2）焦点：仅在选择放射状渐变时才显示焦点手柄。焦点手柄的变换图标是一个倒三角形。

（3）大小：大小手柄的变换图标（边框边缘中间的手柄图标）是内部有一个箭头的圆圈。

（4）旋转：调整渐变的旋转。旋转手柄的变换图标（边框边缘底部的手柄图标）是组成一个圆形的四个箭头。

2.6.5　拓展练习

使用前面所学的知识绘制如图 2—111 所示的幸运转盘。

图 2—111　快乐大转盘

项目 7　绘制友情贺卡

诗意的房屋、雪景，可爱的雪人、路灯和月亮，随机的雪花，这些组成一幅美丽的雪景图，也使这张贺卡充满了情趣。通过"椭圆工具"、"颜料桶填充工具"等的综合使用来完成贺卡中场景的布置。

2.7.1　项目效果

本项目将绘制一个圣诞友情贺卡，最终项目效果如图 2—112 所示。

2.7.2　项目目的

在本项目中，主要解决以下问题：

（1）刷子工具和铅笔工具的使用。

（2）绘制椭圆工具的使用。

（3）如何运用填充工具填充色彩。

图 2—112　最终效果

2.7.3　项目技术实训

1.创建新文件

首先，新建一个 Flash 文档，大小为550×400，并保存文件。

2. 绘制"雪景"

（1）使用"刷子工具"在舞台上粗略地勾勒出雪人、房子、树木和路灯的大概位置，如图 2—113 所示。画的时候注意比例和结构。

（2）新建一个图层。参考之前在图层 1 中绘制的草稿，用"线条工具"细致地勾画出雪人、房子、树和路灯的具体结构，如图 2—114 所示。

图 2—113　勾勒大致轮廓

图 2—114　具体结构

图 2—115　初稿部分完成后填充颜色

（3）这样，雪人的初稿部分就完成了。在初稿上定出各部分的颜色，并使用颜料桶填充颜色，如图 2—115 所示。

（4）使用"铅笔工具" 画出各部分的明暗交界线，如图 2—116 所示。

（5）在暗面上填充较暗的颜色，然后删除明暗交界线，并将背景填充为由深蓝色到浅蓝色的线性渐变，如图 2—117 所示。

（6）新建一个图层，命名为"雪花"，在画面上用"刷子工具"添加雪花，如图 2—118 所示。

（7）至此，雪景就绘制完成了。

图 2—116　明暗交界线

图 2—117　线性渐变

2.7.4　相关知识

渐变是一种多色填充，即由一种颜色逐渐转变为另一种颜色。Flash CS5 提供多达 15 种的颜色转变应用于渐变。创建渐变是在一个或多个对象间创建平滑颜色过渡的好方法。可以将渐变存储为色板，从而便于将渐变应用于多个对象。Flash CS5 可以创建两类渐变：

图 2—118　添加雪花

（1）线性渐变。线性渐变是沿着一根轴线（水平或垂直）改变颜色。

（2）放射状渐变。放射状渐变是从一个中心焦点向外改变颜色。可以调整渐变的方向、颜色、焦点位置，以及渐变的其他很多属性。

2.7.5　拓展练习

使用前面所学的知识绘制如图 2—119 所示的公园一角。

图 2—119　公园一角效果

项目 8　绘制小鸟

本项目通过椭圆工具、颜料桶填充工具、复制变形工具制作一只小鸟。

2.8.1　项目效果

通过本项目的设计与制作，最终项目效果如图 2—120 所示。

2.8.2　项目目的

在本项目中，主要解决以下问题：

（1）圆形的绘制及应用处理。

（2）运用填充工具填充色彩。

（3）运用复制变形工具对图形对象进行变形处理。

图 2—120　最终项目效果

2.8.3　项目技术实训

1. 创建图形元件

首先，新建一个名称为"小鸟"的图形元件。

2. 绘制小鸟

（1）选择"椭圆工具"，并将填充色设置成"黑色"，在舞台中绘制一个圆，如图 2—121 所示。

（2）选择"线条工具"，并将笔触色设置成"黑色"，在舞台中绘制弧线，并调整如图 2—122 所示。

（3）选择"线条工具"，并将笔触色设置成黑色，绘制小鸟的尾巴，如图 2—123 所示。

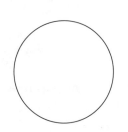　　

图 2—121　绘制一个圆　　　　图 2—122　在舞台中绘制弧线　　　　图 2—123　绘制小鸟的尾巴

（4）选择"椭圆工具"，并将笔触色设置成黑色，在舞台中绘制大圆和小圆，组合为小鸟眼睛，如图 2—124 所示。

（5）选择"线条工具"，为小鸟添加羽毛和尾巴的丰富感，如图 2—125 所示。

（6）选择"颜料桶工具"，并将填充色设置成橘红色，为小鸟填充颜色，如图 2—126 所示。

图 2—124　绘制大圆和小圆　　　　图 2—125　线条工具　　　　图 2—126　填充颜色

（7）选择"铅笔工具"画出各部分的明暗交界线，如图 2—127 所示。

（8）在暗面上填充较暗的颜色，如图 2—128 所示。

（9）然后删除明暗交界线，最终效果如图 2—129 所示。

图 2—127　明暗交界线　　　　图 2—128　填充较暗的颜色　　　　图 2—129　最终效果

2.8.4 相关知识

用部分选取工具显示和调整：选择"部分选取"工具；单击线条或形状轮廓；改变线条或形状。

若要改变线条或形状轮廓的形状，请使用选取工具拖动线条上的任意点。指针会发生变化，以指明在该线条或填充上可以执行哪种类型的形状改变。

Flash 调整线段曲线以适应移动点的新位置。如果重新定位的点是一个结束点，则线条将延长或缩短。如果重定位的点是转角，则组成转角的线段在它们变长或缩短时仍保持伸直。

当转角出现在指针附近时，可以更改终点。当曲线出现在指针附近时，可以调整曲线。如果将某些刷子笔触区域看作轮廓，就更容易改变它们的形状。

2.8.5 拓展练习

使用前面所学的知识绘制如图 2—130 所示的鱼。

图 2—130 鱼

项目9 绘制蝴蝶

通过椭圆工具、颜料桶填充工具、复制变形工具等的综合使用来制作一个蝴蝶。

2.9.1 项目效果

通过本项目的绘制，最终项目效果如图 2—131 所示。

2.9.2 项目目的

在本项目中，主要解决以下问题：

(1) 如何使用绘制椭圆工具。

(2) 运用填充工具填充色彩。

(3) 如何使用选择工具和铅笔工具。

图 2—131 最终项目效果

2.9.3 项目技术实训

1. 创建图形元件

首先，新建一个名称为"蝴蝶"的图形元件。

2. 绘制蝴蝶

(1) 绘制蝴蝶闪亮亮的大眼睛，这是画面的重点，选择"椭圆工具"，关闭填充色，将笔触颜色设置成"黑色"，在舞台中绘制一个圆，稍微调整一下，使其成为一个椭圆，步骤如图 2—132 所示。

(2) 按照同样的方法在左侧，绘制出另一只眼睛，将多余的线条删掉。绘图步骤如图 2—133所示。

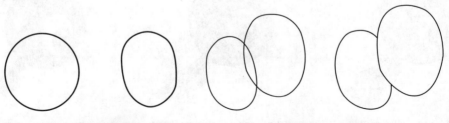

图 2—132 椭圆   图 2—133 眼睛

（3）绘制蝴蝶的肚子。按照上一个步骤的方法，使用"椭圆工具"，画出一个椭圆，把超出的线条删掉，效果如图2—134所示。

（4）绘制蝴蝶的尾巴。使用"线条工具"，画出几何形体，再使用"选择工具"，拉出线条的弧度，过程如图2—135所示。

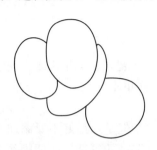
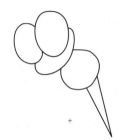
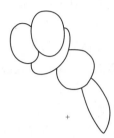

图2—134　蝴蝶的肚子　　　　　　　图2—135　蝴蝶的尾巴

（5）绘制蝴蝶翅膀。使用"线条工具"，画出翅膀的大致轮廓线条，再使用"选择工具"，拉出弧度，进行调整，过程如图2—136所示。

（6）新建一个图层，给蝴蝶添上眼睛、嘴巴和触角，效果如图2—137所示。

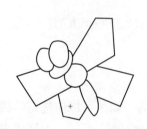

图2—136　蝴蝶翅膀　　　　　　　　图2—137　眼睛、嘴巴和触角

（7）初稿完成以后，接下来进行上色，先进行色彩的平涂上色，效果如图2—138所示。

（8）为了让画面更生动，接下来还需要给蝴蝶加上光影效果。首先，使用"铅笔工具"勾出身体每个部位的明暗交界线，然后选择较深的颜色进行填充，最后去掉明暗交界线，光影效果就完成了。制作过程如图2—139所示。

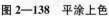

图2—138　平涂上色　　　　　　　　图2—139　光影效果

2.9.4　相关知识

1. 钢笔工具的绘制状态

钢笔工具显示的不同指针反映其当前绘制状态。

初始锚点指针 ；连续锚点指针 ；添加锚点指针 ；删除锚点指针 ；连续路径指针 ；闭合路径指针 ；连接路径指针 ；回缩贝塞尔手柄指针 ；转换锚点指针 。

2. 用钢笔工具绘制直线

使用钢笔工具可以绘制的最简单的路径是直线，方法是通过单击钢笔工具创建两个锚点。继续单击可创建由转角点连接的直线段组成的路径。

（1）选择钢笔工具 。

将钢笔工具定位在直线段的起始点并单击，以定义第一个锚点。如果出现方向线，而您意外地拖动了钢笔工具，则请选择"编辑｜撤消"，然后再次单击。

（2）添加或删除锚点。

添加锚点可使您更好地控制路径，也可以扩展开放路径。但是，最好不要添加不必要的锚点。锚点越少的路径越容易编辑、显示和打印。若要降低路径的复杂性，请删除不必要的锚点。

（3）调整路径上的锚点。

在使用钢笔工具绘制曲线时，将创建平滑点（即连续的弯曲路径上的锚点）。在绘制直线段或连接到曲线段的直线时，将创建转角点（即在直线路径上或直线和曲线路径接合处的锚点）。

默认情况下，选定的平滑点显示为空心圆圈，选定的转角点显示为空心正方形。

将方向点拖动出转角点以创建平滑点。

（4）移动或添加另一个锚点。

若要移动锚点，请用"部分选取"工具来拖动该点。

若要添加锚点，请用钢笔工具单击线段。如果可以向选定的线段添加锚点，"钢笔"工具 旁边将出现一个加号（＋）。如果还未选择线段，可用钢笔工具单击线段来选中它，然后添加锚点。

（5）调整线段。

移动平滑点上的切线手柄时，可以调整该点两边的曲线。请按住 Shift 并拖动。若要单独拖动每个切线手柄，请按住 Alt（Windows）或 Option（Macintosh）拖动。

2.9.5　拓展练习

使用前面所学的知识绘制一只如图 2—140 所示的小蜜蜂。

图 2—140　小蜜蜂

项目 10　绘制漫画人物

有很多朋友喜欢绘制矢量图像，矢量绘画是每一个动画设计师的必修课，所以，它的重要性也是显而易见的。在 Flash CS5 中，工具非常便捷，为绘制简单的矢量图提供了方便。

2.10.1　项目效果

本项目将绘制一个可爱的漫画版小女孩，最终项目效果如图 2—141 所示。

2.10.2　项目目的

在本项目中，主要解决以下问题。

（1）如何使用绘制椭圆工具。

（2）如何运用填充工具填充色彩。

（3）如何使用选择工具和铅笔工具。

2.10.3　项目技术实训

1. 创建图形元件

新建一个名称为"小女孩"的图形元件，进入该元件的编辑区。

2. 绘制小女孩

（1）绘制女孩的脑袋。使用"椭圆工具"，关闭填充色，将笔触颜色设置成"黑色"，在舞台中心绘制一个椭圆，如图 2—142 所示。

图 2—141　最终项目效果

（2）使用"铅笔工具"在头部两边画出耳朵，耳朵要尽量画的对称，如图 2—143 所示。

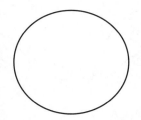
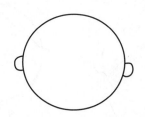

图 2—142　绘制一个椭圆　　　　图 2—143　画出耳朵

（3）使用"线条工具"在脸部绘制两条直线，并使用"选择工具"将其调整为弧线，形成弯弯的眉毛；然后使用椭圆工具画出眼睛，如图 2—144 所示。

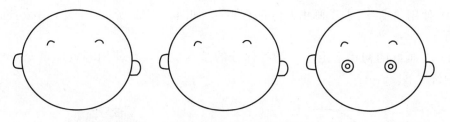

图 2—144　画出眼睛

（4）在眼睛的下方画出嘴巴，嘴巴要按照人物的表情来画，如图 2—145 所示。

（5）绘制女孩的头发。使用"线条工具"，在女孩的头部画出头发的大致轮廓线条，再使用"选择工具"，拉出弧度，让线条之间的衔接自然光滑，进行调整，删除多余的线条，制作过程如图 2—146 所示。

（6）使用"椭圆工具"与"线条工具"在头发上画出可爱的发卡，如图 2—147 所示。借助这样的小装饰物能够让你的画面人物更生动。发卡上的花朵由 5 个椭圆组成。

图 2—145　画出嘴巴

49

图 2—146　画出头发

图 2—147　画出发卡

（7）使用线条工具在头部的下方画出裙子的线条，接着画出衣服的袖子，并删除多余的线条，如图 2—148 所示。

（8）使用铅笔工具在裙子的上方画出衣领，如图 2—149 所示。

（9）使用"线条工具"画出连衣裙上下的分界线，如图 2—150 所示。

图 2—148　画出衣服袖子

图 2—149　画出衣领

图 2—150　画出分界线

（10）使用"线条工具"画出人物的腿和手，如图 2—151 所示。至此，小女孩的初稿图就完成了。

（11）在画好的初稿上定出人物各部分的基本颜色，并使用颜料桶填充颜色，如图 2—152所示。

图 2—151　画出人物的腿和手

图 2—152　填充基本颜色

（12）为了让画面更生动，接下来还需要给小女孩加上光影效果。首先，使用"铅笔工具"勾画出身体每个部位的明暗交界线，然后选择较深的颜色进行填充，最后去掉明暗交界线，光影效果就完成了。制作过程如图 2—153 所示。

图 2—153　光影效果完成步骤

2.10.4　相关知识

使用铅笔工具绘画的方式与使用真实铅笔大致相同。若要在绘画时平滑或伸直线条和形状，请为铅笔工具选择一种绘制模式。

选择"铅笔"工具 ✐ ：选择"窗口" ｜ "属性"，然后选择笔触颜色、线条粗细和样式。

在"工具"面板的"选项"下，选择一种绘制模式：

若要绘制直线，并将接近三角形、椭圆、圆形、矩形和正方形的形状转换为这些常见的几何形状，请选择"伸直" ⌐。

若要绘制平滑曲线，请选择"平滑" Ϛ。

若要绘制不用修改的手画线条，请选择"墨水" ᶚ。

分别以伸直、平滑和墨水模式绘制的线条。

若要使用铅笔工具绘制，请单击舞台并拖动。按住 Shift 键拖动可将线条限制为垂直或水平方向。

图 2—154　小男孩

2.10.5　拓展练习

使用前面所学的知识点绘制如图 2—154 所示的小男孩。

项目 11　绘制古代美女

本项目在以前学习的基础上，来继续学习如何绘制漫画人物。

2.11.1　项目效果

本项目绘制一个古代版的美女，最终项目效果如图 2—155 所示。

2.11.2　项目目的

在本项目中，主要解决以下问题：

（1）如何使用绘制椭圆工具。

（2）如何运用填充工具填充色彩。

（3）如何使用选择工具和铅笔工具。

图 2—155　最终项目效果

2.11.3　项目技术实训

1. 创建新元件

新建一个名称为"古代美女"的图形元件，进入该元件的编辑区。

2. 绘制古代美女

（1）绘制出人物的基本形体，摆好动作，如图 2—156 所示。

（2）画头发。头发要飘逸一些，发型要华丽一些，发髻尽量大一些，让头发看起来多一些 ，如图 2—157 所示。

图 2—156　绘制出人物的基本形体

（3）画衣服。衣服要华丽，裙子要大一点并拖到地面，这样才能衬托出美女的身份，如图 2—158 所示。这样，美女的初稿部分就完成了。

（4）在画好的初稿上定出人物各部分的基本颜色，并使用颜料桶填充颜色，效果如图 2—159 所示。这里主要使用一些鲜艳的颜色。

图 2—157　画出头发

图 2—158　画出衣服

图 2—159　人物各部分的基本颜色

（5）使用"铅笔工具"画出头发的明暗交界线，填充上面发暗面的颜色，如图 2—160 所示。

图 2—160　明暗交界线

（6）画出皮肤和嘴的明暗交界线，填充上暗面的颜色，如图 2—161 所示。

图 2—161　填充上暗面的颜色

（7）根据眼睛的结构，画出眼睛的明暗交界线，如图 2—162 所示。

图 2—162　眼睛的明暗交界线

（8）根据衣服的纹理，画出衣服的明暗交界线，选择较深的颜色进行填充，然后去掉明暗交界线，分出层次，光影效果就完成了，如图 2—163 所示。

（9）最终效果如图 2—164 所示。

图 2—163　光影效果完成　　　　　　　　图 2—164　最终效果

2.11.4　相关知识

使用"工具"面板调整笔触颜色和填充颜色。"工具"面板"笔触颜色"和"填充颜色"控件可以设置用绘画和涂色工具创建的新对象的涂色属性。若要用这些控件来更改现有对象的涂色属性，则必须首先在舞台中选择对象。具体过程是：

单击"笔触颜色"或"填充颜色"控件，然后选择一个颜色样本。

图 2—165 公子

单击弹出窗口中的"系统颜色选择器"按钮，然后选择一种颜色。

若要恢复到默认颜色设置（白色填充和黑色笔触），请单击"工具"面板中的"黑白"按钮。

若要删除任何笔触或填充，请单击"无颜色"按钮。

注意："无颜色"按钮只有在创建椭圆或矩形时才会出现。您可以创建没有笔触或填充的对象，但不能对现有对象使用"无颜色"按钮。而应该选择现有的笔触或者填充然后删除它。

若要在填充和笔触之间交换颜色，请单击"工具"面板中的"交换颜色"按钮。

2. 11. 5　拓展练习

使用前面所学的知识绘制如图 2—165 所示的公子。

第3章　Flash CS5 文字特效

教学要求

知识要点	能力要求	关联知识
文本工具的使用	熟练掌握文本的输入、文本属性的设置	本章案例
任意变形工具的使用	理解和掌握任意变形工具的使用	变幻的文字
颜料桶工具的使用	熟练掌握渐变颜色的填充	渐变填充效果文字、立体效果文字、运动的文字、电影文字效果
墨水瓶工具的使用	掌握墨水瓶工具的使用效果	霓虹灯文字
紧贴至对象工具的使用	掌握紧贴至对象工具的使用	立体效果文字
套索工具	掌握套索工具中魔术棒的使用	变幻的文字
文字形状变化动画	理解和掌握文字变形动画	字母变色变形
文字元件变化动画	理解和掌握文字元件动画	变幻的文字、运动的文字、环形旋转文字
文本分离	理解和掌握文本的分离效果和意义	渐变填充效果文字、霓虹灯文字、立体效果文字、运动的文字
遮罩层的使用	理解和掌握遮罩效果动画的制作方法	遮罩文字效果、电影文字效果、文字探照灯效果、环形旋转文字、简单打字效果

项目提示

　　本章主要介绍 Flash CS5 中利用文字制作的特效动画。文字是 Flash 动画中很重要的组成部分，利用文本工具可以在 Flash 影片中添加各种文字。通过本章 12 个项目案例讲解与学习要求读者掌握的文本工具的使用方法，掌握制作丰富的文字效果的方法。

　　在 Flash CS5 中，文本工具是编辑文本及创建文本交互运用必备的工具。用户可以向 Flash 文档添加以下几种类型的文本：静态文本、动态文本和输入文本。当需要向舞台中添加装饰性文本，或者添加不需要更改和不需要从外部来源加载的任何文本的时候，可以使用静态文本。如果需要从文件、数据库加载文本，或者需要当 SWF 文件在 Flash Player 中播放的时候更改文本，则应该使用动态文本。如果希望在生成的作品中的文本字段中键入内容，则应该使用输入文本。在 Flash CS5 中可以提取输入的文本并将其发送到数据库中，使其操作 SWF 文件中的某项动作或者内容，这些操作都需要使用文本工具。

在 Flash CS5 中，为用户提供了非常方便的属性面板，在属性面板中集合了多种文字调整选项。下面通过项目案例来学习各种文本工具的具体运用。

项目 1　静态阴影文字

3.1.1　项目效果

通过本项目的设计与制作，最终项目效果如图 3—1 所示。

3.1.2　项目目的

在本项目实例中，主要解决以下问题：

（1）文本输入。

（2）文本属性设置。

（3）加入阴影效果。

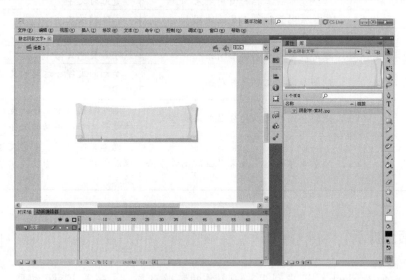

图 3—1　静态阴影文字效果

3.1.3　项目技术实训

1. 输入文字

（1）启动 Flash CS5，新建文件并将其命名为"静态阴影文字"。将素材"阴影字—素材"导入到库中，在将元件"阴影字—素材"拖放到舞台，如图 3—2 所示。

图 3—2　导入元件

（2）双击时间轴上的"图层 1"，将"图层 1"重命名为"文字"，选择工具箱中的"文本工具"，在工作区单击鼠标，在输入框中输入文字"welcome"，将文字的属性设置为 Arial、67、黑色，其他文字属性如图 3—3 所示。

2. 制作阴影

（1）使用"选择工具"选中文本块"welcome"，按 Alt 键的同时拖动鼠标复制对象，如图 3—4 所示。

图 3—3　输入文字

（2）选中原文字对象，在文字属性面板中将文字的颜色设置为"♯999999"，其他属性不变，调整工作区两个文本块的相对位置，使其产生立体的阴影效果，如图 3—5 所示。

图 3—4　复制文字

图 3—5　阴影效果

3.1.4　相关知识

文本工具在 Flash 动画制作过程中起着举足轻重的作用，使用文本工具可以为动画添加标题、标签等，创建可与用户交互的输入文本以及动态显示信息的动态文本等。

在 Flash CS5 中，可创建传统文本和 TLF 文本。其中传统文本又分为动态文本、静态文本、输入文本三种类型。各种文本类型各有其独特的应用领域，其中以静态文本的应用最为广泛，其他类型只应用于交互式操作及数据更新，属于高级应用，涉及较为复杂的编程知识，在这里不作重点介绍。

文本工具的使用与工具栏中其他工具的使用是一样的，单击文本工具即将其激活，创建的文本以文本块的形式显示，用选择工具可以随意调整它在场景中的位置，激活文本工具后，属性面板将自动显示文本的各种属性，如字体、字号和颜色等。

1. 创建静态文本

静态文本主要应用于文字的输入与编排，起到解释说明的作用，是大量信息的传播载体，也是文本工具最基本的功能，具有较为普遍的属性。

单击"文本工具"，此时鼠标变为"⊹"形，"属性"面板，如图 3—6 所示，在此可以设置文本类型、字体、字体大小、填充颜色、字母间距和字符位置等。在舞台中的适当

图 3—6　文本工具"属性"面板

位置单击，即可输入文字创建静态文本。若要编辑原来存在的文字，在其上面单击即可。

静态文本有两种文本框，一种是自动扩展的文本框，如图3—7所示。当输入文字时，文本框会随着文字的输入而延长，要换行时需按Enter键进行强制换行。

另一种是固定宽度的文本框，如图3—8所示。如果输入文本的宽度超过了文本框的宽度，则文本会自动换行。

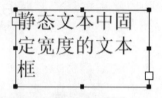

静态文本中可自动扩展的文本框

图3—7　自动扩展的文本框

图3—8　固定宽度的文本框

2. 文本常用属性

系列：字体设置。

样式：Flash提供4种文本样式，分别为常规（Regular）、斜体（Italic）、加粗（Bold）、斜体加粗（Bold Italic）。

大小：字号设置。通过在字号上左右拖曳改变文字的大小，或者直接输入字号大小。

字母间距：字符之间距离的设置。

颜色：颜色设置。

自动调整字距：勾选中此选项后，就激活了所选文本的字体内置字距调整选项，自动调整文本单个字符之间的间距。但该功能不应用于所有字体，要求所选字体中必须包含字距调整信息。

消除锯齿：锯齿文字可以使字号很小的文字变得清晰可见，但不宜用在字号较大的文字上，否则会产生粗糙感。

可选：选中文本后，单击该按钮，在发布影片后，设置为可选文本的将处于可选状态。

上标、下标：可把选定文本转为上标或下标格式。

3.1.5　拓展练习

利用本节知识点完成如图3—9所示文字效果。

图3—9　阴影文字

项目2　渐变填充效果文字

本案例将利用文字颜色填充工具制作渐变填充效果文字。

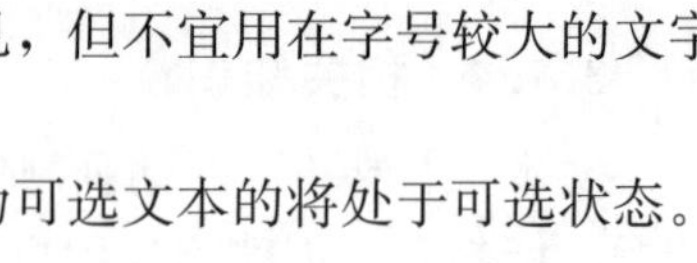

3.2.1　项目效果

通过本项目的设计与制作，最终项目效果如图3—10所示。

图3—10　渐变填充效果

3.2.2　项目目的

在本项目中，主要解决以下问题：

（1）文本工具的使用。

（2）文本分离。

（3）颜料桶工具的使用。

3.2.3　项目技术实训

1. 输入文字

（1）新建一个 Flash 文档，在"属性"面板中将文档大小设置为"550×300"像素，背景色设置成"黑色"。

（2）选择"文字工具"，在舞台中输入"cool"，将文字的颜色设置为"♯FFFFFF"，选择粗体效果，文字大小设置为200，如图3—11所示。

图 3—11　属性面板设置

2. 文本分离

（1）选中工作区中的文字，选择"修改｜分离"（或按 Ctrl＋B 组合键），选定文本块中的每个字符都会被放置在一个独立的文本块中，此时对其中任意字符进行单独的操作都不会影响其他字符，如图 3—12 所示。

（2）选择"修改｜分离"命令（或按 Ctrl＋B 组合键），使第一次分离过的文本转换为矢量图形，如图 3—13 所示。

图 3—12　第一次文本分离　　　　　图 3—13　第二次文本分离

3. 渐变填充

（1）选择"窗口｜颜色"，在"颜色"面板中选择"线性渐变"，将左侧的颜色设置为"♯66CCFF"，将右侧的颜色设置为"♯000099"，如图 3—14 所示。

（2）使用"选择工具"将所有文字选中，然后选择"颜料桶工具"，在文字上自上而下拖动，填充整体渐变效果，如图 3—15 所示。

（3）最后效果图如图 3—16 所示。

图 3—14　颜色面板

图 3—15　线性填充　　　　　　　　图 3—16　最终效果

3.2.4 相关知识

1. 文本分离

某些操作不能直接作用于文本对象，例如为文本填充渐变色或者调整文本的外形。因为上述操作只作用于图形对象，所以如果要对文本对象进行上述操作，用户首先需要将文本分离，经过分离了的文本具有和图形相似的属性。这样做的目的是将文本从一组可编辑和配置的字符转换为最基本的形式，即矢量形式。从而可以从图形的角度对其进行编辑。请注意，一旦文本被分离，就不能再作为文本进行编辑，也就不能进行字体改变、段落设置以及其他普通的文字设置，即不能返回到文本状态，所以在分离之前要确保正确设置文本内容及其字体等外观属性。

2. 渐变填充

渐变，是指图像的某一区域从一种颜色变化为另一种颜色。Flash 能创建两大类型的渐变：线性渐变和放射渐变。线性渐变沿一个轴更改颜色，如水平轴或垂直轴，如图 3—17 所示。放射渐变从一个焦点开始向外更改颜色，如图 3—18 所示。你能调整渐变的方向、颜色、焦点的位置和渐变的许多其他属性。

图 3—17 线性渐变

图 3—18 放射渐变

3.2.5 拓展练习

使用前面所学的知识绘制如图 3—19 所示的渐变填充效果的文字。

图 3—19 渐变填充效果的文字

项目 3 霓虹灯文字

3.3.1 项目效果

通过本项目的设计与制作，最终项目效果如图 3—20 所示。

3.3.2 项目目的

在本项目实例中，主要解决以下问题：

图 3—20 霓虹灯文字效果

(1) 墨水瓶工具的使用。

(2) 将线条转换为填充。

(3) 应用"柔化填充边缘"命令，对文字边缘进行柔化。

3.3.3 项目技术实训

1. 输入文字

(1) 新建一个 Flash 文档，在属性面板中将文档背景色设置为深蓝色（♯000066）。

（2）选择工具箱中的"文本工具"，设置参数如图 3—21 所示，然后在工作区单击鼠标，输入文字"hello"。

2. 文本分离

单击"修改｜分离"（或按 Ctrl＋B 组合键）两次，将文字分离为图形。

3. 霓虹灯效果制作

（1）对文字进行描边处理。选择工具箱中的墨水瓶工具，笔触颜色设成黄色（♯FFFF00），然后对文字进行描边，如图 3—22 所示。按 Delete 键删除填充区域，如图 3—23 所示。

图 3—21　设置文本属性

（2）选择"选择工具"，选中所有黄色外框。然后单击"修改｜形状｜将线条转换为填充"，将黄色边框转换为可填充的区域，如图 3—24 所示。

图 3—22　对文字进行描边处理　　　　　**图 3—23　删除填充区域**

（3）单击"修改｜形状｜柔化填充边缘"，弹出"柔化填充边缘"对话框进行设置如图 3—25 所示。单击"确定"按钮，结果如图 3—26 所示。

图 3—24　转换为可填充区域　**图 3—25　"柔化填充边缘"设置**　**图 3—26　最终效果**

3.3.4　相关知识

（1）将线条转换为填充的作用是：可以对线条的色彩范围作更精确的造型编辑，在造型的时候比较好突出特色，另外，如果线条太过复杂，会影响到整体的文件体积，尤其是转换为元件的时候，会有明显的粗细不同，但是将线条转换为填充后，就没有这种顾虑了。

（2）柔化填充边缘可以对矢量图形的轮廓进行放大或缩小填充，同时可以在填充边缘产生多个逐渐透明的图形层，从而形成边缘柔化的效果。

"柔化填充边缘"对话框里各参数的含义：

距离：柔化的宽度，以像素为单位。

步长数：控制用于柔化效果的曲线数，使用的步长数越多，效果就越平滑，增加步长数还会使文件变大，降低绘画速度。

方向：扩展和插入控制柔滑边缘时形状是放大还是缩小。

3.3.5　拓展练习

使用墨水瓶工具完成图 3—27 所示文字效果的制作。

图 3—27　霓虹灯彩色文字

项目 4　立体效果文字

3.4.1　项目效果

通过本项目实例的设计与制作，最终项目效果如图 3—28 所示。

3.4.2　项目目的

在本项目实例中，主要解决以下问题：

（1）文字立体效果的制作。

（2）进一步熟练分离对象功能的使用。

3.4.3　项目技术

图 3—28　立体效果文字

1. 添加文本

利用前面所学的知识添加文本，选择"墨水瓶工具"填充，打散文本的边缘，然后删除中间填充部分，保留边框，效果如图 3—29 所示。然后将其转换成图形元件"边框"，如图 3—30 所示。

图 3—29　保留边框

图 3—30　转换为图形元件

2. 制作立体效果

（1）从库面板中选择"边框"，并将其拖入，调整文字之间的位置，如图 3—31 所示。

（2）单击"修改｜分离"，将文字分离为图形。使用"选择工具"依次删除外面一层轮廓所覆盖的线条，效果如图 3—32 所示。

图 3—31　拖入元件

图 3—32　删除线条

（3）保持"紧贴至对象"按钮"⊞"处于选中状态，然后选择"线条工具"，将内外两层轮廓之间的相同的拐角都连接起来，如图 3—33 所示。再次删除删除填充颜色后不能显示出的线段，如图 3—34 所示。

（4）选择"颜料桶工具"，然后在"颜色"面板中选择线性填充，由深蓝色（♯000033）到浅蓝色（♯99FFFF）渐变，然后进行填充，并将边线删掉，如图 3—35 所示。

3. 制作倒影

（1）将立体效果文字转换为元件"立体文字"，添加图层 2，将库中的"立体文字"元件拖入该图层，然后单击"修改｜变形｜垂直翻转"，将其上下翻转一次，并调整位置，制作出倒影效果，如图 3—36 所示。

图 3—33　紧贴至对象连接　　　图 3—34　删除线段后的立体效果　　　图 3—35　线性填充

（2）选择翻转的立体文字，在对应的"属性"面板中，如图 3—37 所示进行设置，使其透明度为 50%，此时的效果图 3—38 所示。

　3—36　垂直翻转　　　图 3—37　透明度设置　　　图 3—38　最终效果

3.4.4　相关知识

单击"紧贴至对象"按钮后，使用"选择工具"（也就是黑箭头工具）拖拽线段的端点，这个时候端点如果接近其他端点就会自动识别和吸附。选择了这个功能，可以更好地对齐已有的对象，快速精确地定位。

3.4.5　拓展练习

使用前面所学知识绘制如图 3—39 所示的立体文字。

项目 5　变幻的文字

图 3—39　立体文字

熟练掌握"任意变形"工具和参数的设置与使用，在设计绘制复杂的图形时显得尤为重要，本项目进一步学习使用"任意变形"工具。

3.5.1　项目效果

通过本项目实例的设计与制作，最终项目效果如图 3—40 所示。

3.5.2　项目目的

在本项目实例中，主要解决以下问题：

（1）魔术棒的使用。

（2）分散到图层命令的应用。

（3）任意变形工具的使用。

图 3—40　变幻的文字

3.5.3　项目技术实训

1. 制作背景图

（1）新建一个 Flash 文档，在属性面板中将文档大小设置为"500×250"像素。

（2）执行"文件｜导入｜导入到舞台"，从素材中导入 tree.jpg 图片，在属性面板把图片大小设置为宽500，高250。

（3）将图层1隐藏，新建图层2，重复步骤（2）的操作，导入另一张图片 yixiu.jpg，将其打散后，使用"套索工具"下的"魔术棒"工具，将人物以外的背景全部删除，删除完的效果如图 3—41 所示。

图 3—41　删除背景后的人物图案

（4）解除对图层1的隐藏，然后改变修改后的一休哥的大小，并将其位置放到如图 3—42 所示位置。分别对图层1和图层2在第35帧插入帧，使动画延续到第35帧，如图 3—43 所示。

2. 文字制作

（1）新建图层3，使用"文本工具"输入文字"不要着急休息一会儿"，再使用快捷键将其打散一次，确保所有文字被选中后单击鼠标右键执行"分散到图层"命令，如图 3—44 所示。

（2）选中图层"不"中的文字"不"，将其转换为图形元件，如图 3—45 所示。重复此步骤将其他文字也转化为图形元件。

图 3—42　场景效果图

图 3—43　插入帧命令

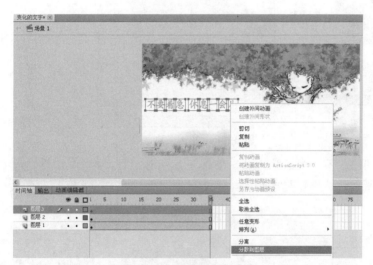

图 3—44　分散到图层命令

图 3—45　转换为元件

（3）按 Ctrl 键依次同时选中各文字所在图层的第 5 帧和第 1 帧，单击鼠标右键执行插入关键帧命令，如图 3—46 所示。

图 3—46　插入关键帧命令

（4）选中图层"不"中的第 5 帧，使用任意变形工具，按 Shift 键，改变文字大小，效果如图 3—47 所示。然后重复该步骤，将文字图层第 5 帧中的文字都改变大小。

图 3—47　变形工具的使用

（5）选中各层关键帧之间的过渡帧，单击鼠标右键执行"创建补间动画"命令，如图 3—48 所示。

（6）选中整个图层"不"，用鼠标拖住向后移动两帧。重复该步骤，使其他图层都比下面一个图层后移两帧，然后选中各图层 35 帧后的帧，单击鼠标右键选择"删除帧"，效果如图 3—49 所示。

（7）最后删除图层 3，然后按 Ctrl＋Enter 组合键测试影片，即可得到如图 3—40 所示的效果。

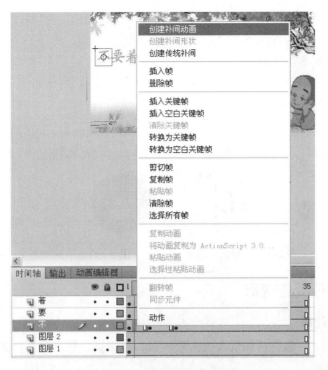

图 3—48　创建补间动画命令

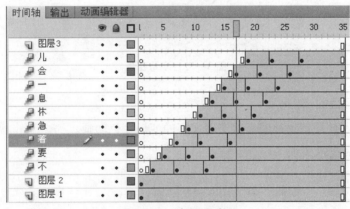

图 3—49　各图层动画

3.5.4　相关知识

Flash 文档中的每一个场景都可以包含任意数量的时间轴图层，使用图层和图层文件夹可组织动画序列的内容和分隔动画对象。在图层和文件夹中组织它们可防止它们在重叠时相互擦除、连接或分段。若要创建一次包含多个元件或文本字段的补间移动的动画，请将每个对象放置在不同的图层中，可以将一个图层用作背景图层来包含静态插图，并使用其他图层包含单独的动画对象。

在使用"分散到图层"时，Flash CS5 将每个选中的对象分散到另一个新图层。任何没有选中的对象都保留在它们原来的图层中。对舞台中的任何元素（包括图形对象、实例、位图、视频剪辑和分离文本块）都可以应用"分散到图层"。

在"分散到图层"操作过程中创建的新图层根据每个新图层包含的元素名称来命名：

（1）包含库资源（例如元件、位图或视频剪辑）的新图层获得与该资源相同的名称。

（2）包含命名实例的新图层的名称就是该实例的名称。

（3）包含分离文本块字符的新图层用这个字符来命名。

（4）如果新图层中包含图形对象（这个对象没有名称），则该新图层命名为 Layer1（或 Layer2，以此类推）。

3.5.5 拓展练习

使用"任意变形"工具创建补间动画完成如图 3—50 变化到图 3—51 的效果。

图 3—50　初始状态　　　　图 3—51　最终状态

项目 6　字母变色变形

3.6.1 项目效果

字母从 A 变到 F，颜色从红依次变为橙、黄、绿、蓝、紫，最后回到红色字母 A，最终效果如图 3—52 所示。

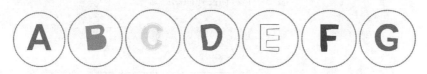

图 3—52　字母变形

3.6.2 项目目的

在本项目中，使用创建补间形状实现文字的变形变色动画。

3.6.3 项目技术实训

1. 制作背景图

（1）新建一个 Flash 文档，大小和背景色为默认设置。

（2）绘制字母外旋转的圆环。选择"椭圆工具"，设置笔触颜色为"嫩绿色"（♯00FF00），笔触高度为 8，填充色为无色，笔触样式设置为虚线，如图 3—53 所示。按 Shift 键，在舞台中拖动出一个圆形，如图 3—54 所示。

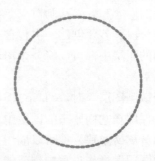

图 3—53　属性面板　　　　图 3—54　画好的圆

（3）单击"修改｜转换为元件"，输入元件的名称"环"。

（4）在图层 1 的第 70 帧处插入关键帧。单击图层 1，选中所有帧，然后单击鼠标右键选择"创建传统补间"。此时时间轴面板如图 3—55 所示。

图 3—55　时间轴面板

（5）单击图层 1 第 1 帧，然后在"属性"面板设置顺时针旋转，如图 3—56 所示。

2. 制作字母变形动画

（1）在时间轴面板插入图层 2，选择工具箱的文本工具，设置属性如图 3—57 所示，然后在舞台中输入字母 A。

图 3—56　补间动画属性面板

图 3—57　文本属性面板

（2）按 Ctrl＋B 组合键将字母分离为图形。

（3）在图层 2 第 10 帧处插入关键帧，并把字母 A 删掉。

（4）选择"文本工具"，在"属性"面板中将颜色设置为橙色，其他参数与字母 A 相同，然后在舞台中输入字母 B，并将其分离为图形。

（5）重复（3）、（4）步骤在第 20、30、40、50、60 帧加入字母 C、D、E、F、G，颜色分别为黄色、绿色、蓝色、紫色、紫红色。

（6）在图层 2 的第 70 帧输入与第一帧相同的红色字母 A，并将其分离为图形。

（7）单击"图层 2"，选中所有帧，然后单击鼠标右键选择"创建补间形状"，此时时间轴面板如图 3—58 所示。

图 3—58　时间轴面板

（8）按 Ctrl＋Enter 组合键测试影片，即可得到字母变形的效果。

3.6.4　相关知识

Flash CS5 补间动画的类型包括：补间动画、补间形状和传统补间。

（1）补间动画。补间动画是一种构造，它生成显示对象在不同时间不同状态下的中间帧，并使第一个帧状态平滑过渡到第二个帧状态，而这种变化可以随时间增大、缩小、旋转、淡化或更改颜色，从而制作出令人眼花缭乱的动画效果。

（2）补间形状。补间形状的对象是图形，补间形状可以使图形由一个形状改变到另一个形状，可以由圆渐变到多边形，图形色块渐变到文字色块，红色渐变到蓝色等。

（3）传统补间。传统补间的对象是"元件"或"群组对象"。传统补间在两个关键帧中间插入"插补帧"，完成两帧之间元件的大小、位置、颜色、透明度、旋转等种种属性的变化，传统补间制作在 Flash CS5 以前的版本中称为"运动补间"。

3.6.5　拓展练习

利用前面所学知识完成如图 3—59 变化到图 3—63 的动画效果。

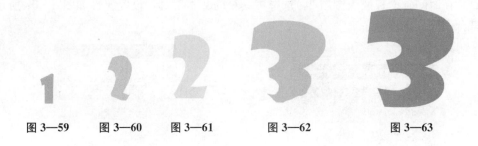

图 3—59　　　图 3—60　　　图 3—61　　　　图 3—62　　　　图 3—63

项目 7　运动的文字

3.7.1　项目效果

制作彩虹文字从左方旋转到右方消失，然后再从右方运动到左方重现的效果，如图 3—64 所示。

图 3—64　运动的文字

3.7.2　项目目的

在本项目中，主要解决以下问题：

（1）文字元件运动动画的制作。

（2）颜料填充工具的应用。

70

3.7.3 项目技术实训

1. 制作文字

(1) 新建一个 Flash 文档,背景色设置为黑色。

(2) 选择"文本工具",按图 3—65 设置属性,然后在舞台中输入文字"moving text"。

(3) 单击"修改|分离"2 次,将文字分离为图形。

(4) 选择"颜料桶工具",按图 3—66 设置填充色,对文字进行填充,结果如图 3—67 所示。

图 3—65 文本"属性"面板

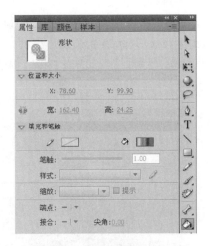

图 3—66 颜料桶"属性"面板

图 3—67 填充后的文本

(5) 单击"修改|转换为元件",在弹出的"转换为元件"对话框中进行设置,如图 3—68 所示,单击"确定"按钮即可。

2. 制作文字从左向右运动

(1) 鼠标右键单击图层 1 的第 30 帧,从弹出的菜单中选择"插入关键帧",插入一个关键帧。

(2) 利用"选择工具"将"text"元件向右下移动,如图 3—69 所示。

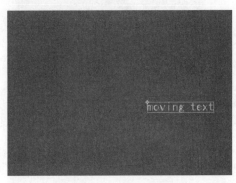

图 3—68 "转换为元件"对话框   图 3—69 场景文本位置

（3）单击图层 1，选中所有帧，然后单击鼠标右键选择"创建传统补间"，此时时间轴面板如图 3—70 所示。

图 3—70　时间轴面板

3．制作文字旋转效果

单击图层 1 第 1 帧，在"属性"面板中设置为顺时针旋转，如图 3—71 所示。

4．制作文字在第 30 帧消失效果

单击图层 1 第 30 帧，然后选择工作区中的文字，在"属性"面板中设置 Alpha 的数值为 0 即可，如图 3—72 所示。

图 3—71　补间动画"属性"面板

图 3—72　透明度设置

5．制作文字从右向左运动

（1）新建图层 2，将库面板中的"text"元件拖入图层 2，放置位置如图 3—73 所示。

（2）在时间轴图层 2 的第 30 帧插入关键帧，然后移动文字位置如图 3—74 所示，接着右键单击图层 2 的第 1 帧，选择"创建传统补间"。

图 3—73　运动的某个场景图

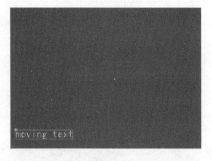

图 3—74　最终的场景图

6．制作文字从右向左运动过程中逐渐显现的效果

（1）单击时间轴图层 2 的第 1 帧，然后选择工作区的文字，在"属性"面板中设置 Alpha 值为 0。

（2）选择图层 2，设置第 1 帧到 30 帧，第 30 帧到第 59 帧，结果如图 3—75 所示。

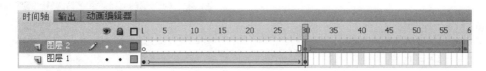

图 3—75　时间轴面板

（3）按 Ctrl＋Enter 组合键测试影片，可以看到文字从左旋转着向右运动并逐渐消失，然后从右向左逐渐运动显现的效果。

3.7.4　相关知识

补间动画的"属性"面板如图 3—76 所示，各参数设置含义如下：

图 3—76　补间动画"属性"面板

（1）缓动。可以通过左右拖曳改变数值，也可以直接输入具体数值。补间动画效果会根据不同的值作出相应的变化：在 $-1\sim-100$ 的负值之间，动画运动的速度从慢到快，朝动结束的方向加速补间；在 1 到 100 的正值之间，动画运动的速度从快到慢，朝运动结束的方向减慢补间；默认情况下，补间帧之间的变化速率是不变的。

（2）旋转。旋转下拉列表中包括 4 个选项：选择"无"（默认设置）可禁止元件旋转；选择"自动"可使元件在需要最小动作的方向上旋转对象一次；选择"顺时针"或"逆时针"，并在后面输入数字，可使元件在运动时顺时针或逆时针旋转相应的圈数。

（3）调整到路径。将补间对象的基线调整到运动路径，此项功能主要用于引导路径动画。在定义引导路径动画时，选择了这个选项，可以使动画对象根据路径调整身姿，使动画更逼真。

（4）贴紧。可以根据其注册点将补间对象附加到运动路径，此项功能主要也用于引导路径运动。

（5）同步。选择这个复选框，可以使图形元件实例的动画和主时间轴同步。

（6）缩进。在制作补间动画时，如果在终点关键帧上，更改了动画对象的大小，那么这个"缩放"选项选择与否就影响动画的效果。如果选择了这个选项，那么就可以将大小变化的动画效果补出来。也就是说，你可以看到动画对象从大逐渐变小（或者从小逐渐变大）的效果。如果没有选择这个选项，那么大小变化的动画效果就补不出来。默认情况下，"缩放"选项自动被选择。

3.7.5　拓展练习

利用前所学知识完成从图 3—77 变化到图 3—79 的过程。

图 3—77　　　　　　　　　图 3—78　　　　　　　　　图 3—79

73

项目 8　遮罩文字效果

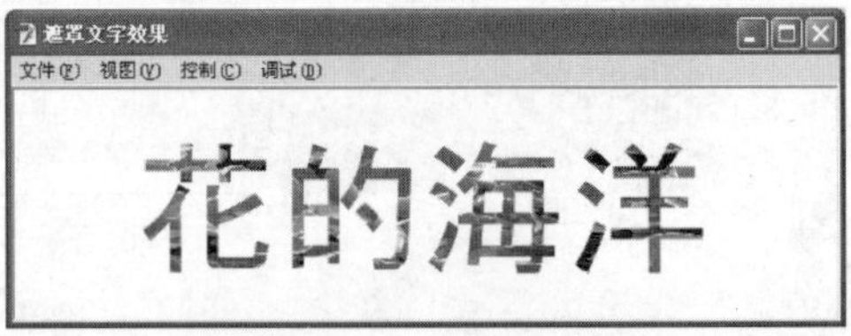

図 3—80　遮罩文字效果

3.8.1　项目效果

本项目的最终效果如图 3—80 所示。

3.8.2　项目目的

在本项目中，运用遮罩实现镂空背景的效果。

3.8.3　项目技术实训

1．制作背景

（1）新建一个 Flash 文档，大小为"550×150"像素。

（2）单击"文件｜导入｜导入到舞台"，导入花的图片。

（3）选中导入的位图，在属性面板中更改其大小为"550×150"像素，并使之与画布对齐，如图 3—81 所示。

（4）选中位图，单击"修改｜转换为元件"，元件命名为"flower"，如图 3—82 所示。

図 3—81　背景图

図 3—82　转换为元件对话框

（5）将库中"flower"元件拖入，将其水平排列于当前实例的左侧，如图 3—83 所示。

図 3—83　将元件拖入场景

（6）选中两个实例，再次单击"修改｜转换为元件"，元件命名为"flower _ 1"，如图 3—84 所示。

（7）双击库面板中的 flower _ 1 影片剪辑元件，进入影片剪辑的编辑状态，如图 3—85 所示。

図 3—84　转换为元件对话框

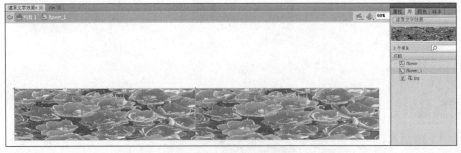

図 3—85　影片剪辑元件

74

（8）选中影片剪辑的第 1 帧，将该帧的两个对象拖动至右侧的对象，如图 3—86 所示。

图 3—86 影片剪辑元件编辑

（9）选中影片剪辑的第 30 帧，插入关键帧，将该帧的两个对象拖动至右侧的对象。

（10）选中第 1 帧，单击"修改｜组合"，将该帧的两个对象组合。按照同样的方法将第 30 帧的两个对象组合，然后在两帧之间创建传统补间，使背景图从左向右移动，时间轴面板如图 3—87 所示。

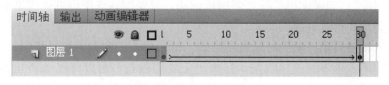

图 3—87 时间轴面板

（11）回到主场景编辑，将图层 1 重命名为"flower"，将影片剪辑以拖动的方式放入舞台，并将右侧的对象与舞台的边缘对齐。

2. 制作文字

（1）将 flower 层设置为隐藏。新建一个图层，并将该图层重命名为"text"。选择"文本工具"，并在文本"属性"面板中设置相关属性。单击工作区，输入"花的海洋"文字，如图 3—88 所示。

（2）在"text"层上单击鼠标右键，在弹出的菜单中单击"遮罩层"，如图 3—89 所示。

花的海洋

图 3—88 输入文本　　　　　图 3—89 遮罩层命令

（3）"text"层的文字将会被当做遮罩，时间轴面板如图 3—90所示。

图 3—90 时间轴遮罩层显示

75

（4）此时舞台上的文字已经被打空，透过文字可以看到下面的背景，效果如图 3—80 所示。

3.8.4　相关知识

遮罩动画是 Flash CS5 中的一个很重要的动画类型，很多效果丰富的动画都是通过遮罩动画来完成的。在 Flash 动画中，"遮罩"主要有 2 种用途，一个作用是用在整个场景或一个特定区域，使场景外的对象或特定区域外的对象不可见；另一个作用是用来遮罩住某一元件的一部分，从而实现一些特殊的效果。

遮罩的原理就是用遮罩物来影射原图像，通俗来说显示的内容是遮罩层和被遮罩层重叠的部分，不重叠的部分不显示。

（1）创建遮罩。在 Flash CS5 中没有一个专门的按钮来创建遮罩层，遮罩层其实是由普通图层转化的。只要在某个图层上单击右键，在弹出菜单中选择"遮罩层"，该图层就会生成遮罩层，"层图标"就会从普通层图标变为遮罩层图标，系统会自动把遮罩层下面的一层关联为"被遮罩层"，如果你想关联更多层被遮罩，只要把这些层拖到被遮罩层下面就行了。

（2）构成遮罩和被遮罩层的元素。

遮罩层中的图形对象在播放时是看不到的，遮罩层中的内容可以是按钮、影片剪辑、图形、位图、文字等，但不能使用线条，如果一定要用线条，可以将线条转化为"填充"。被遮罩层中的对象只能透过遮罩层中的对象被看到。在被遮罩层中，可以使用按钮、影片剪辑、图形、位图、文字、线条。

（3）遮罩中可以使用的动画形式。

可以在遮罩层、被遮罩层中分别或同时使用补间形状动画、动作补间动画、引导线动画等动画手段，从而使遮罩动画变成一个可以施展无限想象力的创作空间。

图 3—91　遮罩文字

3.8.5　拓展练习

利用前面所学知识完成如图 3—91 所示文字效果。

项目 9　电影文字效果

3.9.1　项目效果

模拟电影文字逐行出现的效果，如图 3—92 所示。

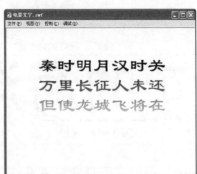

图 3—92　电影文字的效果

3.9.2 项目目的

利用遮罩原理实现电影文字颜色由淡变深出现的效果。

3.9.3 项目技术实训

1. 制作背景

（1）新建一个 Flash 文档，属性为默认设置。

（2）选择"插入｜新建元件"，创建一个类型为影片剪辑的元件，书写文本，如图 3—93 所示。

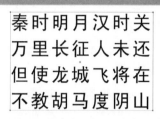

图 3—93　创建为文本元件

（3）创建一个类型为影片剪辑的元件，绘制一个矩形，选择"颜料桶工具"设置线性填充，将矩形填充为上面深，下面亮，如图 3—94 所示。

图 3—94　创建背景元件

2. 制作遮罩效果

（1）返回主场景，新建一个图层 2，命名为"文字"，将图层 1 命名为"矩形"。

（2）单击图层 1 的第 1 帧，将创建的"矩形"元件从库面板中拖入到主场景，并在第 60 帧插入关键帧。

（3）单击图层 2 的第 1 帧，将创建的"文本"元件从库面板中拖入到主场景，并放置在场景的下方，在第 60 帧插入关键帧，利用选择工具将文本元件拖动到主场景的上方，单击图层 2，选中所有帧，然后单击鼠标右键选择"创建传统补间"，此时时间轴面板如图 3—95 所示。

图 3—95　时间轴面板

（4）在文字层上单击鼠标右键，在弹出的菜单中选择"遮罩层"，执行该命令后，文本层的文字将会被当做遮罩，时间轴面板如图 3—96 所示。

图 3—96　遮罩层设置

（5）按 Ctrl+Enter 组合键测试影片，可以看到如图 3—92 所示的效果。

3.9.4 相关知识

在上一项目中，演示了遮罩图层的作用——通过遮罩层上的形状产生的"空洞"，可以显示出下面的"被遮罩层"上的内容，而"空洞"之外的部分就被隐藏起来了。本项目中"遮罩层"静止，而遮罩下的对象运动，使得文字动画的效果更丰富。

3.9.5 拓展练习

利用前面所学知识完成如图 3—97 所示的波浪文字的效果。

图 3—97　波浪文字效果

注意：遮罩层为文字内容，被遮罩层为蓝色线性间条色块的矩形。在被遮罩层中使用传统补间动画，做成蓝色线性间条色块运动的效果，然后通过遮罩层中的文字看到被遮罩层中动态的效果，从而形成如同波浪的动画效果。

项目 10　文字探照灯效果

3.10.1　项目效果

制作一行文字被探照灯照到后颜色变亮的效果，如图 3—98 所示。

图 3—98　文字探照灯效果

3.10.2　项目目的

利用遮罩原理实现探照灯效果。

3.10.3　项目技术实训

1. 制作背景

（1）新建一个 Flash 文档，大小为"550×150"像素，背景色为♯333333。利用前面所学的知识制作一个阴影文本，文字为灰色（♯999999），阴影为黑色，如图 3—99 所示。然后在第 60 帧插入关键帧。

（2）新建图层 2，制作与图层 1 一样的文本效果，但颜色填充淡些，用灰色（♯666666）做背景，文字为白色，阴影为灰色（♯999999），效果如图 3—100 所示。然后在第 60 帧插入关键帧。

图 3—99　制作阴影文本 　　　　　　　　图 3—100　制作背景文本

2. 制作遮罩效果

（1）创建一个名为"圆形"的图形元件，然后绘制一个有填充色的圆形。

（2）回到主场景，创建图层 3，点击图层 3 的第 1 帧，将创建的"圆球"元件从库面板中拖入到主场景的左侧，如图 3—101 所示。

（3）在图层 3 第 30 帧插入关键帧，将"圆球"元件放入主场景的右侧，如图 3—102 所示位置。

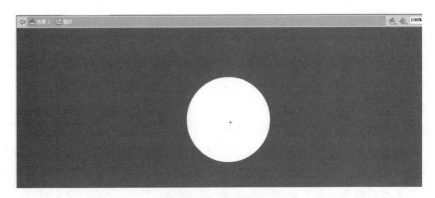

图 3—101　创建圆球元件

图 3—102　元件的初始位置

（4）在图层 3 第 60 帧插入关键帧，将"圆球"元件放入主场景的左侧，如图 3—103 所示。

图 3—103　元件的最终位置

（5）单击图层 2，选中所有帧，然后单击鼠标右键选择"创建传统补间"。此时时间轴面板如图 3—104 所示。在图层 3 上单击鼠标右键，在弹出的菜单中执行"遮罩层"命令，时间轴面板如图 3—104 所示。

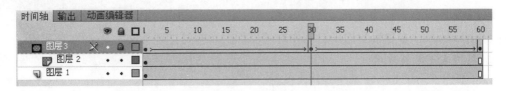

图 3—104　时间轴面板

（6）按 Ctrl＋Enter 组合键测试影片，可以看到如图 3—98 所示的效果。

3.10.4　相关知识

探照灯项目是一个关于遮罩的经典例子，该项目能更加形象生动的说明遮罩的原理。和上一遮罩项目不同，探照灯项目是遮罩动，而被遮罩的对象不动，产生一个圆形探照灯打在墙上的效果，光斑会来回扫动，本质上就是遮罩运动，而被遮罩的对象静止。

3.10.5　拓展练习

利用前面所学知识完成如图 3—105 到图 3—106 的文字淡入淡出效果动画。

注意： 遮罩层为文字内容，被遮罩层为蓝色线性（中间深，两边浅）色块的矩形。遮罩层中使用传统补间动画，做成运动的文字效果，然后被遮罩层中的渐变线性的颜色就可以呈现出文字淡入淡出的效果。

图 3—105　　　　　　　　　　　　图 3—106

项目 11　环形旋转文字

3.11.1　项目效果

通过本项目的设计与制作，最终效果如图 3—107 所示。

3.11.2　项目目的

利用遮罩实现文字环绕的立体效果。

3.11.3　项目技术实训

1. 环形文字

Flash 文档本身无法制作完美的环形文字，可以借助别的软件来完成，如 Photo-shop、Fireworks，本项目我们用已制作好的环形文字素材"环形文字.swf"来完成。

图 3—107　环形旋转文字

2. 制作文字旋转效果

（1）新建 Flash 文档，属性为默认设置。

（2）单击"文件｜导入｜导入到舞台"，将"环形文字.jpg"导入。

（3）单击"修改｜转换为元件"，元件命名为"旋转文字"，如图 3—108 所示。

（4）双击该影片剪辑进入其编辑状态，在时间轴第 200 帧插入关键帧。单击图层 1，选中所有帧，然后单击鼠标右键选择"创建传统补间"。单击第 1 帧，在"属性"面板设置顺时针旋转，次数为 1。

（5）回到主场景，选择"任意变形工具"，将环形文字挤压成椭圆形，如图3—109所示。

图 3—108　转换为元件对话框

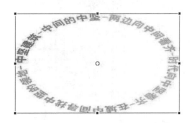

图 3—109　任意变形工具设置文本

（6）在当前区域复制该影片，选中位于下方的影片剪辑，在"属性"面板中选择色彩选项效果为"高级"，设置红、绿、蓝的值均为"－100％"，设置 Alpha 值为 20％，如图 3—110 所示。

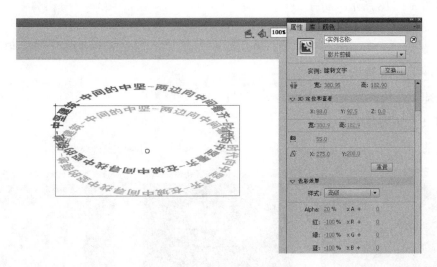

图 3—110　制作文本阴影效果

3. 制作遮罩效果

（1）新建图层 2，命名为"楼盘"，将图层 1 命名为"旋转文字"，将图层"楼盘"拖到图层"旋转文字"下面。单击图层"楼盘"，然后单击"文件｜导入｜导入到舞台"，将"楼盘.jpg"导入。

（2）调整每个图形的位置。将"楼盘"图片调整到舞台中央的位置，将作为阴影的影片剪辑"旋转文字"再压扁一些并圈在建筑物的底部，将彩色文字的影片剪辑"旋转文字"圈在建筑物的周围，最终位置如图 3—111 所示。

（3）新建图层 3，命名为"被遮罩"，将楼房图片按原位置复制到该图层。

（4）新建图层 4，命名为"遮罩"，锁定"遮罩"图层外的其他图层，准备在该图层绘制遮罩区域。

（5）用"铅笔工具"或"直线工具"在"遮罩"图层绘制遮罩区域，该区域使用确定需要显示文字前端的楼层部分，完成后将该区域填充为任意一种颜色，如图 3—112 所示。

图 3—111　调整环形文字

图 3—112　制作遮罩图形

（6）完成遮罩的绘制后，在"遮罩"图层的面板上右击鼠标选择"遮罩"，"遮罩"图层和"被遮罩"图层将建立遮罩关系，时间轴面板如图 3—113 所示。

图 3—113　时间轴面板

（7）按 Ctrl＋Enter 组合键测试影片，可以看到如图 3—107 所示的效果。

3.11.4　相关知识

相关知识点请参照项目 8、项目 9、项目 10。

3.11.5　拓展练习

根据前面所学知识点完成如图 3—114～图 3—116 的动画效果。

图 3—114

图 3—115

图 3—116

项目 12　简单打字效果

3.12.1　项目效果

灵活利用遮罩层来模拟简单的打字效果，如图 3—117 所示。

3.12.2　项目目的

利用遮罩实现文字的打字效果。

3.12.3　项目技术实训

1. 文字制作

（1）新建 Flash 文档，单击"文件｜导入｜导入到舞台"，将"鹅.jpg"导入。

（2）将图层 1 命名为"背景"，新建图层 2，命名为"文本"，输入文本如图 3—118 所示。

图 3—117　简单打字效果

图 3—118　输入文本

（3）在背景和文本图层的第 40 帧插入帧。

2．制作遮罩效果

（1）新建图层 3，命名为"矩形"，在该图层上绘制一个矩形，填充颜色为深色即可，并将该矩形转换为图形元件，如图 3—119 所示。

（2）单击"矩形"图层第 40 帧，插入关键帧，选择"任意变形工具"，将矩形拉长，如图 3—120 所示。

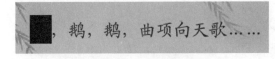
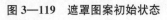

图 3—119　遮罩图案初始状态　　　　　　　　　图 3—120　遮罩图案最终状态

（3）单击矩形图层，选中所有帧，然后单击鼠标右键选择"创建传统补间"。

（4）在"矩形"图层的面板上单击右键，在菜单中选择"遮罩层"，时间轴面板如图 3—121 所示。

（5）按 Ctrl＋Enter 组合键测试影片，可以看到如图 3—117 所示的效果。

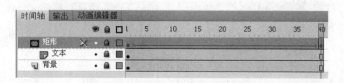

图 3—121　时间轴面板

3.12.4　相关知识

相关知识点请参照项目 8、项目 9、项目 10。

3.12.5　拓展练习

根据前面所学知识完成如图 3—122～图 3—124 所示动画效果。

图 3—123

图 3—123

图 3—124

第 4 章　Flash CS5 动画制作

 教学要求

知识要点		能力要求	关联知识
元件的使用		熟练掌握元件的类型以及各种元件的特点及使用场合	旋转的地球、飘落的雨丝、水波动画效果、发光动画效果
逐帧动画		熟练掌握各种帧的特点和使用场合，逐帧动画的制作技巧和绘画技巧	可爱绿青蛙
补间动画	补间动画预设	掌握补间动画、动画预设的制作技巧及与传统补间的区别	跳动的心
	补间形状	掌握补间形状的制作技巧及形状提示的使用技巧	翻动的书页
	传统补间	掌握传统补间的制作技巧及与补间动画的区别	除 4.1、4.2、4.11 外其他都有运用到该知识点
层动画	遮罩动画	熟练掌握遮罩动画的制作方法与技巧	礼花绽放、展开的画卷、放大镜、发光动画效果、飘落的雨丝、旋转的地球、水波动画效果、探照灯
	引导动画	熟练掌握引导动画的制作方法与技巧	滚动的色环

 项目导读

　　本章主要介绍了进行 Flash 平面动画制作的 6 种方法和技巧。Flash 平面动画制作技术是平面动画制作的核心内容，是能否制作出动画的关键所在。通过本章 12 个项目的讲解与学习要求读者掌握逐帧动画的制作技巧、掌握补间动画的制作技巧、掌握补间形状的制作技巧、掌握传统补间的制作技巧、掌握遮罩动画和引导动画的制作技巧并掌握各种动画技术的综合使用方法，以及元件的使用技巧。利用 Flash CS5 可以灵活制作出很多意想不到的动画特效。教师或学生可以根据自己的实际情况选择讲解或练习。

项目1　可爱绿青蛙

Flash CS5 的基本动画分为逐帧动画、传统补间动画、补间形状动画、补间动画和动画预设 5 部分。逐帧动画是动画中最基本的类型，它与传统的动画制作方法类似，制作原理是在连续的关键帧中分解动画，每一帧中的内容不同，然后连续播放形成动画。逐帧动画适合表现一些细腻的动画，如面部表情、走路、转身等。

4.1.1　项目效果

通过此项目的设计与制作，看到的是绿青蛙的喜悦和不悦两种表情变化动画效果，如图 4—1 所示。

4.1.2　项目目的

运用逐帧动画的编辑方法，制作一个青蛙的表情动作。在本项目中，将主要解决以下问题：

(1) 巧妙地利用绘图工具绘制生动的卡通人物。

(2) 掌握各种帧的特点以及使用的场合。

(3) 运用各种帧制作逐帧动画及制作技巧。

图 4—1　可爱绿青蛙

4.1.3　项目技术实训

1. 建立 Flash 文档

启动 Flash CS5 软件，新建一个名为"可爱绿青蛙"Flash 文档。

2. 制作逐帧动画

(1) 选择"椭圆工具"、"矩形工具"和"直线工具"在图层 1 的第 1 帧上绘制卡通轮廓并用"选择工具"进行调整，最终效果如图 4—2 所示。

(2) 选择图层 1 的第 10 帧，插入"空白关键帧"，并单击时间轴上"绘图纸外观"轮廓按钮在原来的位置上再绘制出如图 4—3 所示的青蛙轮廓。

图 4—2　第 1 帧绘制图形

图 4—3　第 10 帧绘制图形

(3) 在第 15 帧插入帧以延长停留时间，回到第 1 帧，选择"颜料桶工具"和"颜色"面板对青蛙进行填色，填充设置如图 4—4 和图 4—5 所示。

3. 测试影片，保存文件，并导出影片

(1) 单击"控制 | 测试影片"（或按 Ctrl＋Enter 组合键），测试影片的动画。

图4—4 青蛙嘴填充颜色   图4—5 其他部分填充颜色

（2）单击"文件｜保存"（或按 Ctrl＋S 组合键）将影片进行保存。

（3）单击"文件｜导出｜导出影片"，将导出的影片保存为 . swf 文件格式。

最终动画效果看到的是绿青蛙的喜悦和不悦两种表情。

4.1.4 相关知识

任何随着时间而发生的位置或者形态上的改变都可以叫做动画。这种改变，可以是一个物体从一个地方到另外一个地方的移动，或者是经过一段时间后颜色的改变，亦或者是从一个形状变成另外一个形状。

Flash 动画是由一个个"帧"上的图片连接而成的，帧是动画最基本的单位。在 Flash 中，改变连续帧的内容（经过一段时间后）就创建了动画。当然还要利用"图层"来放置不同动作的元素，如果将所有的对象都放在同一个图层的舞台上，则容易搞混各个对象。而且图层与图层之间还有上下层叠顺序的特性，在视觉上可以造成远近和前后的距离感。"舞台"是制作动画的地方，在播放器中播放动画时，只有舞台中的对象被显示，它和周围的灰度区域通称为工作区域。动画的另外组成部分是"场景"的变换，就像一部电影不可能只在一个地方拍摄一样，制作 Flash 动画也需要有不同的场景。

在 Flash 中，制作动画的基本方法有：逐帧动画、传统补间动画、补间形状动画、补间动画和动画预设。此外，将制作动画的基本方法与图层的技术相结合，就形成了三种扩展的动画制作方法：运动引导层动画、遮罩动画和骨骼动画。

（1）逐帧动画。逐帧动画是 Flash 所提供的最基本的动画形式，它是将动画的每一帧均设置为关键帧，通过改变每一个关键帧中的图像而产生动画效果。

创建逐帧动画非常简单，只需要在每一帧中插入不同的图片，或者在每一帧中分别改变一幅图片的部分元素，即可以创建连续播放的动画效果。创建逐帧动画需要足够的耐心设置每一帧的图片变化，且需要充分了解动画的自然规律。

（2）传统补间动画。传统补间动画是 Flash 中较为常见的基本动画类型，使用它可以制作出对象的位移、变形、旋转、透明度、滤镜及色彩变化等动画效果。

与前面介绍的逐帧动画不同，使用传统补间创建动画时，只要将两个关键帧中的对象制作出来即可。在两个关键帧之间的过渡帧由 Flash 自动创建，并且只有关键帧是可以进行编辑的，而各过渡帧虽然可以查看，但是不能直接进行编辑。除此之外，在制作时还需要满足以下条件：
- 在一个动画补间动作中至少要有两个关键帧。
- 两个关键帧中的对象必须是同一个对象。
- 两个关键帧中的对象必须有一些变化，否则制作的动画将没有动作变化的动画效果。

（3）补间形状动画。补间形状动画用于创建形状变化的动画效果，由一个形状变成另一个形状，同时可以设置图形形状的位置、大小和颜色的变化。

补间形状动画的创建方法与传统补间动画类似，只要创建出两个关键帧中的对象，其他过渡帧便可通过 Flash 自己制作出来。当然，创建补间形状动画还需要满足以下条件：
- 在一个补间形状动画中至少要有两个关键帧。
- 两个关键帧中的对象必须是可编辑的图形，如果是其他类型的对象，则必须将其转换为可编辑的图形。
- 两个关键帧中的图形必须有一些变化，否则制作出的动画将没有动画效果。

（4）补间动画。补间动画是一种全新的动画类型，它是从 Flash CS4 开始新增的核心功能之一，功能强大且易于创建，不仅可以大大简化 Flash 动画的制作过程，而且还提供了更大程度的控制。在 Flash CS5 中，补间动画是一种基于对象的动画，不再作用于关键帧，而作用于动画元件本身，从而使 Flash 的动画制作更加专业。

（5）动画预设。动画预设是从 Flash CS4 开始新增的功能之一，提供了预先设置好的一些补间动画，可以直接将它们应用于舞台的对象，当然也可以将自己制作好的一些比较常用的补间动画保存为自定义预设，以便于与他人共享后，在以后的工作中直接调用，从而节省动画制作时间，提供工作效率。动画预设的各项操作是通过"动画预设"面板进行的，单击"窗口│动画预设"，可以调出"动画预设"面板。

（6）运动引导层动画。

运动引导层动画是指对象沿着某种特定的轨迹进行运动的动画，特定的轨迹也被称为固定路径或引导线。作为动画的一种特殊类型，运动引导层的制作至少需要使用两个图层，一个是用于绘制特定路径的运动引导层，另一个是用于存放运动对象的图层。在最终生成的动画中，运动引导层中的引导线不会显示出来。

运动引导层就是绘制对象运动路径的图层，通过此图层中的运动路径，可以引导被引导层中的对象沿着绘制的路径运动。在时间轴面板中，一个运动引导层下可以有多个图层，也就是多个对象可以沿同一条路径同时运动，此时运动引导层下方的各图层也就成为被引导层。在 Flash 中，创建运动引导层有以下两种方法：
- 使用"添加传统运动引导层"命令创建运动引导层。
- 使用"图层属性"对话框创建运动引导层。

（7）遮罩动画。与运动引导层动画相同，在 Flash 中遮罩动画的创建也至少需要两个图层才能完成，分别是遮罩层和被遮罩层。其中，位于上方用于设置遮罩范围的层被称为遮罩层，而位于下方的则是被遮罩层。遮罩层如同一窗口，通过它可以看到其下被遮罩层中的区域对象，而被遮罩层中的区域以外的对象将不会显示。另外，在制作遮罩动画时还需要注意，一个遮罩层下可以包括多个被遮罩层，不过按钮内部不能有遮罩层，也不能将一个遮罩应用于另一个遮罩。

遮罩层其实是由普通图层转化而来的，Flash 会忽略遮罩层中的位图、渐变色、透明、颜色和线条样式。遮罩层中的任何填充区域都是完全透明的，任何非填充区域都是不透明的，因此，遮罩层中的对象将作为镂空的对象存在。在 Flash 中，创建遮罩层有以下两种方法：

● 使用"遮罩层"命令创建遮罩层。

● 使用"图层属性"对话框创建遮罩层。

（8）骨骼动画。骨骼动画也称为反向运动动画，是一种使用骨骼的关节结构对一个对象或彼此相关的一组对象进行动画处理的方法。在 Flash 中要创建骨骼动画，必须首先确定当前是 Flash 文件（Action Script3.0），而不是 Flash 文件（Action Script2.0）。创建骨骼动画的对象分为两种，一种是元件对象；另一种是图形形状。

图 4—6　麻雀眨眼
动画效果

4.1.5　拓展练习

根据前面所学的相关知识绘制如图 4—6 所示的麻雀眨眼动画效果。

项目 2　跳动的心

4.2.1　项目效果

通过本项目的设计与制作，可以看到的是一颗红心的脉动的动画效果，如图 4—7 所示。

4.2.2　项目目的

运用动画预设中已设置好的补间动画，制作一颗跳动的心。

在本项目中，将主要解决以下问题。

（1）如何巧妙地利用辅助工具（标尺和辅助线）和绘图工具（钢笔和部分选择工具）绘制心形。

图 4—7　跳动的心动画效果

（2）如何运用动画预设功能制作脉搏跳动的动画效果。

（3）如何将自己已做好的补间动画增加到动画预设中。

4.2.3　项目技术实训

本项目主要运用逐帧动画的编辑方法，制作一个青蛙的表情动作，让一张张静止的画面动起来。

1. 创建文件

启动 Flash CS5 软件，新建一个名为"跳动的心"的 Flash 文件。

2. 绘制心形

（1）选择"试图｜标尺"，显示出标尺，并在水平标尺和垂直标尺上拉出若干根辅助参考线（用来画对称的心）。

（2）选择"钢笔工具"，根据辅助参考线绘制出一个心形，并用"部分选取工具"进行调整和修饰，动画效果如图 4—8 所示。

（3）选择"颜料桶工具"和"颜色"面板对心形进行填色，并选择"视图｜标尺"清除标尺，选择"视图｜辅助线｜清除辅助线"清除编辑区中的辅助线填充，如图 4—9 所示。

3. 制作动画预设

（1）选中红心，单击鼠标右键选择"转换为元件"，将元件命名为"heart"，类型为"图形"，如图 4—10 所示。

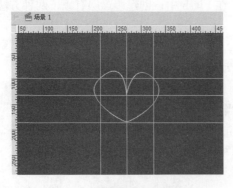

图4—8 利用钢笔绘制心形

图4—9 填充颜色

图4—10 创建 heart 图形元件

（2）选择"窗口｜动画预设"，打开"动画预设"面板，选中"heart"图形元件，在"动画预设"面板中选择"默认预设｜脉搏"，单击"确定"按钮，将该补间动画应用到"heart"图形元件上，如图4—11所示。

（3）在时间轴上选中需要修改的补间帧，对其大小、颜色等属性进行修改和调整，让其达到最满意的动画效果，如图4—12所示。

图4—11 动画预设面板

图4—12 补间动画属性设置

4. 测试影片，保存文件，并导出影片

（1）单击"控制｜测试影片"（或按 Ctrl＋Enter 组合键），测试影片的动画。

（2）单击"文件｜保存"（或按 Ctrl＋S 组合键），将影片进行保存。

（3）单击"文件 | 导出 | 导出影片"，将导出的影片保存为 .swf 文件格式。

（4）最终动画效果如图 4—13 所示。

图 4—13　心跳动画效果

4.2.4　相关知识

1. 补间动画

补间动画对于创建对象的类型有所限制，只能应用于元件的实例和文字字段，并且要求同一图层中只能选择一个对象。如果选择同一图层中的多个对象，将会弹出一个用于提示是否将选择的多个对象转换为元件的提示框，如图 4—14 所示。

在创建补间动画时，对象所处的图层类型可以是系统默认的常规图层，也可以是比较特殊的引导层、遮罩层或被遮罩层。在创建补间动画后，如果原图层是常规图层，那么他将成为补间图层；如果是引导层、遮罩层或被遮罩层，那么他将会成为补间引导、补间遮罩或补间被遮罩图层，如图 4—15 所示。

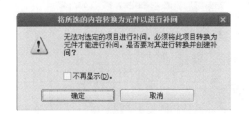

图 4—14　创建补间动画提示框

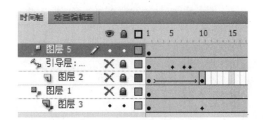

图 4—15　图层补间动画

2. 创建补间动画的方法

创建补间动画有以下两种方法。

图 4—16　创建补间
动画快捷菜单

（1）通过右键菜单创建补间动画。

在时间轴面板中选择某帧，或者在舞台中选择对象，然后单击右键，从弹出的快捷菜单中选择"创建补间动画"命令，如图 4—16 所示，即可创建补间动画。创建补间动画的帧数会根据所选的对象在时间轴面板中所处位置的不同而有所不同，如果选择的对象处于时间轴的第 1 帧中，那么补间范围的长度等于一秒的持续时间，假定当前文档的帧频为 25fps，那么在时间轴面板中创建补间动画的范围长度也是 25 帧，如果当前帧小于 5 帧，则创建补间动画的范围长度将为 5 帧，如果选择对象存在于多个连续帧中，则补间范围将包含该对象占用的帧数。如果选择删除创建的补间动画，可以在时间轴面板中选择已经创建补间动画的帧，或者在舞台中选择已经创建补间动画的对象，然后单击右键，从弹出的菜单中选择"删除补间"命令。

（2）使用菜单命令创建补间动画。

除了使用右键菜单创建补间动画外，Flash CS5 还提供了创建补间动画的菜单命令。利用创建补间动画的菜单命令创建补间动画的方法为：首先在时间轴面板中选择某帧，或者在舞台中选择对象，然后执行菜单中的"插入"｜"补间动画"菜单命令。

3. 在舞台中编辑属性关键帧

在 Flash CS5 中，"关键帧"和"属性关键帧"的性质不同，其中"关键帧"是指舞台上实实在在有动画的对象，而"属性关键帧"则是指补间动画的特定时间或为对象定义了属性的帧。

在舞台中可以通过变形面板或工具箱中的各种工具进行属性关键帧的各项编辑，包括位置、大小、旋转和倾斜等。如果补间对象在补间过程中更改舞台位置，那么在舞台中将显示补间对象在舞台上移动时所经过的路径，此时，可以通过工具箱中的"选择工具"、"部分选取工具"、"任意变形工具"以及"变形"面板编辑补间的运动路径。

4. 使用动画编辑器调整补间动画

在 Flash CS5 中通过动画编辑器可以查看所有补间属性和属性关键帧，从而对补间动画进行全面细致的控制，在时间轴面板中选择已经创建的补间范围，或者选择舞台中已经创建补间动画的对象后，执行菜单中的"窗口"｜"动画编辑器"菜单命令，可以弹出如图4—17所示的动画编辑器面板。

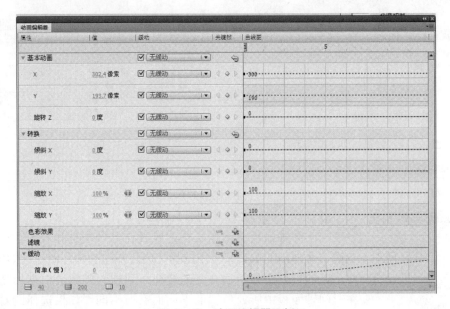

图 4—17 动画编辑器面板

在动画编辑器面板中，自上向下有 5 个属性类别可供调整，分别为"基本动画"、"转换"、"色彩动画效果"、"滤镜"、"缓动"。其中"基本动画"用于设置 X、Y 和 3D 旋转属性；"转换"用于设置倾斜和缩放属性。如果要设置"色彩动画效果"、"滤镜"和"缓动"属性，则必须首先单击面板下方的添加按钮，然后在弹出的菜单中选择相关项，将其添加到列表中才能进行设置。

通过动画编辑器面板不仅可以添加并设置各种属性关键帧，还可以在右侧的"曲线图"中使用贝塞尔控件对大多数单个属性的补间曲线进行微调，并且允许创建自定义的缓动曲线。

5. 在属性面板中编辑属性关键帧

除了可以使用前面介绍的方法编辑属性关键帧外，还可以通过属性面板进行一些变价。

首先在时间轴面板中将播放头拖拽到某帧处，然后选择已经创建好的补间范围，展开属性面板，显示"补间动画"相关设置，如图4—18所示。

● 缓动：用于设置补间动画的变化速率，可以在右侧直接输入数值进行设置。

● 旋转：用于显示当前属性关键帧是否旋转以及旋转次数、角度和方向。

● 路径：如果当前选择的补间范围中的补间对象已经更改了舞台位置，则可以在此设置补间运动路径的位置和大小。其中，X和Y分别代表属性面板第1帧对应的属性关键帧中对象的X轴和Y轴位置；宽度和高度用于设置运动路径的宽度和高度。

6. 动画预设

动画预设的各项操作是通过"动画预设"面板进行的，执行菜单中的"窗口"｜"动画预设"菜单命令，可以弹出"动画预设"面板，如图4—19所示。

图4—18　补间动画属性面板

图4—19　动画预设面板

7. 应用动画预设

通过单击"动画预设"面板中的"应用"按钮，可以将动画预设应用于一个选定的帧或不同图层上的多个选定帧。其中，每个对象只能应用于1个预设，如果第2个预设应用于相同的对象，那么第2个预设将会替换第1个预设。应用动画预设的操作很简单，具体步骤如下：

（1）首先在舞台上选择需要添加动画预设的对象。

（2）在"动画预设"面板的"预设列表"中选择需要应用的预设，此时通过上访的"预览窗口"可以预览选定预设的动画效果。

（3）选择合适的动画预设后，单击"动画预设"面板下方的"应用"按钮，即可将所选预设应用到舞台中被选择的对象上。在"预设列表"中的各3D动画的动画预设只能应用于影片剪辑元件，而不能应用于图形或按钮元件，也不适用于文本字段。因此，如果要对选择对象应用各3D动画的动画预设，需要将其转换为影片剪辑元件。

8. 将补间另存为自定义动画预设

除了可以将Flash对象进行动画预设的应用外，Flash CS5还允许将已经建好的补间动画另存为新的动画预设，以便以后调用。这些新的动画预设会存放在"动画预设"面板中的"自定义预设"文件夹内，将补间另存为自定义动画预设的操作可以通过"动画预设"面板下方的另存为按钮来完成，具体操作步骤如下：

（1）选择时间轴面板中的补间范围，或者选择舞台中应用了补间的对象。

（2）单击"动画预设"面板下方的另存为按钮，此时会弹出"将预设另存为"对话框，在其中设置另存为预设的名称。

（3）单击"确定"按钮，即可将选择的补间另存为预设，并存放在"动画预设"面板中的"自定义预设"文件夹中。

9. 创建自定义预设的预览

将所选补间另存为自定义动画预设后，在"动画预设"面板的"预览窗口"中是无法正常显示动画效果的。如果要预览自定义的动画效果，可以执行以下操作。

（1）首先创建补间动画，并将其另存为自定义预设。

（2）创建一个只包含补间动画的 FLA 文件。注意要使用与自定义预设完全相同的名称，并将其保存为 FLA 格式的文件，然后通过"发布"命令为该 FLA 文件创建 SWF 文件。

（3）将刚才创建的 SWF 文件放置在已保存的自定义动画预设 XML 文件所在的目录中。如果用户使用的是 Windows 系统，那么直接可以放置在如下目录中：＜硬盘＞\Documents and Settings\＜用户＞\Local Settings\Application Data\Adobe\Flash CS4\＜语言＞\Configuration/Motion Presets.

（4）重新启动 Flash CS5，此时选择"动画预设"面板的"自定义预设"文件夹中的相应自定义预设，即可在"预览窗口"中进行预览了。

4.2.5 拓展练习

使用前面所学的相关知识点完成如图 4—20 所示的动画效果，完整动画请观看本书提供的网页下载的素材中的第 4 章的"弹球动画效果"Flash 文件。

图 4—20 弹球动画效果

项目 3 滚动的色环

引导层动画和遮罩层动画是 Flash 中最基本、最简单的动画特效。合理地使用这两种动画，可以编辑出变化多端、动画效果独特的画面。

4.3.1 项目效果

通过此项目的设计与制作，看到的是彩色的圆环在弯曲的轨道上滚动的动画效果，如图 4—21 所示。

4.3.2 项目目的

通过设置属性面板来模拟色环的滚动动画效果。

图 4—21 滚动的色环动画效果

在本项目中，将主要解决以下问题：

（1）如何利用绘图工具：矩形工具和椭圆工具。

（2）如何设置填充色浮动面板。

（3）如何运用引导线创建运动引导动画。

（4）如何设置补间动画属性面板。

4.3.3 项目技术实训

本项目主要利用"引导线"来制作引导线动画，在制作过程中要注意动画属性面板"缓动"值的设置及其含义，这是制作动画的关键所在。

1. 建立文件

启动 Flash CS5 软件，新建一个名为"滚动的色环"Flash 文件。

2. 创建"滚动的色环"图形元件并编辑该图形元件

（1）单击"插入"—"新建元件"，弹出"创建新元件"对话框，设置如图 4—22 所示，单击"确定"按钮，新建一个"图形"元件。

（2）单击工具箱中的椭圆工具，并设置填充色浮动面板，动画效果如图 4—23 所示，笔触颜色设置为 ，并在工作区绘制一个圆，如图 4—24 所示。

图 4—22　创建色环图形元件　　图 4—23　颜色面板　　图 4—24　绘制色环

（3）确保绘制的椭圆被选中，选择"修改"—"形状"—"柔化填充边缘"命令，弹出"柔化填充边缘"对话框，按如图 4—25 所示设置，单击"确定"按钮，图形动画效果如图 4—26 所示。

（4）单击工具箱中的矩形工具□，设置笔触颜色为 ，绘制椭圆动画效果如图 4—27 所示。

（5）方法同第 4 步，对矩形设置柔化填充边缘，动画效果如图 4—28 所示。

图 4—25　柔化图形边缘　图 4—26　柔化动画效果　图 4—27　滚轴　图 4—28　柔化后动画效果

3. 创建"斜面"图形元件并编辑该图形元件

（1）选择时间轴左上角的 场景1 按钮，返回场景。

（2）选择"插入"—"新建元件"命令，弹出"创建新元件"对话框，设置如图 4—29 所示，单击"确定"按钮，新建一个"图形"元件。

（3）单击直线工具，在工作区中绘制如图 4—30 所示的图形。

图 4—29　创建斜面图形元件

图 4—30　斜面轮廓绘制

（4）单击工具箱中的颜料桶工具 ，设置填充浮动面板，如图 4—31 所示，并填充图形。将前面所绘制的线删除，动画效果如图 4—32 所示。

（5）单击时间轴左上角的 场景1 按钮，返回场景。

4. 利用引导层制作斜面滚动动画效果

（1）单击时间轴左下角的"插入图层"按钮 ，插入一个新图层，并重命名，如图 4—33 所示。

图 4—31　斜面面板颜色设置

图 4—32　上色后的斜面

图 4—33　插入图层

（2）单击右键选择"添加传统运动引导层"，插入一个引导图层，如图 4—34 所示。

（3）单击工具箱中的直线工具，在舞台中绘制直线，并使用选择工具调整直线，动画效果如图 4—35 所示。

（4）分别在"斜面"、"引导层"图层的第 80 帧处单击鼠标右键，弹出快捷菜单，选择"插入帧"命令，此时将分别在"斜面"、"引导层"图层的第 80 帧处插入帧。

（5）分别在"色环"图层的第 40、80 帧处单击鼠标右键，弹出快捷菜单，选择"插入关键帧"命令，此时将分别在"色环"图层的第 40、80 帧处插入关键帧。

（6）单击"色环"图层，选中"色环"图层的所有帧，在被选中的任意帧上单击鼠标右键，弹出快捷菜单，在弹出的快捷菜单中选择"创建传统补间"命令，为该层创建传统补间。

（7）分别调整"色环"图层的第 1、40、80 帧的"色环"元件的位置，分别如图 4—36～图 4—38 所示。

图 4—34　创建引导层

图 4—35　绘制和调整引导线

图 4—36　第 1 帧色环放置的位置

图 4—37　第 40 帧色环放置的位置　　**图 4—38　第 80 帧色环放置的位置**

（8）"色环"图层中第 1、40 帧的属性面板设置如图 4—39 和图 4—40 所示。

（9）最终看到的是彩色的圆环在弯曲的轨道上滚动的动画效果，如图 4—41 所示。保存为"滚动的色环.swf"文件。

图 4—39　第 1 帧创建补间属性　　**图 4—40　第 1 帧创建补间属性**

（10）完整的动画效果请观看本书提供的网页下载的素材第 4 章的"滚动的色环"Flash 文件。

图 4—41　滚动的色环动画效果

4.3.4　相关知识

1. 创建新图层

在 Flash CS5 中，每个图层就好像是一张透明的薄纸，上面画了一些图形和写了一些文字，将这些薄纸组合在一起，就获得了最终的动画效果。图层是时间轴视窗的一部分。

在 Flash CS5 中引用图层的概念，其目的是为了更有效地组织动画，以便轻松地制作复杂的动画。

打开 Flash CS5 时，系统会有一个默认的层，即"图层 1"。为了更好地组织动画的图像元素，可以创建新的图层，具体操作方法是：单击图层左下角的"插入图层"按钮，即可在选中的图层上面插入一个新图层。

2. 图层的相关操作

在制作动画的过程中，可以显示或隐藏一个或多个图层的内容，隐藏的图层也会被正常输出，只是在编辑时不能编辑且看不见。

隐藏或显示图层的具体操作方法如下。

（1）隐藏图层：在眼睛图标正下方的所要隐藏的图层的圆点上单击，此时会在隐藏的层上出现一个 标记。

（2）取消隐藏图层：直接单击 标记，即可取消隐藏。

（3）锁定图层：选定需要锁定的图层，单击 图标正下方的选定图层的圆点，即可锁定图层。

（4）解锁图层：单击需要解锁图层的图标 ，即可解锁图层。

3. 图层的编辑

图层的编辑主要包括图层的复制、删除、重命名以及调整图层的顺序等操作。所有绘图操作都是在可编辑状态下的图层上进行的，可编辑图层的名称旁边有一个铅笔图标 ✐。在任何时候都只能对一个图层进行编辑。下面分别介绍各种编辑的操作方法。

（1）复制图层：在需要复制的图层名字上单击，选中该图层的所有帧。在所选中的帧的任一帧上单击鼠标右键，弹出快捷菜单，在快捷菜单中选择"复制帧"命令，完成复制。

（2）删除图层：选中需要删除的图层，单击图层名称下边的 🗑 图标，即可删除选中的图层。

（3）给图层重命名：在需要重命名的图层名称上双击，此时，图层名称就可重命名。输入修改的名称，按"Enter"键，完成图层名称的修改。

（4）改变图层的叠放顺序：一个动画中有很多个图层，图层在窗口中的顺序决定了对象在舞台上的叠放顺序。如果某一图层处在另一图层的上方，则在工作区中该图层的对象也在另一图层的上方。如果要改变图层的顺序，只要使用鼠标在时间轴视窗中拖动图层的名称到指定位置即可。

4. 设置图层的属性

在"图层属性"对话框中可以设置如下参数。

（1）"名称"：在该输入框中可以对选择的图层进行重命名。

（2）"显示"：该复选框可以选择是否显示或隐藏所选择的图层。

（3）利用"锁定"复选框可以选择是否锁定或隐藏所选择的图层。

（4）"类型"：本选项中可以选择该层的类型，下面介绍其中 4 个选项，分别是"一般"→"引导层"→"遮罩层"→"被遮罩"。具体介绍如下：

① "一般"：这是系统默认的层的类型。

② "引导层"：选择该选项，可以将这个层作为引导层，以便用来创建网格、背景或其他对象，以辅助对齐其他对象。

③ "遮罩层"：选择该选项，可以将这个层作为遮罩层。

④ "被遮罩"：这是一个与某一个遮罩层关联的普通层，引导层的对象可以作为这一层中对象运动的向导。

（5）"轮廓颜色"：选择该选项会弹出一个颜色板，从中可以设置轮廓线的颜色。它仅在选中该选项下面的复选框时才有效。

（6）"将图层视为轮廓"：选中该复选框，所选图层的对象可以以轮廓线的方式被查看。

（7）"图层高度"：这是一个下拉列表框，在显示的百分比列表中可以选择该层的高度显示比例，即与其他层的单元格的高度比。

在图层面板上的某一图层中单击鼠标右键，弹出快捷菜单，在快捷菜单中选择"属性"命令，弹出"图层属性"对话框，即可进行设计。

5. 引导层动画

（1）何为引导层动画。

将一个或多个层链接到一个运动引导层，使一个或多个对象沿同一条路径运动的动画形式被称为"引导路径动画"。这种动画可以使一个或多个元件完成曲线或不规则运动。

一个最基本的"引导路径动画"由两个图层组成，上面一层是"引导层"，它的图层图标为，下面一层是"被引导层"，图标为 ，同普通图层一样。

在普通图层上单击时间轴面板中的"添加运动引导层"按钮 ，该层的上面就会添加一个引导层 ，同时该图层缩进成为"被引导层"，如图4—42所示。

（2）引导层动画的"对象"要求。

引导层动画，是一种特殊的动画——补间动画，因此，它的对象也必须是元件、组合体、文本，而主要是元件。

引导层是用来指示元件运行路径的，所以"引导层"中的内容可以是用钢笔、铅笔、线条、椭圆工具、矩形工具、画笔工具等绘制出的线段或文字。

而"被引导层"中的对象是跟着引导线走的，可以使用影片剪辑、图形元件、按钮、文字等，但不能应用形状。

由于引导线是一种运动轨迹，不难想象，"被引导"层中最常用的动画形式是传统动作补间，当播放动画时，一个或数个元件将沿着运动路径移动。

（3）引导层动画的设置。

"引导层动画"操作时特别得注意"引导线"的两端，被引导对象的起点、终点2个"中心点"一定要对准"引导线"的2个端头，如图4—43所示。

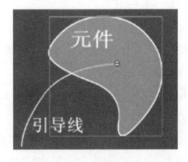

图4—42　创建引导层　　　　**图4—43　引导线的应用**

在图4—43中，我们特地把"元件"的透明度设为"50％"，使你可以透过元件看到下面的引导线，"元件"中心的十字星正好对着线段的端头，这一点非常重要，是引导线动画顺利运行的前提。

（4）其他注意事项。

①"被引导层"中的对象在被引导运动时，还可做更细致的设置，比如运动方向，在"属性"面板上，选中"调整到路径"复选框，对象的基线就会调整到运动路径。而如果选中"对齐"复选框，元件的注册点就会与运动路径对齐，如图4—44所示。

② 引导层中的内容在播放时是看不见的。

③ 在做引导层动画时，按下工具箱中的"对齐对象"按钮 ，可以使"对象附着于引导线"，操作更容易成功，拖动对象时，对象的中心会自动吸附到路径端点上。

④ 过于陡峭的引导线可能使引导动画失败，而平滑圆润的线段有利于引导动画成功制作。

图4—44　引导线属性面板设置

⑤ 向被引导层中放入元件时，在动画开始和结束的关键帧上，一定要让元件的注册点对准线段的开始和结束的端点，否则无法引导，如果元件为不规则形，可以点击工具箱中的"任意变形工具"，调整注册点。

⑥ 如果想解除引导，可以把被引导层拖离"引导层"，或在图层区的引导层上单击右键，在弹出的菜单上选择"属性"，在对话框中选择"正常"，作为正常图层类型。

⑦ 引导线允许重叠，比如螺旋状引导线，但在重叠处的线段必须保持圆润，让 Flash 能辨认出线段走向，否则会使引导失败。

4.3.5 拓展练习

使用前面所学的相关知识实现如图 4—45 所示的动画效果，完整动画请观看本书提供的网页下载的素材第 4 章的"碰撞运动"Flash 文件。

图 4—45　碰撞运动动画效果

项目 4　放大镜

4.4.1 项目效果

通过此项目的设计与制作，看到的是模仿放大镜原理制作的图片放大的动画效果，如图 4—46 所示。

4.4.2 项目目的

通过对遮罩层动画的合理运用，模拟出一个放大镜的动画效果。其主要制作原理就是使用一大一小两张图片，对大图片进行遮罩，使其只能显示遮罩层允许显示的范围，这样就产生了一个小图片被放大的错觉。

在本项目中，将主要解决以下问题：

（1）如何导入素材。

（2）如何设置传统动作补间。

（3）如何合理地运用工具。

（4）如何设置遮罩层。

图 4—46　放大镜动画效果

4.4.3 项目技术实训

1. 建立文件

启动 Flash CS5 软件，新建一个名为"放大镜"的 Flash 文件。

2. 添加并编辑小图

（1）执行"文件"→"导入"→"导入到舞台"命令，将准备好的图片文件导入到舞台中，调整好其大小和位置。

（2）将图层 1 改名为"小图"，延长图层的显示帧到第 120 帧，如图 4—47 所示。

图 4—47　编辑图层 1

3. 添加并编辑大图

（1）在"小图"图层的上方创建一个新的图层"大图"，将"小图"图层的第 1 帧复制并粘贴到"大图"图层的第 1 帧上，如图 4—48 所示。

图 4—48　编辑图层 2

图 4—49　缩放和旋转对话框

（2）通过变形面板调整其大小为原图的 130%，如图 4—49 所示。

4. 利用遮罩制作放大镜动画效果

（1）在所有图层的最上方插入一个图层 3 并取名为"遮罩层"，在该图层的绘图工作区中绘制一个圆形（选中绘制对象按钮画圆），如图 4—50 所示，将其移动到舞台的左上角，如图 4—51 所示。

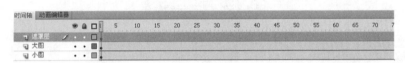

图 4—50　编辑图层 3

图 4—51　绘制图形

（2）分别在"遮罩层"图层的第 40、80 和 120 帧插入关键帧，如图 4—52 所示。移动第 40 帧中的图形到舞台的右下角，再移动第 80 帧中的图形到舞台左下角，将第 1 帧"复制帧"粘贴到第 120 帧处，为该图层第 40、80 帧创建"传统补间形状"动画，得到圆在舞台中移动的动画效果，如图 4—53 所示。

图 4—52　创建补间形状

图 4—53　图形运动轨迹

（3）在"遮罩层"图层的上方插入一个新的图层，将其命名为"放大镜"，如图 4—54 所示。将"放大镜.png"导入到该层，并调整到适当的位置，如图 4—55 所示。

图 4—54　图层 4 编辑

图 4—55　导入"放大镜.png"图片

102

（4）将"放大镜"图层的第 40 帧、第 80 帧和第 120 帧插入关键帧，如图 4—56 所示。分别移动其中的图形，使其恰好与下方的圆重合，然后为该图层创建传统补间动画，使放大镜和圆形做同步运动，如图 4—57 所示。

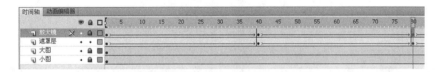

图 4—56　创建传统补间动画

图 4—57　补间后的效果图

（5）选中"遮罩层"图层并按下鼠标右键，在弹出的命令菜单中选择"遮罩层"命令，将其转换为遮罩图层，如图 4—58 所示。这时可以看到舞台中的内容发生了变化，大图只有在圆形下的区域才显示了出来，如图 4—59 所示。

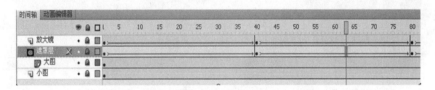

图 4—58　创建遮罩层

（6）最终看到的是模仿放大镜原理制作的图片放大的动画效果，如图 4—60 所示。文件保存为"放大镜 . swf"。

（7）完整动画效果请观看本书提供的网页下载的素材第 4 章的"放大镜"Flash 文件。

4.4.4　相关知识

与引导层动画一样，遮罩层动画也是 Flash 中常用的动画效果。Flash 所提供的遮蔽功能，是将指定的图层设置遮蔽的属性，使用遮蔽功能可以产生类似聚光灯扫射的动画效果。

图4—59　遮罩后效果图

图4—60　放大镜动画效果图

可以把多个图层集合在一个遮蔽层下边，从而产生丰富多彩的动画效果。因此，掌握遮罩层可以做出许多生动有趣的动画。

1. 制作遮罩动画

遮罩动画是利用遮罩图层制作的一种重要动画，利用遮罩动画可以制作出许多特殊的动画效果，如放大镜动画效果、卷轴动画效果、探照灯动画效果等。

在制作遮罩动画的时候用到两个图层，遮罩层和被遮罩层。被遮罩层上的图形通过遮罩层显示出来。如图4—61所示的图片，是由两个图层组成的，如图4—62所示，图层2为遮罩层，该图层上绘制的就是一个圆形，图层1为被遮罩层，上面放置的是一张图片。播放动画的时候，遮罩层上的内容不会被显示出来，被遮罩层上位于遮罩层之外的内容也不被显示。

图4—61　遮罩效果

图4—62　创建遮罩层

遮罩层上可以创建的对象包括元件实例、矢量图形、位图、文字，但不能是线条，如果是线条一定要将其转换为填充；被遮罩层上可以创建的对象包括元件实例、矢量图形、位图、文字或线条等。

2. 遮罩动画的特点

（1）要产生遮罩，至少要有两层：遮罩层和被遮罩层；

（2）遮罩层决定看到的形状，被遮罩层决定看到的内容；

（3）使用遮罩层，可以只显示遮罩层允许显示的范围；

（4）遮罩层中的内容可以是填充的形状、文字对象、图形元件或影片剪辑等；

（5）一个遮罩层可以同时遮罩多个图层，但遮罩层不能将其动画效果运用于另一个遮罩层。

4.4.5　拓展练习

根据前面所学的相关知识点制作如下动画效果，完整动画效果请观看本书提供的网页下载的素材第 4 章的"放大镜 1"Flash 文件。效果如图 4—63 所示。

图 4—63　放大镜 1 动画效果

项目 5　探照灯

4.5.1　项目效果

本案例主要利用遮罩动画效果来制作探照灯动画效果，在制作过程中要特别注意最底层图片元件的 Alpha 值的设置，这是关系到动画效果成败的关键。

通过此项目的设计与制作，看到的是模仿探照灯原理制作的打光动画效果，如图 4—64 所示。

图 4—64　探照灯动画效果

4.5.2　项目目的

掌握利用 Flash CS5 中的蒙版层功能，制造出一种物体被强光照亮的动画效果。

在本项目中，将主要解决以下问题：

（1）矩形工具和文字工具的应用。

（2）蒙版的应用。

（3）如何创建传统补间。

（4）素材的导入。

（5）元件符号的制作。

4.5.3　项目技术实训

（1）启动 Flash CS5 软件，新建一个名为"探照灯"的 Flash 文件。

（2）执行菜单中的"修改文档"（快捷键 Ctrl＋J）命令，在弹出的"文档属性"对话框中设置背景颜色为深蓝色（♯1B2954），其余参数如图 4—65 所示，然后单击"确定"按钮。

（3）制作此例共需 4 个图层，因此先增加 3 个图层。方法：单击时间轴中的（插入图层）按钮 3 次，增加 3 个图层，然后单击层操作中获得的"图层 4"，使其处于当前状态，结果如图 4—66 所示。

图 4—65 文档属性设置

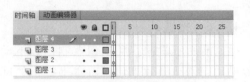

图 4—66 插入图层

（4）在"图层 1"上制作整个物体被光照前的动画效果。方法：单击工具箱中的"文字工具"，在"属性"面板中设置字体为"黑体"，大小为 300，再单击文本颜色框，输入数值"♯2E3856"，调出一种深蓝色。此时，"属性"面板如图 4—67 所示，最后在工作区中输入文字"Flash"。

（5）同理，输入文字 cs5，字体为黑体，字号为 150，然后选择工具箱中的"选择工具"将"Flash"和"cs5"拖到合适位置，结果如图 4—68 所示。

图 4—67 文字属性面板

图 4—68 输入文字

（6）选择工具箱中的"选择工具"，框选文字"Flash"和"cs5"，然后执行菜单操作中的"编辑—复制"命令，再执行菜单中的"编辑—粘贴到当前位置"命令（快捷键 Ctrl+Shift+V）。此时，粘贴后的新文字自行处于蓝色外框状态，下面直接在"属性"面板中单击文本颜色框，输入数值"♯000099"，按 Enter 键，结果如图 4—69 所示。接着选择工具箱中的"选择工具"，将粘贴的文字推到原文字左上方的合适位置，如图 4—70 所示。

图 4—69 复制文字并修改颜色

图 4—70 文字叠加后的效果

（7）绘制底座。方法：选择工具箱上的"矩形工具"，设置边线色为无色，填充色为蓝灰色（♯2E3856），然后在工作区中绘制两个相接的矩形，如图 4—71 所示。在绘制完成两个矩形后，单击"填充色"颜色框，更改数值为"#284082"，再绘制 4 个矩形，如图4—72 所示。

图 4—71　绘制矩形

图 4—72　复制并叠加后效果

（8）至此，图层上的绘制已经完成。单击层操作区中的"图层 1"右边的第二个小圆点，锁定"图层 1"，如图 4—73 所示。

（9）单击"图层 2"，使其处于当前状态，然后执行菜单中的"窗口—颜色"命令，调出"颜色"面板，设置参数如图 4—74 所示。

（10）选择工具箱中的"椭圆工具"，设置笔触颜色为无色，然后在工作区中绘制一个椭圆，在"属性"面板中设置椭圆的参数，如图 4—75 所示，结果如图 4—76 所示。

图 4—73　锁定图层 1

图 4—74　颜色设置

图 4—75　形状大小设置

（11）单击"图层 2"右边的第一个小圆点，使其变成叉号，从而使椭圆也隐藏不见。然后单击"图层 2"右边的锁，解除对"图层 1"的锁定，如图 4—77 所示。

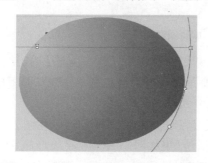
图 4—76　绘制椭圆

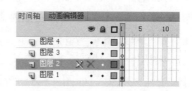
图 4—77　图层属性设置

（12）执行菜单中的"编辑—全选"（快捷键 Ctrl＋A）命令，然后执行菜单中的"修改—分离"（快捷键 Ctrl＋B）命令两次，将文字分离成图形。

（13）执行菜单中的"编辑—复制"（快捷键 Ctrl＋C）命令，再单击"图层 1"右边的第二个小圆点，从而重新锁定"图层 2"。

（14）单击"图层 3"使其处于当前状态，然后执行菜单上的"编辑—粘贴到当前位置"（快捷键 Ctrl＋Shift＋V）命令，接着执行"编辑—取消全选"命令取消选择状态。

（15）为光照物体施加颜色。方法：选择工具箱中的"颜料桶工具"，然后单击填充色一栏的颜色框，输入"＃FF9966"，按 Enter 键确认。接着单击画面中位于前面的"Flash cs5"和 4 个矩形。填充完后，再单击填充色一栏的颜色框，输入"＃666666"，按 Enter 键确认。选择工具箱上的"颜料桶工具"填充后面几个图形，结果如图 4—78 所示。

（16）单击图层 3 右边的第二个小圆点，锁定"图层 3"，接着单击"图层 4"，使其处于当前状态。

（17）选择工具箱中的椭圆工具，在按住 Shift 键的同时在画面上拖动，绘制出一个正圆形，并设置参数，如图 4—79 所示。然后利用工具箱上的选择工具，将图形移到画面左上角，如图 4—80 所示。

图 4—78　图层 1 的效果　　　图 4—79　圆形属性设置　　　图 4—80　绘制正圆

（18）制作灯光移动的动画。方法：首先将时间轴的滑块向右拖动，然后单击"图层 4"的第 140 帧，按快捷键 F5，插入普通帧，使"图层 4"延长到 140 帧，此时时间轴如图 4—81 所示。

图 4—81　编辑图层 4

（19）灯光的移动路线可以通过精确定义圆形的位置来实现。方法：单击"图层 4"的第 50 帧，按快捷键 F6 插入关键帧。然后在画面中单击圆形，在"属性"面板中输入数值，如图 4—82 所示，结果如图 4—83 所示。

（20）单击"图层 4"的第 75 帧，按快捷键 F6 插入关键帧。然后在画面中单击图形，在"属性"面板中输入数值，如图 4—84 所示，结果如图 4—85 所示。

（21）单击"图层 4"的第 100 帧，按快捷键 F6，插入关键帧。然后在画面中单击图形，在"属性"面板中输入数值，如图 4—86 所示，结果如图 4—87 所示。

图 4—82　信息面板设置

图 4—83　调整椭圆位置

图 4—84　信息面板设置

图 4—85　调整椭圆位置

图 4—86　信息面板设置

图 4—87　调整椭圆位置

（22）单击"图层 4"的第 115 帧，按快捷键 F6，插入关键帧。然后在画面中单击图形，在"属性"面板中输入数值，如图 4—88 所示，结果如图 4—89 所示。

图 4—88　信息面板设置

图 4—89　调整椭圆位置

（23）在"图层4"的第1～第115帧创建传统补间。同时选择"图层2"、"图层3"和"图层1"的第140帧，按快捷键F5，插入普通帧，使"图层3"，"图层2"和"图层1"的总帧数延长到140帧。

（24）单击"图层1"和"图层3"右边的锁，解除锁定，然后单击"图层2"右边的叉号，使其回到可视状态，此时时间轴分布如图4—90所示。

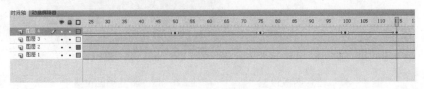

图4—90　时间轴分布

（25）施加蒙版动画效果。右击"图层4"，在弹出的菜单中选择"遮罩层"命令，此时时间轴分布如图4—91所示。

图4—91　创建遮罩层

（26）选择"图层2"，执行菜单中的"修改—时间轴—图层属性"命令，在弹出的"图层属性"对话框中设置参数，如图4—92所示，然后单击"确定"按钮。接着将其锁定，此时时间轴分布如图4—93所示。

（27）至此，本例制作完成。执行菜单中的"控制—测试影片"（快捷键Ctrl＋Enter）命令，即可观看遮罩动画效果。

（28）最终看到的是模仿探照灯原理制作的打光动画效果，文件保存为"探照灯.swf"。

图4—92　图层属性设置

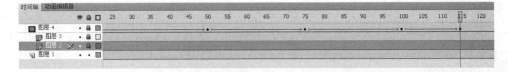

图4—93　添加被遮罩层

4.5.4　相关知识

参见第2章和第4章中的4.1、4.2、4.4所学的相关知识点。

4.5.5　拓展练习

使用前面所学的相关知识点制作如图4—94所示动画效果（完整动画请观看本书提供的网页下载的素材第4章的"探照灯1"Flash文件）

图4—94　探照灯动画效果1

110

项目 6 发光动画效果

4.6.1 项目效果

本项目主要利用遮罩原理来制作发光动画效果：在屏幕中央的五角星，从小变大，然后放射出夺目光芒的动画效果，如图 4—95 所示。

4.6.2 项目目的

掌握五角星的绘制、遮罩的设置，以及将直线转换为矢量图的方法。在本项目中，将主要解决以下问题：

图 4—95 发光动画效果

（1）选择工具、矩形工具的应用。

（2）蒙版的应用。

（3）如何创建传统补间。

（4）元件符号的制作。

（5）将直线转换为矢量图的方法。

4.6.3 项目技术实训

1. 建立文件

启动 Flash CS5 软件，新建一个名为"发光动画效果"Flash 文件。

2. 制作五角星

（1）执行菜单中的"修改文档"（快捷键 Ctrl+J）命令，在弹出的"文档属性"对话框中设置背景颜色为深蓝色（♯000000），其余参数如图 4—96 所示，然后单击"确定"按钮。

（2）执行菜单中的"插入—新建元件"（快捷键 Ctrl+F8）命令，在弹出的"创建新元件"的对话框中设置参数，如图 4—97 所示，然后单击"确定"按钮，进入 star 元件的编辑模式。

图 4—96 文档属性设置

图 4—97 创建"star"元件

（3）然后单击工具箱上的多边形工具，如图 4—98 所示，点击工具属性面板上的"选项"打开工具设置面板，如图 4—99 所示。在工作区中绘制一填充为无色，线条为白色的五角星，如图 4—100 所示。

（4）选择工具箱中的线条工具，连接五角星的各个端点，结果如图 4—101 所示。

（5）选择工具箱上的颜料桶工具，设置填充类型和颜色如图 4—102 所示，填充五角星如图 4—103 所示。

图4—98　绘制图形属性设置

图4—99　工具设置选项

图4—100　绘制五角星

图4—101　绘制分界线

图4—102　颜色设置

图4—103　填充后颜色

（6）同理，设置填充色如图4—104所示，对五角星进行填充，结果如图4—105所示。

（7）选择工具箱上的选择工具，选中五角星的所有边线，按键盘上的Delete键进行删除，结果如图4—106所示。

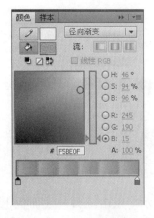
图4—104　颜色设置

图4—105　填充后颜色

图4—106　删除线条

图4—107　创建"line"元件

3. 制作射线

（1）执行菜单中的"插入—新建元件"（快捷键Ctrl＋F8）命令，在弹出的"创建新元件"的对话框中设置参数，如图4—107所示，然后单击"确定"按钮，进入line元件的编辑模式。

（2）选择工具箱上的线条工具，绘制直线，然后在属性面板中设置参数如图 4—108 所示，结果如图 4—109 所示。

图 4—108　图形属性设置

图 4—109　绘制线条

（3）执行菜单中的"插入—新建元件"（快捷键 Ctrl＋F8）命令，在弹出的"创建新元件"的对话框中设置参数，如图 4—110 所示，然后单击"确定"按钮，进入 line1 元件的编辑模式。

（4）执行菜单中的"窗口—库"命令，调出"库"面板。在库中选择 line 元件，将其拖入工作区，位置如图 4—111 所示。

图 4—110　创建"line1"元件

（5）选择工具栏上的任意变形工具，调整 line 的中心点，使其与工作区中心点重合，结果如图 4—112 所示。

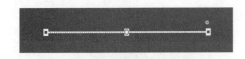

图 4—111　调整中心旋转点 1

图 4—112　调整中心旋转点 2

（6）执行菜单中的"窗口—变形"命令，调出"变形"面板，设置参数如图 4—113 所示，然后多次点击重制选区和变形按钮，结果如图 4—114 所示。

图 4—113　"变形"面板设置

图 4—114　变形后效果

（7）选择工具箱上的选择工具，框选工作区中所有线条，然后执行菜单中的"修改—分离"命令，将线段分离成矢量线。接着执行菜单中的"修改—形状—将线条转化为填充"命令，将矢量线转化为矢量图，结果如图4—115所示。

（8）执行菜单中的"插入—新建元件"（快捷键 Ctrl＋F8）命令，在弹出的"创建新元件"的对话框中设置参数，如图4—116所示，然后单击"确定"按钮，进入 line2 元件的编辑模式。

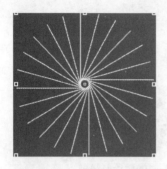

图4—115　转换为矢量图　　　　　图4—116　创建"line2"元件

（9）从库中将 line 元件拖入工作区，位置如图4—117所示。然后选择工具栏上的任意变形工具，调整 line 的中心点使其与工作区中心点重合，结果如图4—118所示。

图4—117　调整中心旋转点1　　　　图4—118　调整中心旋转点2

（10）在"变形"面板中设置参数如图4—119所示，然后数次单击重制选区和变形按钮，结果如图4—120所示。

图4—119　"变形"面板设置　　　图4—120　变形后效果

4．制作运动的射线

（1）回到场景1，从库中将 line2 拖入"场景1"。然后执行菜单中的"窗口—对齐"命令，调出"对齐"面板，将 line2 中心对齐。接着在"属性"面板中调出颜色如图4—121所示，结果如图4—122所示。

（2）点击图层1第89帧，按F5键，插入普通帧，使"图层1"的长度延长为89帧。

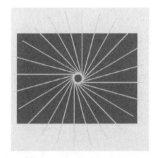

图 4—121　元件属性设置　　图 4—122　调整属性后的效果

（3）单击时间轴下的插入图层按钮，增加"图层 2"，然后从库中将 line1 拖入并使中心对齐。接着在"图层 2"的第 89 帧按 F6 键，插入关键帧。此时时间轴如图 4—123 所示。

图 4—123　编辑时间轴

（4）单击"图层 2"的第 89 帧，在"变形"面板中设置参数，如图 4—124 所示。

（5）在"图层 2"创建传统补间动画。然后选择"图层 2"的第 1 帧，在"属性"面板中设置参数，如图 4—125 所示。

（6）右击"图层 2"，在弹出的菜单中选择"遮罩层"命令，结果如图 4—126 所示。此时时间轴如图 4—127 所示。

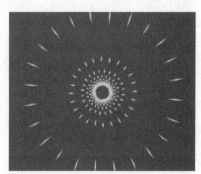

图 4—124　"变形"面板设置　图 4—125　创建传统补间动画属性设置　　图 4—126　遮罩后效果图

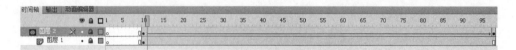

图 4—127　创建遮罩层

5. 制作五角星从小变大的动画效果

（1）单击时间轴下的插入图层按钮，增加"图层3"，然后从库中将 star 拖入并使中心对齐。

（2）单击"图层3"的第10帧，按快捷键F6，插入关键帧，然后将第1帧中的 star 元件缩放为 0％，将第10帧中的 star 元件缩放为 50％，接着在"图层3"创建补间动画。图 4—128 所示为第 25 帧的动画效果图。

图 4—128　第 25 帧动画效果

（3）将"图层1"和"图层2"的第1帧移动到第10帧。然后在"图层3"的第99帧按F5键，插入普通帧，从而将"图层3"的总帧数延长至99帧。此时时间轴如图 4—129 所示。

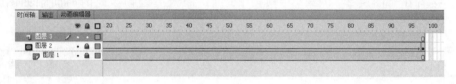

图 4—129　编辑时间轴

（4）执行菜单中的"控制—测试影片"（快捷键 Ctrl＋Enter）命令，就可以看到五角星从小变大，并且光芒四射的动画效果。

（5）最终看到的是闪闪发光的五角星的动画效果，文件保存为"发光动画效果．swf"。

4.6.4　相关知识

1. 制作传统补间动画

传统补间动画对于组、元件或者可编辑的文件形成动画很有用，但它不能用于形成基本形状。顾名思义，运动补间动画被应用于把项目由一个地方移动到另一个地方的情况，也可以用于物体的缩放、倾斜或旋转的动画，还可以用于形成元件的颜色和透明度的动画。

制作传统运动补间动画的步骤如下：

（1）选择某一帧作为动画的开始帧，如果它还不是一个关键帧，则把它转变为一个关键帧（按 F6 键）。

（2）绘制或导入要制作动画的图像。制作运动补间动画的对象只能是组、元件和可编辑的文件。

提示：如果要对一个图像制作运动补间动画，要先把它变成组件（按 Ctrl＋G 组合键）或者元件。

116

（3）在时间轴上给想作为动画结束帧的位置插入一个关键帧。

（4）将开始关键帧和结束关键帧上想要进行运动补间的元件进行移动、缩放、旋转，或修改色彩、透明度或亮度。

（5）在开始关键帧和结束关键帧之间创建运动补间动画，创建后在动画的起始帧和结束帧之间的区域将出现一个紫色的填充和一个箭头，它表示应用了一个运动补间动画。创建运动补间动画的方法有如下3种：

①单击开始关键帧和结束关键帧间的任何一帧，在"属性"面板中设置。

②右击开始关键帧和结束关键帧间的任何一帧，在弹出的快捷菜单中单击"创建补间动画"菜单项。

③单击开始关键帧和结束关键帧间的任何一帧，选择"插入"—"时间轴"—"创建补间动画"菜单项。

（6）可以选择"控制"—"播放"菜单项对动画进行预览，也可以选择"控制"—"测试影片"菜单项来演示一个 .swf 文件。

2. 设置旋转的运动动画效果

旋转的运动动画效果是使实例在运动的同时旋转。设置方法是在起始关键帧和结束关键帧之间设置好了运动补间动画后，再通过"属性"面板设置。其中"旋转"项用于设置旋转的方式，有"无"、"自动"、"顺时针"、"逆时针"4个选项；后面的"次"项用于设置从运动补间动画开始到结束元件旋转的次数。

3. 设置运动快慢的动画效果

时快时慢的运动动画效果也是在起始关键帧和结束关键帧之间已经设置好了运动补间动画之后，再通过"属性"面板来设置的。其中"缓动"项用于调节对象运动过程中的速度比例关系，正数表示先快后慢，负数表示先慢后快，零值表示动作匀速变化；后面的"编辑"按钮用于打开"自定义缓入/缓出"面板，如图 4—130 所示。

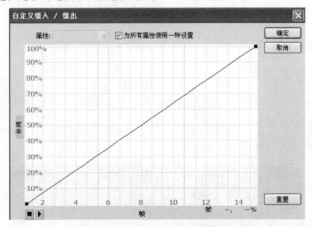

图 4—130　"自定义缓入/缓出"面板

利用"自定义缓入/缓出"面板，可以对缓动动画效果进行更多的控制。"自定义缓入/缓出"面板显示的图形表示动画随时间推移而变化的程度。水平轴表示帧，而垂直轴表示对象变化的百分比。图形的曲线指示对象的变化率。曲线呈水平时（无斜率），速率为零；曲线呈垂直时，则表示对象的运动没有任何缓动或延迟。

如果选择"为所有属性使用一种设置"复选框，则会将当前曲线应用到所有属性（"位置"、"旋转"、"缩放"、"颜色"和"滤镜")。如果取消选择此复选框,则可以使每个属性应用于单独的曲线。

- 位置。为舞台上动画对象的位置指定自定义缓入/缓出设置。
- 旋转。为动画对象的旋转指定自定义缓入/缓出设置。例如,可以微调舞台上的动画人物转向用户时速度的快慢。
- 缩放。为动画对象的缩放指定自定义缓入/缓出设置。例如,可以更轻松地通过自定义对象的缩放实现动画效果:对象好像渐渐远离查看者,再渐渐靠近,然后再次渐渐离开。
- 颜色。应用于动画对象的颜色过渡,指定自定义缓入/缓出设置。
- 滤镜。应用于动画对象的滤镜,指定自定义缓入/缓出设置。例如,可以控制模拟光源方向变化的投影缓动设置。
- "播放"和"停止"按钮。允许使用"自定义缓入/缓出"对话框中定义的所有当前速率曲线,预览舞台上的动画。
- "重置"按钮。允许将速率曲线重置为默认的线性状态。

单击曲线上任何控制点之外的位置,可在该曲线上创建新的控制点。单击曲线和控制点之外的任意位置,可以取消当前选择。

4. 设置物体逐步消失的动画效果

逐步消失的动画效果主要是通过设置运动补间动画的结束关键帧中物体的"Alpha"值为"0%"来实现的,此设置可通过"属性"面板中的"样式"项来完成。

4.6.5 拓展练习

使用前面所学的相关知识点制作如图 4—131 所示动画效果,完整动画请观看从网上下载的素材第 4 章的"发光动画效果 1"Flash 文件。

图 4—131 发光动画效果 1

项目 7 展开的画卷

4.7.1 项目效果

本项目主要利用 Flash 基本工具制作一个遮罩动画效果,在制作过程中,要特别注意在创建补间动画时,画卷遮罩与画卷轴位置要同步。通过此项目的设计与制作,最终看到的是画卷缓缓展开的动画效果,如图 4—132 所示。

图 4—132 展开的画卷动画效果

4.7.2　项目目的

利用创建传统补间动画及蒙版制作逐渐展开的画卷。

在本项目中，将主要解决以下问题：

（1）文字工具、颜料桶工具、矩形工具绘的应用。

（2）蒙版的应用。

（3）如何创建传统补间。

（4）元件符号的制作。

4.7.3　项目技术实训

1. 建立文件

启动 Flash CS5 软件，新建一个名为"展开的动画效果"的 Flash 文件。

2. 新建"画卷底"图形元件并编辑该图形元件

（1）设置背景为（♯006666）。

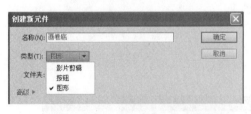

图 4—133　创建"画卷底"元件

（2）单击"插入"—"新建元件"命令，弹出"创建新元件"对话框，设置如图 4—133 所示，单击"确定"按钮，新建一个"图形"元件。

（3）单击 ▢ 矩形工具，并设置填充色为如图 4—134 所示。

（4）在工作区绘制一个矩形，大小、位置如图 4—135 所示。

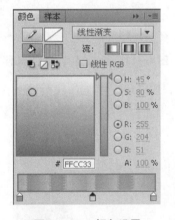

图 4—134　颜色设置

图 4—135　绘制图形

（5）单击线条工具，线条属性面板设置为如图 4—136 所示，在工作区绘制两条直线，如图 4—137 所示。

图 4—136　设置线条属性

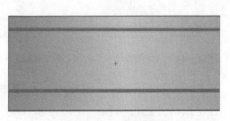

图 4—137　绘制线条

119

（6）单击"颜料桶工具"，设置颜色为 ■（♯990000），填充工作区，如图 4—138 所示。

（7）单击"文字工具"，设置文字的颜色为 ■（♯FF6600），在工作区输入如图 4—139 所示的文字。

图 4—138　填充颜色

图 4—139　输入文字

（8）单击"文字工具"，设置文字的颜色为 ■（♯990000），在工作区输入"展开的画卷"文字，并调整位置如图 4—140 所示。

（9）单击时间轴左上角的 ■场景1 按钮，返回场景 1。

3. 新建"画卷轴"图形元件并编辑该图形元件

（1）单击"插入"—"新建元件"命令，弹出"创建新元件"对话框，设置如图4—141 所示，单击"确定"按钮，新建一个"图形"元件。

图 4—140　输入文字并叠放位置

图 4—141　创建"画卷轴"元件

（2）单击"矩形工具"，设置填充色，如图 4—142 所示，在工作区绘制如图 4—143 所示的轴。

（3）单击"线条工具"，将 3 个矩形连接起来，如图 4—144 所示。

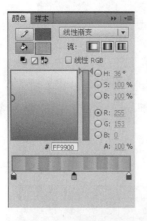

图 4—142　颜色设置

图 4—143　绘制画卷轴 1

图 4—144　画卷轴 2

（4）单击"颜料桶工具"，填充色的设置如图 4—145 所示。

（5）对连接部分进行填充，并将连接线删除，如图 4—146 所示。

图 4—145　颜色设置　　　　　　　　图 4—146　画卷轴 3

（6）单击时间轴左上角的 ⬅️ 场景 1 按钮，返回场景。

4. 新建"画卷遮罩"图形元件并编辑该图形元件

（1）单击"插入"—"新建元件"命令，弹出"创建新元件"对话框，设置如图4—147所示，单击"确定"按钮，新建一个"图形"元件。

（2）在工作区绘制如图 4—148 所示的矩形。

（3）单击时间轴左上角的 ⬅️ 场景 1 按钮，返回场景。

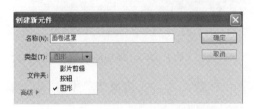

图 4—147　创建"画卷遮罩"元件

图 4—148　绘制图形

5. 利用遮罩制作逐渐展开的画卷动画效果

（1）将"画卷底"拖到舞台的中央位置，如图4—149 所示，并将"图层 1"重命名为"画卷底"。

（2）单击 3 次时间轴左下角的"插入图层"按钮。插入 3 个图层，并分别命名为"画卷遮罩、画卷轴 1、画卷轴 2"，如图 4—150 所示。

图 4—149　　"画卷底"绘制

（3）分别将"元件"拖到相应的图层（对画卷轴 1、画卷轴 2 两个图层均拖入同一个元件"画卷轴"），位置如图 4—151 所示。

图 4—150　插入图层

图 4—151　拖入元件到舞台

121

（4）在每个层的第 40 帧处插入关键帧或帧，图层动画效果如图 4—152 所示。

（5）元件在第 40 帧的位置如图 4—153 所示。

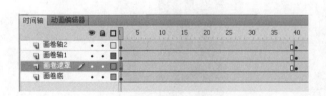

图 4—152　每层第 40 帧插入关键帧　　　　图 4—153　第 40 帧元件位置

（6）单击"画卷遮罩"层的第 1 帧，并选中该帧的"画卷遮罩"元件。

（7）单击"任意变形工具"，并调整"画卷遮罩"元件的大小，如图 4—154 所示。

（8）为"画卷遮罩"、"画卷轴 1"、"画卷轴 2"三个图层创建"补间动画"，图层动画效果如图 4—155 所示。

图 4—154　调整"画卷遮罩"元件大小　　　　图 4—155　编辑时间轴

（9）在"画卷遮罩"层上单击鼠标右键，弹出快捷菜单，在快捷菜单中选择"遮罩层"命令，创建遮罩动画效果，图层动画效果如图 4—156 所示。

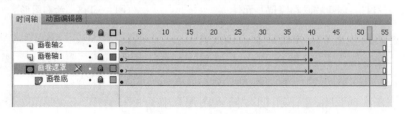

图 4—156　创建遮罩层

（10）最终看到的是画卷缓缓展开的动画效果，如 4—157所示。

（11）完整动画请观看本书提供的网页下载的素材第 4 章的"遮罩动画效果"Flash 文件。

4.7.4　相关知识

参见第 2 章和第 4 章中的 4.1、4.2、4.3、4.4 所学的相关知识点。

4.7.5　拓展练习

使用前面所学的相关知识点绘制如图 4—158 所示的动

图 4—157　展开的画卷动画效果

画效果，完整动画请观看从网上下载的素材第 4 章的"展开的画卷 1"Flash 文件。

图 4—158　展开的画卷 1 动画效果

项目 8　旋转的地球

4.8.1　项目效果

本项目主要介绍如何利用 Flash CS5 的基础知识制作一个地球旋转的动画效果。在制作该动画效果的时候，要特别注意"椭圆 2"层的椭圆的 Alpha 值的设置，否则就做不出立体动画效果。

通过此项目的设计与制作，最终看到的是地球旋转的动画　图 4—159　旋转的地球动画效果
效果，如图 4—159 所示。文件保存为"旋转的地球 . swf"。

4.8.2　项目目的

制作三维旋转的球体动画效果，当球体旋转到正面时，球体上的图案的颜色加深，当旋转到后面时，球体上的图案的颜色变浅。

在本项目中，将主要解决以下问题：

（1）椭圆工具的绘制与应用。

（2）利用 Flash 控制图像的不透明度的方法。

（3）如何创建传统补间。

（4）蒙版的应用。

（5）元件符号的制作。

（6）图片的导入和分离。

4.8.3　项目技术实训

1. 建立文件

启动 Flash CS5 软件，新建一个名为"旋转的地球"的 Flash 文件。

2. 新建"地图"影片剪辑元件并编辑该元件

（1）单击"插入"—"新建元件"命令，弹出"创建新元件"对话框，设置如图4—160所示，单击"确定"按钮，新建一个"图形"元件。

（2）进入该元件编辑区，执行"文件"→"导入"→"导入到舞台"命令，弹出"导入到舞台"对话框。选择要导入的图片，单击"确定"按钮，将图片导入到舞台中。将图片导

入到工作区，如图 4—161 所示。

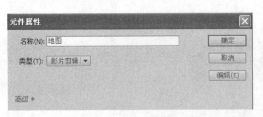
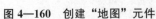

图 4—160 创建"地图"元件

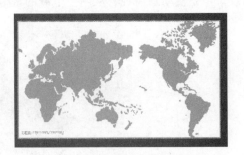

图 4—161 导入图片

（3）在导入的图片上单击鼠标右键，弹出快捷菜单，在快捷菜单中选择"分离"命令，将图片分离。

（4）单击工具箱中的"套索工具"中的魔棒选项，如图 4—162 所示。将分离的地图不要的部分框中，按键盘上的 Delete 键，将其删除，并将地图颜色改为白色，最终动画效果如图 4—163 所示。

图 4—162 选取魔棒工具

图 4—163 编辑后地图

（5）选中该地图将其转换为"map"图形元件，在"地图"影片剪辑元件中新建图层 2，并将该图形元件复制到图层 2 的第 1 帧的当前位置，动画效果如图 4—164 和图 4—165 所示。

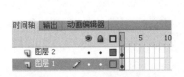

图 4—164 插入图层

图 4—165 绘制地图

（6）在"地图"影片剪辑元件中的图层 1 和图层 2 的第 30 帧插入关键帧如图 4—166 所示，在图层 1 的第 1 帧和图层 2 的第 30 帧移动图形元件的位置如图 4—167 和图 4—168 所示。

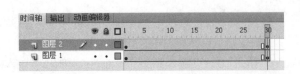

图 4—166 元件时间轴编辑 1

图 4—167 元件时间轴编辑 2

（7）回到第1帧创建传统补间动画如图4—169所示，让"map"元件从右至左平移。

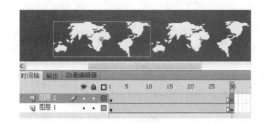

图4—168　元件时间轴编辑3　　　　　图4—169　元件时间轴编辑4

（8）单击时间轴左上角的按钮，返回场景。

（9）复制"地图"影片剪辑元件粘贴到当前位置，选择"修改"→"变形"→"水平翻转"命令，让地图翻转，并将其元件属性的 Alpha 透明度变淡，如图4—170所示。

图4—170　元件编辑区效果

3. 利用遮罩制作三维旋转的球体动画效果

（1）连续单击时间轴左下角的 "插入图层"按钮，插入两个新图层，并重命名，图层动画效果如图4—171所示。

（2）单击工具箱中的"椭圆填充工具"，设置填充色为 ，浮动面板如图4—172所示，笔触颜色设置为 。

（3）选择"椭圆1"图层，在工作区域绘制一个椭圆，如图4—173所示。

图4—171　插入新图层　　　图4—172　椭圆颜色设置　　　图4—173　绘制椭圆

（4）分别将"地图"元件和绘制好的"椭圆"拖到对应的图层中（对椭圆1、椭圆2两个图层拖入同样的椭圆元件），图层动画效果如图4—174所示。

（5）将椭圆2图层拖到最底层，如图4—175所示。

（6）在"椭圆1"图层上单击鼠标右键，弹出快捷菜单，在快捷菜单中选择"遮罩层"命令，创建遮罩动画效果。图层动画效果如图4—176所示。

图4—174 图层位置排布1

图4—175 图层位置排布2

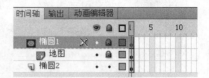

图4—176 创建遮罩层

图4—177 旋转的地球动画效果

（7）最终看到的是地球仪旋转的动画效果，如图4—177所示。

（8）完整动画效果请观看本书提供的网页下载的素材第4章的"旋转的地球"Flash文件。

4.8.4 相关知识

参见第2章和第4章中的4.1、4.2、4.3、4.4所学的相关知识点。

图4—178 旋转的地球1动画效果

4.8.5 拓展练习

使用前面所学的相关知识点制作如图4—178所示的动画效果。完整动画效果请观看本书提供的网页下载的素材第4章的"旋转的地球1"Flash文件。

项目9 水波动画效果

4.9.1 项目效果

本项目主要使用创建传统补间动画来制作水波动画效果，当水滴滴到水边，溅起水花并出现水波纹的动画效果。

通过此项目的设计与制作，看到水滴落下溅起水花并出现水波纹的动画效果，如图4—179所示。

图4—179 水波动画效果

4.9.2 项目目的

利用创建传统补间动画制作溅起水花并出现水波纹的动画效果。

在本项目中，将主要解决以下问题：

（1）颜料桶工具和椭圆工具的应用。

（2）如何创建传统补间。

（3）利用Alpha值来控制元件的不透明度。

126

（4）元件符号的制作。

（5）如何将线条转换为填充柄柔滑填充边缘。

4.9.3 项目技术实训

1. 建立文件

启动 Flash CS5 软件，新建一个名为"水波动画效果"的 Flash 文件。

执行菜单中的"修改文档"（快捷键 Ctrl＋J）命令，在弹出的"文档属性"对话框中设置背景颜色为深蓝色（♯000099），然后单击"确定"按钮。

2. 制作水波纹动画

（1）执行菜单中的"插入—新建元件"（快捷键 Ctrl＋F8）命令，在弹出的"创建新元件"对话框中设置参数，如图 4—180 所示，然后单击"确定"按钮，进入 bowen 元件的编辑模式。

（2）选择工具箱上的椭圆工具，设置笔触高度为 2，笔触颜色为蓝—白渐变，填充为无色，如图 4—181 所示，然后在工作区中绘制一个椭圆。接着在"信息"面板中设置椭圆大小为 30 像素 ＊ 6 像素，结果如图 4—182 所示。

图 4—180　创建"bowen"元件　　图 4—181　"bowen"颜色设置

（3）选中椭圆线条，执行菜单中的"修改—形状—将线条转换为填充"命令，将其转换为填充区域。然后执行菜单中的"修改—形状—柔化填充边缘"命令，在弹出的"柔化填充边缘"对话框中设置参数，如图 4—183 所示，再单击"确定"按钮，结果如图 4—184 所示。

图 4—182　绘制"bowen"　　图 4—183　柔化边缘属性设置　　图 4—184　柔化后效果图

（4）右击时间轴的第 30 帧，从弹出的快捷菜单中选择"插入空白关键帧"命令，插入一个空白关键帧。

（5）选中工具箱上的椭圆工具，设置笔触高度为 2，笔触颜色为蓝—白渐变，填充为无色，然后在第 30 帧绘制一个椭圆。接着在"属性"面板中设置椭圆大小为 300 像素 ＊ 70

像素。

（6）选中椭圆线条，执行菜单中的"修改—形状—将线条转换为填充"命令，将其转换为填充区域。然后执行菜单中的"修改—形状—柔化填充边缘"命令，在弹出的"柔化填充边缘"对话框中设置参数，如图 4—185 所示，再单击"确定"按钮，结果如图 4—186 所示。

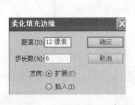

图 4—185　柔化边缘属性设置

图 4—186　柔化后效果图

（7）右击第 1～第 30 帧中的任意一帧，从弹出的快捷菜单中选择"创建补间形状"命令。

（8）按键盘上的 Enter 键，即可看到水波由小变大的动画效果，如图 4—187 所示。

图 4—187　第 1 帧和第 30 帧水波变化效果

3．制作水滴图形元件

（1）执行菜单中的"插入—新建元件"（快捷键 Ctrl＋F8）命令，在弹出的"创建新元件"的对话框中设置参数，如图 4—188 所示，然后单击"确定"按钮，进入 shuidi 元件的编辑模式。

（2）选择工具箱上的椭圆工具，设置笔触高度为 1，笔触颜色为无色，填充为蓝—白放射状渐变，然后按住 Shift 键在工作区中绘制一个正圆，如图 4—189 所示。

（3）选择工具箱上的选择工具，按住键盘上的 Ctrl 键，在圆形上拖动鼠标，使圆形出现一个尖角。释放 Ctrl 键后拖拽尖角两侧的弧形线，使圆形变成水滴形。

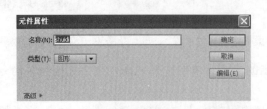

图 4—188　创建"shuidi"元件

图 4—189　绘制"shuidi"图 1

128

（4）为了使水滴更形象，下面选择工具箱上的颜料桶工具，在水滴右侧单击，使颜色渐变偏离中心，如图4—190所示。至此，水滴制作完毕。

4. 在场景中制作水滴溅起水波的动画效果

（1）回到场景1，执行菜单中的"窗口—库"命令，调出"库"面板。在库中选择 shuidi 元件，将其拖入工作区，位置如图4—191所示。

（2）右击第7帧，从弹出的快捷菜单中选择"插入关键帧"命令，插入一个关键帧。然后配合键盘上的 Shift 键，向下拖动 shuidi 元件，如图4—192所示。

图4—190　绘制"shuidi"图2　　图4—191　第1帧"shuidi"　　图4—192　第7帧"shuidi"
元件摆放位置　　　　　　　　元件摆放位置

（3）右击第1～第7帧的任意一帧，从弹出的快捷菜单中选择"创建传统补间"命令。

（4）单击新建图层按钮，新建"图层2"。然后右击"图层2"的第7帧，从弹出的快捷菜单中选择"插入空白关键帧"命令。接着从库中将 bowen 元件拖入到工作区中，并调整位置，如图4—193所示。

（5）右击"图层2"的第36帧，从弹出的快捷菜单中选择"插入关键帧"命令，插入一个关键帧。然后单击第36帧中的 bowen 元件，在"属性"面板中将其 Alpha 值设置为0％，如图4—194所示。

图4—193　第7帧元件摆放位置　　　　图4—194　设置"bowen"元件属性

（6）右击第7～第36帧的任意一帧，从弹出的快捷菜单中选择"创建补间动画"命令。此时，水波在发大的同时逐渐消失。

（7）连续单击插入图层4次，新建4个图层。然后按住键盘上的Shift键，同时选中这4个图层。接着单击右键，从弹出的快捷菜单中选择"删除帧"，如图4—195所示。

（8）在"图层2"的第7～第36帧拖动鼠标，从而选中这30帧。然后单击右键，从弹出的快捷菜单中选择"复制帧"命令，接着右击"图层3"的第13帧，从弹出的快捷菜单中选择"粘贴帧"命令，结果如图4—196所示。

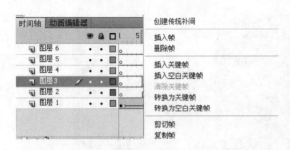

图4—195 删除多余的帧　　　　　　　　图4—196 图层2时间轴编辑图

（9）同理，分别在"图层4"的第19帧，"图层5"的第25帧和"图层6"的第31帧粘贴帧，结果如图4—197所示。

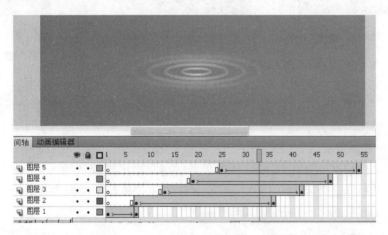

图4—197 图层4～6时间轴编辑图

（10）按快捷键Enter键预览动画，即可看到水滴下落，并荡开涟漪的动画。

（11）为了使水滴下落得更真实，下面制作水滴落到水边后溅起水珠的动画效果。方法：执行菜单中的"插入—新建元件"（快捷键Ctrl＋F8）命令，在弹出的"创建新元件"对话框中设置参数，如图4—198所示，然后单击"确定"按钮，进入di元件的编辑模式。

（12）选择工具箱上的椭圆工具，笔触颜色为无色，填充为蓝—白放射状渐变，然后在工作区中绘制一个圆形。

（13）回到"场景1"，然后单击插入图层按钮，新建"图层7"，并删除所有帧。接着右击"图层7"的第8帧，从弹出的快捷键菜单中选择"插入空白关键帧"命令，插入一个空白关键帧。最后从库中将di元件拖动到工作区中，位置如图4—199所示。

图 4—198 　创建"di"元件　　　　　　　图 4—199 　第 8 帧元件摆放位置

（14）分别在"图层 7"的第 12 帧和第 14 帧按住快捷键 F6，插入关键帧。然后单击第 12 帧，选中工作区的 di 元件，在"属性"面板中将 Alpha 值调到 50％。接着使其向斜上方移动，并利用工具箱上的任意变形工具适当放大，结果如图 4—200 所示。

（15）单击"图层 7"的第 14 帧，然后选中工作区中的 di 元件，在"属性"面板中将 Alpha 值调为 0％。接着将其向斜下方移动，结果如图 4—201 所示。

（16）分别在"图层 7"的第 8～第 12 帧，第 12～第 14 帧创建补间动画。

（17）单击插入图层按钮，新建"图层 8"，并删除所有帧。接着右击"图层 8"的第 8 帧，从弹出的快捷键菜单中选择"插入空白关键帧"命令，插入一个空白关键帧。最后从库中将 di 元件拖动到工作区中，位置如图 4—202 所示。

图 4—200 　第 12 帧元件摆放位置　　图 4—201 　第 14 帧元件摆放位置　　图 4—202 　第 8 帧元件摆放位置

（18）分别在"图层 8"的第 13 帧和第 16 帧按住快捷键 F6，插入关键帧。然后单击第 13 帧，选中工作区的 di 元件，在"属性"面板中将 Alpha 值调到 50％。接着将其向斜向上方移动，并利用工具箱上的任意变形工具适当放大，结果如图 4—203 所示。接着单击"图层 8"的第 16 帧，然后选中工作区中的 di 元件，在"属性"面板中将 Alpha 值调为 0％。接着将其向斜下方移动，结果如图 4—204 所示。

（19）分别在"图层 8"的第 8～第 13 帧，第 13～第 16 帧创建补间动画。

（20）单击插入图层按钮，新建"图层 8"，并删除所有帧。接着右击"图层 9"的第 8 帧，从弹出的快捷键菜单中选择"插入空白关键帧"命令，插入一个空白关键帧。最后从库中将 di 元件拖动到工作区中，位置如图 4—205 所示。

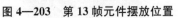

图 4—203 　第 13 帧元件摆放位置　　　图 4—204 　第 16 帧元件摆放位置　　图 4—205 　第 8 帧元件摆放位置

131

（21）分别在"图层9"的第13帧和第16帧按住快捷键F6，插入关键帧，然后将"图层9"第13帧中的 di 元件移动到如图 4—206 所示的位置，并将它的 Alpha 值设为 50%，使之半透明。接着将"图层9"第16帧中的 di 元件移动到如图 4—207 所示的位置，并将它的 Alpha 值设为 0%，使之全透明。

图 4—206　第 13 帧元件摆放位置　　　　图 4—207　第 16 帧元件摆放位置

（22）分别在"图层9"的第8～第13帧，第3～第16帧创建补间动画。此时时间轴如图4—208所示。

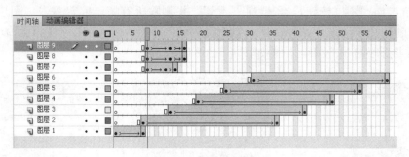

图 4—208　时间轴编辑图

（23）至此，整个动画制作完成。执行菜单中的"控制—测试影片"（快捷键 Ctrl＋Enter）命令，即可观看到水滴落下溅起水花并出现水波纹的动画效果。

4.9.4　拓展练习

利用前面所学的相关知识点制作如图 4—209 所示的水波动画效果，完整动画请观看本书提供的网页下载的素材第 4 章的"水波动画效果 1"Flash 文件。

项目 10　礼花绽放

图 4—209　水波动画效果 1

4.10.1　项目效果

本项目主要介绍如何使用遮罩动画效果来制作礼花绽放的动画效果，在制作过程要特别注意：在制作"礼花动画"时，补间动画帧不能过多，如果不适合可以通过调整"属性"面板中的"帧率"来达到所需要求。

通过此项目的设计与制作，可以看到夜间全城礼花绽放的美丽夜景的动画效果，如图4—210所示。

4.10.2　项目目的

利用创建传统补间动画及蒙版制作在黑色的天空中礼花绽放的动画效果。

图 4—210　礼花绽放动画效果

在本项目中，将主要解决以下问题：

（1）铅笔工具、椭圆的应用及绘制。

（2）如何创建传统补间。

（3）蒙版的应用。

（4）元件符号的制作。

（5）填充色的设置。

（6）将线条转换为填充。

4.10.3　项目技术实训

1. 建立文件

启动 Flash CS5 软件，新建一个名为"展开的动画效果"的 Flash 文件。

2. 新建"礼花"图形元件并编辑该图形元件

（1）设置背景为纯黑色。

（2）单击"插入"—"新建元件"命令，弹出"创建新元件"对话框，设置如图 4—211 所示，单击"确定"按钮，新建一个"图形"元件。

（3）单击工具箱中的"铅笔"工具，在工作区绘制如图 4—212 所示的动画效果。

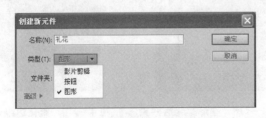

图 4—211　创建"礼花"元件

图 4—212　绘制礼花线条

（4）选中所绘制的图形，选择"修改"→"形状"→"将线条转换为填充"命令，将绘制的图形转换为填充图形。

（5）选中填充图形，单击工具箱中的"颜料桶工具"，并设置填充浮动面板，如图

133

4—213所示。填充动画效果如图4—214所示。

图4—213　填充图形颜色设置　　　　　　图4—214　填充后效果图

3. 新建"椭圆"图形元件并编辑该图形元件

（1）单击"插入"—"新建元件"命令，弹出"创建新元件"对话框，设置如图4—215所示，单击"确定"按钮，新建一个"图形"元件。

（2）单击"椭圆工具"，在工作区绘一个椭圆，动画效果如图4—216所示。

图4—215　创建"椭圆"元件　　　　图4—216　绘制椭圆元件

（3）选中所绘制的图形，选择"修改"→"形状"→"柔化填充边缘"命令，设置如图4—217所示，单击"确定"按钮，图形动画效果如图4—218所示。

（4）选中需要删除的部分，按键盘上的"Delete"键，将所选中的部分删除，如图4—219所示。

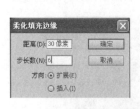

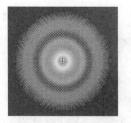

图4—217　柔化边缘设置　　图4—218　图形柔化后效果　　图4—219　柔化边缘效果

（5）单击时间轴左上角的 场景1 按钮，返回场景1。

4. 新建"椭圆"影片剪辑元件并编辑该影片剪辑元件

（1）单击"插入"—"新建元件"命令，弹出"创建新元件"对话框，设置如图4—220所示，单击"确定"按钮，新建一个"影片剪辑"元件。

134

（2）单击时间轴左下角的"插入图层"按钮 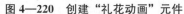，插入一个新图层，并重命名，图层动画效果如图4—221所示。

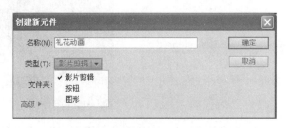

图4—220　创建"礼花动画"元件

图4—221　新建图层

（3）将库中的"礼花"元件拖到"礼花"图层中，将库中的"椭圆"元件拖到"椭圆"图层，图层动画效果如图4—222所示。

（4）利用工具箱中的任意变形工具 🔲 调整椭圆的大小，如图4—223所示。

（5）在"礼花"图层的第10帧处单击鼠标右键，弹出快捷菜单，选择"插入普通帧"命令，此时在该层的第10帧处插入普通帧。

（6）在"椭圆"层的第10帧处单击鼠标右键，弹出快捷菜单，选择"插入关键帧"命令，此时在该层的第10帧处插入一个关键帧。图层动画效果如图4—224所示。

图4—222　插入图层

图4—223　调整大小

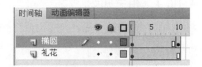

图4—224　插入关键帧

（7）单击"椭圆"层的第1帧，选中该帧的"椭圆"元件，单击工具箱中的"任意变形工具"，调整该元件的大小如图4—225所示。

（8）在"椭圆"前10帧中的任意帧上单击鼠标右键，弹出快捷菜单，选择"创建传统补间"命令，为"椭圆"图层创建补间动画。

（9）在"椭圆"层上单击鼠标右键，弹出快捷菜单，在快捷菜单中选择"遮罩层"命令，创建遮罩动画效果。图层动画效果如图4—226所示。

（10）最终动画效果如图4—227所示。

（11）单击时间轴左上角的 🖿场景1 按钮，返回场景1。

（12）将"礼花动画"影片剪辑拖到舞台中（可以根据需要多拖几次），最终动画效果如图4—228所示。

（13）将"夜景2.jpg"图片导入到库中，新建图层3并将其拖至最底层，如图4—229所示，并将图片拖入到该图层的帧上，

（14）最终看到夜间全城礼花绽放的美丽夜景的动画效果，文件保存为"礼花绽放.swf"。

（15）完整动画请观看本书提供的网页下载的素材文件中的第4章的"礼花绽放"Flash文件。

图 4—225　调整椭圆大小

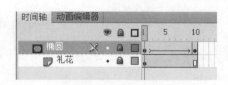

图 4—226　创建遮罩层

图 4—227　最终效果 1

图 4—228　最终效果 2

图 4—229　移动帧

4.10.4　相关知识

参见第 2 章和第 4 章中的 4.1、4.2、4.3、4.4 所学的相关知识点。

4.10.5　拓展练习

使用前面所学的相关知识点制作如图 4—230 所示的动画效果，完整动画效果请观看本书提供的网页下载的素材文件中的第 4 章的"礼花绽放 1"Flash 文件。

图 4—230　礼花绽放 1 动画效果

项目 11　翻动的书页

4.11.1　项目效果

本项目主要利用 Flash 补间形状动画的制作从左到右翻动画效果，在制作过程中，要特别注意在补间形状动画时，对于比较复杂的形状变形要巧用形状提示。

通过此项目的设计与制作，可以看到书本的书页被翻开的动画效果，如图 4—231 所示。

4.11.2　项目目的

利用补间形状动画制作翻动的书页。

在本项目中，将主要解决以下问题：

（1）矩形工具、选择工具、颜料桶工具的应用。

（2）进一步熟练掌握变形与填充的使用。

（3）如何创建传统补间形状。

（4）形状提示点的创建及其应用。

图 4—231　翻动的书页动画效果

4.11.3　项目技术实训

1. 建立文件

启动 Flash CS5 软件，新建一个名为"翻动的书页"的 Flash 文件。

2. 制作书页翻动的动画效果

（1）选择工具箱上的"矩形工具"，设置笔触颜色为黑色，笔触高度为 1，填充色为任意颜色，然后在工作区中拖曳出一个矩形。

（2）在"属性"面板中设置矩形参数如图 4—232 所示，结果如图 4—233 所示。

（3）选择工具箱上的"选择工具"，在工作区中将矩形的上下两条边线向上拖曳成弧形，如图 4—234 所示。

图 4—232　矩形大小

图 4—233　绘制结果

图 4—234　变形后效果

（4）执行菜单中的"编辑"—"全选"（快捷键 Ctrl＋A）命令，选中所有图形，然后执行菜单中的"编辑"—"复制"（快捷键 Ctrl＋C）命令，复制所有的图形。

（5）单击时间轴下方的"插入图层"按钮，新建"图层 2"，然后执行菜单中的"编辑"—"粘贴到当前位置"（快捷键 Ctrl＋Shift＋V）命令，在"图层 2"上复制一个与"图层 1"相同的图层。

提示： 因为页面翻起后，水平位置还保留书本的图形，所以在"图层1"上方增加"图层2"，并在"图层2"中复制与"图层1"相同的图形。这样，当"图层2"的页面翻动时，"图层1"的页面保持不动，从而形成书本翻页的动画效果。

（6）右击"图层2"的第10帧，从弹出的快捷菜单中选择"插入关键帧"（快捷键F6）命令，然后取消对第10帧中图形的选择，依次拖曳矩形右侧的两个端点，使第10帧中的图形变成向右上方倾斜的页面形状，如图4—235所示。

（7）右击"图层2"第1～第10帧中的任意一帧，从弹出的快捷菜单中选择"创建补间形状"命令。然后单击"图层2"（眼睛）图标下的圆点，使其出现红色叉号，表示隐藏该图层。

（8）单击"图层1"的第1帧，从而选中该帧的所有图形，然后按住键盘上的Shift和Alt键向左拖动选中的图形，从而复制出一个新的图形。接着将它的右边线与原图形的左边线重合，结果如图4—236所示。

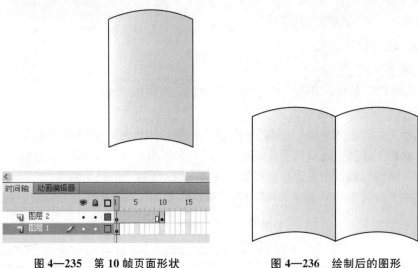

图4—235　第10帧页面形状　　　　　图4—236　绘制后的图形

（9）选中"图层1"左侧页面，执行菜单中的"编辑"—"复制"（快捷键Ctrl＋C）命令，然后单击"图层2"的红色叉号，恢复"图层2"的显示。接着右击"图层2"的第30帧，从弹出的快捷菜单中选择"插入空白关键帧"（快捷键Ctrl＋Shift＋V）命令，将"图层1"的左侧页面图形粘贴到"图层2"的第30帧。

（10）单击"图层2"的第40帧，按快捷键F6，插入关键帧。然后依次拖曳第30帧中左侧的两个端点，使第30帧的图形变成向左上方倾斜的页面。接着右击"图层2"第30～第40帧中的任意一帧，从弹出的快捷菜单中选择"创建补间形状"命令，结果如图4—237所示。

（11）右击"图层2"的第20帧，从弹出的快捷菜单中选择"插入关键帧"（快捷键F6）命令，然后利用"选择工具"依次拖曳矩形右侧的两个端点，如图4—238所示。

（12）在第11～第19帧之间创建补间形状动画。

（13）此时按键盘上的Enter键预览，发现在书页翻开过程中会出现跳动的现象，下面就来解决这个问题。方法：单击"图层2"的第10帧，执行菜单中"修改"—"添加形状提示"（快捷键 Ctrl＋H）命令，添加一个名称为"a"的形状提示点。然后，同理添加"b"、"c"、"d"三个形状的提示点。接着激活工具栏中的"紧贴至对象"按钮，分别将它们移动到图形的4个端点上，如图4—239所示。

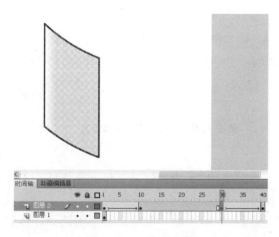

图 4—237　复制书页

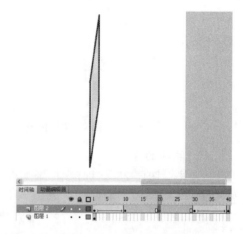

图 4—238　创建中间帧

（14）单击"图层2"的第20帧，利用"选择工具"将4个形状提示点拖动到相应的4个端点上，如图4—240所示。

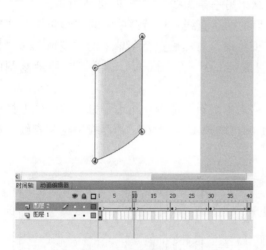

图 4—239　第 10 帧形状提示点

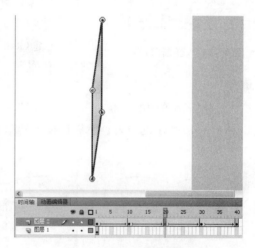

图 4—240　第 20 帧形状提示点

> 提示：这4个形状提示点控制了从右上方倾斜页面到垂直页面的翻动过程，当页面翻动时，第10帧中的a、b、c、d点会相应地移动到第20帧的a、b、c、d点处。

（15）为了控制第20～第30帧的翻页动画效果，需要在第20帧重新添加形状提示点，如图4—241所示。单击"图层2"的第30帧，利用"选择工具"将4个形状提示点拖动到相应的4个端点上，如图4—242所示。

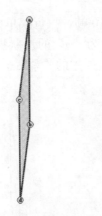
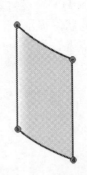

图 4—241　第 20 帧形状提示点　　　图 4—242　第 30 帧形状提示点

3. 制作书页的厚度

（1）单击"图层 2"名称栏中"眼睛"图标下的圆点，出现红色叉号，使之处于不可见状态。

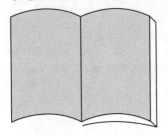

图 4—243　绘制书本 1

（2）单击"图层 1"的第 1 帧，取消对图形的选择，然后单击右侧书页下方的一条黑线，将它选中。

（3）按住键盘上的 Alt 键，向下拖曳选中的黑线，将复制出的黑线拖动到如图 4—243 所示的位置。

（4）同理，复制出另一条黑线，如图 4—244 所示。

（5）选中复制后的两条直线，执行菜单中的"编辑"—"复制"（快捷键 Ctrl＋C）命令，然后执行菜单中的"编辑"—"粘贴到当前位置"（快捷键 Ctrl＋Shift＋V）命令，在原地复制两条黑线。

（6）执行菜单中的"修改"—"变形"—"水平翻转"命令，将水平翻转后的图形拖动到如图 4—245 所示的位置。然后选择工具箱上的"线条工具"，在工作区找中绘制直线，如图 4—246 所示。

图 4—244　绘制书本 2　　　图 4—245　绘制书本 3　　　图 4—246　绘制书本 4

（7）选择工具箱上的"颜料桶工具"，设置填充色如图 4—247 所示。然后在书本图形侧面的空白处单击鼠标，将书本的侧面填充成渐变色，如图 4—248 所示。

（8）调整渐变色如图 4—249 所示，然后对"图层 1"书本左右两侧的页面进行填充，结果如图 4—250 所示。

（9）单击"图层 2"名称栏中的红色叉号，使"图层 2"处于选择状态。

图 4—247　颜色设置

图 4—248　填充颜色

图 4—249　颜色设置

图 4—250　填充颜色

（10）选择工具箱上的"颜料桶工具"，在"图层 2"的第 1 帧对书本右侧页面进行填充；在第 40 帧对书本左侧进行填充；在第 10 帧对翻起的右上方倾斜页面进行填充，如图 4—251 所示；在第 30 帧对翻起的左上方倾斜页面进行填充，如图 4—252 所示。

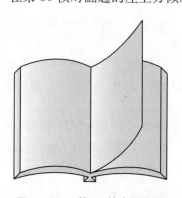

图 4—251　第 10 帧书页位置

图 4—252　第 30 帧书页位置

（11）选择"图层 1"的第 40 帧，按快捷键 F5，将"图层 1"的帧数增至 40 帧。

（12）最终看到书本的书页被翻开的动画效果，文件保存为"翻动的书页.swf"。

（13）完整动画请观看本书提供的网页下载的素材文件中的第 4 章的"翻动的书页"Flash 文件。

4.11.4 相关知识

1. 制作补间形状动画

补间形状动画常用于形成基本形状，比如把一个正方形变成圆形，或者通过从一个点到一条完整线条的补间产生一个画出一条线的动画。Flash 只能对一些简单的进行补间，因此不能对一个组、元件或者可编辑的文字运用补间形状。可以对一层上的多帧进行补间，但是出于组织和动画控制的原因，最好把每个形状放到各自独立的图层上，这样就可以对补间形状的速度和长度分别进行调整。

制作补间形状动画的步骤如下：

（1）选择某一帧作为动画的开始帧，如果它还不是一个关键帧，把它转变为一个关键帧（按 F6 键）。

（2）把动画开始的图像绘制到舞台上。如果开始的图像中包括组、元件或可编辑的文字，则要用 Ctrl＋B 组合键将其打散成形状。

（3）在时间轴上想作为动画结束的位置插入一个关键帧，并修改作品定义动画的结束点。如果想重新创建结束帧上的作品，则插入一个空白关键帧（按 F7 键），而不是插入一个与初始帧有相同作品的关键帧。

（4）在开始关键帧和结束关键帧之间创建补间形状动画，创建后在动画的起始帧和结束帧之间的区域将出现一个绿色的填充和一个箭头，它表示应用了一个补间形状动画。创建补间形状动画的方法有如下 3 种：

①选择开始关键帧和结束帧间的任何一帧，在"属性"面板设置。

②右击开始关键帧和结束帧关键帧间的任何一帧，在弹出的快捷菜单中单击"创建补间形状"菜单项。

③单击开始关键帧和结束关键帧间的任何一帧，单击"插入"—"时间轴"—"创建补间形状"菜单项。

（5）可以单击"控制"—"播放"菜单项对动画进行预览，也可以单击"控制"—"测试影片"菜单项来演示一个 .swf 文件。

2. 设置形状提示点

在创建补间形状动画时，可以采用默认的交换方式，给两个关键帧中的图形设置对应的形状提示点，用来控制动画的渐变过程及动画效果。

在已经创建了一个基本的补间形状动画后，可以按照以下步骤添加形状提示点。

（1）首先在时间轴中的补间形状动画的开始关键帧中选择一个形状，然后单击"修改"—"形状"—"添加形状提示"菜单项，Flash 会在舞台上放置一个用字母标记的红色小圆圈，这就是形状提示点。可以用以上方法添加多个形状提示点，它们都按字母顺序标识。

（2）在开始关键帧的形状上确定一个点，用"箭头工具"进行选择并移动第一个形状提示点，把它放在用户想要其与最终形状中的一块区域进行匹配的区域上（比如手，一个棱角或一段曲线），如图 4—253 所示。

（3）当把播放头移动到补间形状动画的结束帧上时，会看到一个与放在开始帧上的标了字母的形状提示点相匹配的另一个标了相同字母的形状提示点。把这个形状提示点用"箭头工具"定位，从而在最终形状上标记出一块应该与初始形状上特定区域相匹配的区域。当结束关键帧中的形状提示点由红色变成了绿色（见图 4—254），而在开始关键帧中的形状提示点由红色变成了黄色时，则表示形状提示点已经与作品建立了正确的连接。

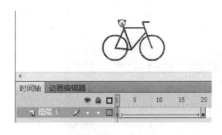

| 图 4—253 添加形状提示点 | 图 4—254 应用形状提示点 |

（4）将播放头在时间轴上移动，预览新的形变过程。不停加入形状提示点，或对它们进行重新定位，直到动画产生了理想的形变过程。

> **提示：** 对准某个形状提示单击鼠标右键，可以通过弹出快捷键菜单对形状提示点进行添加、删除和显示等操作。

4.11.5 拓展练习

使用前面所学的相关知识点制作如图 4—255 所示的动画效果，完整动画效果请观看本书提供的网页下载的素材文件中的第 4 章的"翻动的书页 1"Flash 文件。

图 4—255 翻动的书页 1 动画效果

项目 12 飘落的雨丝

4.12.1 项目效果

本项目主要利用遮罩动画效果制作了一个"飘落的雨丝"动画效果，在制作过程中，如果雨丝不够，可以多拖几个"雨丝"影片剪辑到舞台中。

通过此项目的设计与制作，可以看到细雨飘落的美丽的雨景动画效果，如图 4—256 所示。

4.12.2 项目目的

利用创建传统补间动画及蒙版制作飘落的雨丝。

在本项目中，将主要解决以下问题：

（1）如何创建传统补间。

（2）蒙版的应用。

（3）元件符号的制作。

图4—256 飘落的雨丝动画效果

（4）图片的导入和分离。

4.12.3 项目技术实训

1. 建立文件

启动 Flash CS5 软件，新建一个名为"飘落的雨丝"的 Flash 文件。

2. 新建"矩形条"图形元件并编辑该图形元件

图4—257 创建"矩形条"图形元件

（1）单击"插入"—"新建元件"命令，弹出"创建新元件"对话框，设置如图 4—257 所示，单击"确定"按钮，新建一个"图形"元件。

（2）单击工具箱中的"矩形工具"，设置填充色为白色，笔触颜色为无，在工作区绘制如图 4—258 所示的矩形条。

（3）单击时间轴左上角的 <img> 场景 1 按钮，返回场景 1。

3. 新建"矩形条块"图形元件并编辑该图形元件

（1）单击"插入—新建元件"命令，弹出"创建新元件"对话框，设置如图 4—259 所示，单击"确定"按钮，新建一个"图形"元件。

图4—258 绘制矩形条　　　　图4—259 创建"矩形条块"元件

（2）将"库"中的"矩形条"拖到舞台中，并复制若干条，动画效果如图4—260所示。

（3）将所有矩形条选中，在选中的矩形条上单击鼠标右键，弹出快捷菜单，在快捷菜单中选择"分离"命令，将所有矩形条分离，动画效果如图4—261所示。

（4）单击时间轴左上角的 <img>场景1</img> 按钮，返回场景1。

图4—260 "矩形条"元件拖入舞台　　　　图4—261 打散对象

4. 新建"雨丝"影片剪辑元件并编辑该影片剪辑元件

（1）单击"插入"—"新建元件"命令，弹出"创建新元件"对话框，设置如图4—262所示，单击"确定"按钮，新建一个"图形"元件。

（2）单击时间轴左下角的插入图层按钮 <img>插入图层</img>，创建一个新图层，重命名两个图层，如图4—263所示。

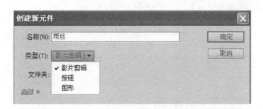

图4—262 创建雨丝影片剪辑元件　　　　图4—263 插入图层

（3）将"库"中的"矩形条块"分别拖到两个图层上，并对"矩形块2"图层中的元件用"任意变形"工具进行适当的变形旋转，动画效果如图4—264所示。

（4）在"矩形块2"图层的第5帧处插入关键帧，在"矩形块1"图层的第5帧处插入帧，图层动画效果如图4—265所示。调整"矩形块2"图层中第5帧中的元件位置，如图4—266所示。

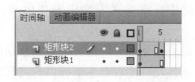

图4—264 元件变形　　　　图4—265 第5帧插入关键帧

（5）在"矩形块2"图层的第1～第5帧的任意帧上单击鼠标右键，弹出快捷菜单，在快捷菜单中选择"创建传统补间"命令，创建传统补间动画。

（6）在"矩形块2"图层上单击鼠标右键，弹出快捷菜单，在快捷菜单中选择"遮罩层"命令，建立"遮罩"动画效果。图层动画效果如图4—267所示。

图4—266　调整元件位置

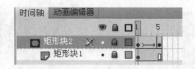

图4—267　创建遮罩层

（7）单击时间轴左上角的  按钮，返回场景1。

（8）执行"文件—导入—导入到库"命令，弹出"导入到库"对话框。选择要导入的图片，单击"确定"按钮，将图片导入到库中，如图4—268所示。将图片导入到工作区。

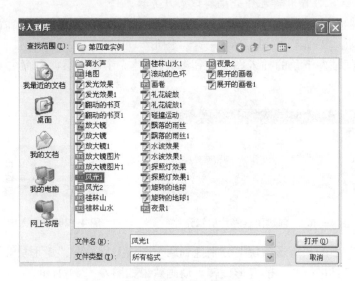

图4—268　导入图片

（9）单击时间轴左下角的插入图层按钮 ，创建一个新图层，重命名两个图层，如图4—269所示。

（10）将导入的图片拖到"图片"图层中，将"库"中的"雨丝"影片剪辑拖到"雨丝"图层中，动画效果如图4—270所示。

（11）选中"雨丝"图层中的"雨丝"影片剪辑，设置元件属性面板，如图4—271所示。

（12）最终看到细雨飘落美丽的雨景动画效果，如图4—272所示。

（13）完整动画请观看本书提供的网站下载的素材第4章的"飘落的雨丝"Flash文件。

4.12.4　相关知识

参见第2章和第4章中的4.1、4.2、4.3、4.4所学的相关知识点。

4.12.5　拓展练习

使用前面所学的相关知识点制作如图4—273所示的动画效果，完整的动画效果请观看本书提供的网页下载的素材文件中的第 4 章的"飘落的雨丝 1"Flash 文件。

图 4—269　插入图层

图 4—270　雨丝拖入舞台

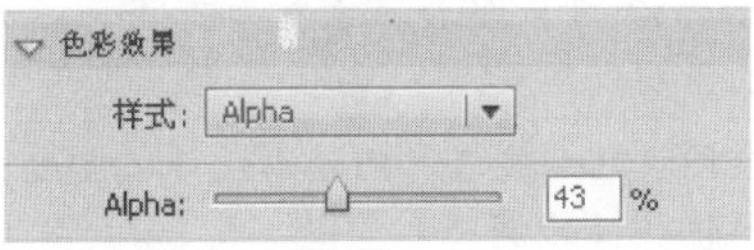

图 4—271　设置元件的 Alpha 透明度属性

图 4—272　飘落的雨丝动画效果

图 4—273　飘落的雨丝 1 动画效果

第 5 章 Flash CS5 按钮制作

 教学要求

知识要点	能力要求	关联知识
基本按钮	掌握矩形工具、文字工具、填充工具的使用方法	工具箱的基本操作
动画按钮	掌握补间动画、柔化填充、文字滤镜的使用方法	形状功能的应用，补间动画一般设计
按钮的实例应用	掌握补间动画嵌套、魔术棒的使用	内外结合的影片剪辑动画的设计、按钮的一般设计方法
	掌握基本动态文本使用、AS 鼠标跟随的技巧	元件坐标获取、计算，动态文本的赋值，AS 编程步骤与方法
	掌握元件拖动设计、AS 声音类使用的方法	元件绘制与组合、素材加工导入、AS 类的声明和使用
	掌握用按钮＋AS 调整元件属性的方法	绘图技巧、嵌套补间动画设计、使用 AS 对元件属性的调整
	外部库使用与 AS 声音类的相关知识	导入外部文件的方法，外部声音文件的导入、编辑和设置，AS 编程步骤与方法
	外部组件调用方法与 AS 声音类、函数的结合	文件的导入、库的调用方法，AS 实例名的引用方法
	填充工具、外部库按钮、公用按钮、自定义按钮、文字工具与 AS 综合使用技巧	工具箱、按钮基本设计、外部文件导入，AS 相关类、函数的使用
	绘图技巧、自定义按钮设计与 AS 类、函数结合使用的方法	工具箱的使用、按钮的基本设计、AS 的编程方法

 项目导读

本章主要介绍 Flash CS5 按钮的制作，通过 10 个案例全面讲解按钮的制作方法与技巧，学生对本章的内容一定要掌握，它也是制作交互动画的基础之一。

项目 1　简单按钮

按钮是人机进行信息交互的桥梁，它对鼠标单击事件进行响应。按钮可对按钮静止、将鼠标指针移到按钮上、按下鼠标左键这 3 种事件作出响应。这 3 种事件对应着按钮的 4 种状态：弹起（按钮静止）、指针经过（将鼠标指针移动到按钮上）、按下（按下按钮）、点击（定义按钮响应区域）。需要注意的是虽然按钮有 4 种状态，但可根据需要定义这 4 种帧状态，也可只定义一部分，但一些基本的帧必须定义，一般而言，"弹起"帧和"指针经过"帧必须定义。下面详细介绍按钮的这 4 种状态相应的操作。

5.1.1　项目效果

通过此项目实例的设计与制作，最终项目的效果是最初按钮为蓝色径向渐变，填充文字为浅绿色，当鼠标经过该按钮时候，背景色变为红色径向渐变，文字变为黄色，当鼠标在按钮上方按下时候，变成绿色径向渐变，文字变为红色，如图 5—1 所示。

弹起　　　　　指针经过　　　　　按下

图 5—1　按钮在鼠标经过、点击时的效果

5.1.2　项目目的

在本项目中，将主要解决以下问题：

（1）按钮外观的设计。

（2）如何运用形状菜单的柔化边缘功能美化按钮边框。

（3）文字信息的录入、美观。

（4）制作按钮的三个不同状态的图像效果，增加按钮动感。

5.1.3　项目技术实训

（1）新建 Flash 文档，执行菜单"插入"｜"新建元件"命令，在弹出的对话框中输入元件名称"按钮"，并设置元件的行为为"按钮"，如图 5—2 所示。

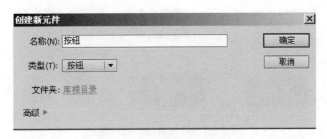

图 5—2　创建按钮元件对话框

（2）执行菜单"视图"｜"网格"｜"显示网格"命令，打开网格显示以便对图形进行精确定位。执行菜单"视图"｜"紧贴"｜"紧贴至网格"命令，使鼠标指针自动向网格对齐。

（3）在工具面板中选择矩形工具，属性面板中设置笔触颜色为无，填充颜色为深蓝色球状阴影效果，在矩形选项中设置边角半径为 20，如图 5—3 所示。

（4）在弹起帧使用矩形工具绘制一个圆角矩形，大小为：90 像素×42 像素，坐标 X：.45，Y：.20.95。

（5）选中该圆角矩形，执行拉菜单"修改"｜"形状"｜"柔化填充边缘"命令，如图5—4所示。在弹出选项框中，设置距离为：10像素，步长为：5。

图5—3　矩形边角半径选项

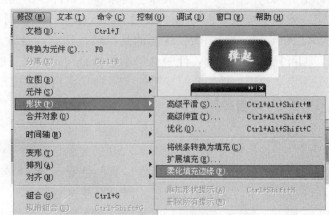

图5—4　柔化圆角矩形边缘

（6）使用文字工具，在圆角矩形上方输入文字："弹起"，字体：华文楷体，大小：20，坐标X：.28.7，Y：.11.6，颜色为："CCFF33"。

（7）鼠标右键单击"指针"，在弹出菜单中选择插入关键帧。使用文字工具把文字改为："指针经过"，坐标：.50.7，Y：.11.6，颜色为："FFFF33"。选中圆角矩形，使用油漆桶填充工具把它的颜色改为：红色球状阴影效果。

（8）使用同样方法在"按下"帧插入关键帧。把文字改为："按下"，坐标：.32.7，Y：.11.6，颜色为："FF0000"。选中圆角矩形，使用油漆桶填充工具把它的颜色改为：绿色球状阴影效果，如图5—5所示。

（9）使用同样的方法在"点击"帧插入关键帧，按钮内容不作改变。

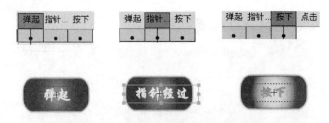

图5—5　按钮每帧的设计过程

（10）点击 ![场景1]，回到场景，从库里把"按钮"元件拖拽到舞台中，按"Ctrl＋Enter"就可以播放影片。

5.1.4　相关知识

1.按钮的基本概念

按钮，是一种常用的控制电器元件，常用来接通或断开"控制电路"（其中电流很小），从而达到控制电动机或其他电气设备运行的一种开关。在计算机二维动画软件Flash里，按钮是控制动画播放进程，触发事件的开关，人机交流的桥梁，是不可或缺的重要组成部分，在 Flash 里按钮以元件形式存在。

2. 按钮的特点

元件是构成 Flash 动画所有因素中最基本的因素，包括形状、元件、实例、声音、位图、视频、组合等。元件必须在 Flash 中才能创建或转换生成，它有三种形式，即影片剪辑、图形、按钮。而按钮元件实际上是一个只有 4 帧的影片剪辑，但它的时间轴不能播放，只是根据鼠标指针的动作做出简单的响应，并转到相应的帧，通过给舞台上的按钮添加动作语句而实现 Flash 影片强大的交互性。

3. 按钮与图形、影片剪辑元件的差异与共性

影片剪辑元件、图形元件和按钮元件的最主要的差别在于：影片剪辑元件和按钮元件本身都可以加入动作语句和声音，图形元件则不能；影片剪辑元件的播放不受场景时间线长度的制约，它有元件自身独立的时间线；按钮元件独特的 4 帧时间线并不自动播放，而只是响应鼠标事件；图形元件的播放完全受制于场景时间线；影片剪辑元件在场景中敲回车测试时看不到实际播放效果，只能在各自的编辑环境中观看效果，而图形元件在场景中即可适时观看，也可以实现所见即所得的效果；影片剪辑中可以嵌套另一个影片剪辑，图形元件中也可以嵌套另一个图形元件，但是按钮元件中不能嵌套另一个按钮元件。三种元件的共性主要体现在元件在舞台上都可以在属性面板中相互改变其行为，也可以相互交换类型，因而我们可以在舞台上对元件进行角色转换。比如在编辑影片剪辑时，可以先把它转换为图形，循环运行；在不需要影片剪辑运动时，可转换为单帧图形等；几种元件都可以重复使用，且当需要对重复使用的元素进行修改时，只需编辑元件，而不必对所有该元件的实例一一进行修改，Flash 会根据修改的内容对所有该元件的实例进行更新。

4. 按钮内部各帧的作用

弹起帧：当鼠标指针不接触按钮时，该按钮处于"弹起"状态。

指针经过帧：当鼠标移动到按钮上面但还没有按下鼠标时的状态。

按下帧：当鼠标移动到按钮上面并且按下鼠标左键时的状态。

点击帧："点击"状态定义了鼠标有效的单击区域。

5.1.5 拓展练习

利用前面学过的知识，制作如图 5—6 所示的按钮效果，注意在填充颜色完成后要把边线删除，如果填充不了色彩，检查形状之间是否没有完全闭合。完整的动画演示请观看素材第 5 章的"项目举一反三 1"Flash 文件。

弹起　　　　指针经过　　　　按下

图5—6　"旋转"按钮制作三个关键帧外观效果

项目2　动画按钮

上节内容我们学习了如何制作基本的按钮的过程，但制作的按钮颜色还比较单一，状态变化还不够动感。为了提高按钮的炫感，增加吸引力，我们把前面所学过的补间动画知识应用到按钮上，这样就能增强按钮的视觉效果，使得动画更炫，更精彩。

5.2.1　项目效果

通过此项目实例的设计与制作，最终项目效果是：按钮在初始时，只是一个简单二维平面

图，当鼠标移到按钮上方时，突然中间空心白色地方变成一个有立体感和边缘模糊感的小球，当按下鼠标的时候，小球慢慢散开，逐渐消失，如图5—7所示。

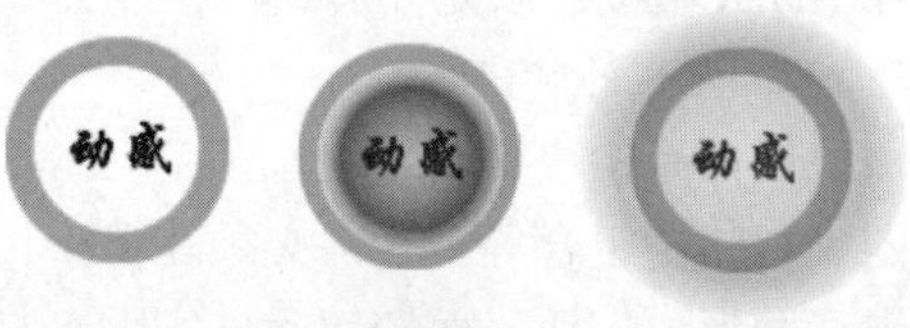

弹起　　　　　指针经过　　　　　按下

图5—7　按钮在动画过程中的三个状态

5.2.2　项目目的

在本项目中，将主要解决以下问题：
(1) 使用工具箱制作按钮外观。
(2) 使用柔化填充命令，美化形状边缘。
(3) 制作元件变形补间动画、Alpha渐变补间动画。
(4) 补间动画与按钮制作的整合。

5.2.3　项目技术实训

(1) 新建Flash文档，在场景1中，使用椭圆工具绘制一个正圆形状。大小为：67像素×67像素，利用颜色面板把该圆形颜色改变为径向渐变，用三个从左到右色彩分别为："E0D93F"、"6B5DE5"、"FFFCF3"的滑块，如图5—8所示，调整渐变颜色，最终效果如图5—9所示。

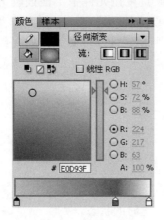

图5—8　径向渐变填充参数

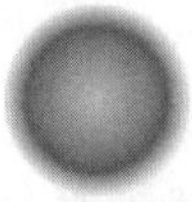

图5—9　椭圆最终效果

(2) 把正圆形状转变为"内动按钮"影片剪辑元件，在场景1中把它删除。

(3) 执行菜单"插入"｜"新建元件"命令，在弹出的对话框中输入元件名称"外动按钮1"，并设置元件的行为为"影片剪辑"。选中外动按钮1图层1帧1，从"库"中把"内动按钮"导入到场景中，设置坐标为x：0，y：0。

(4) 分别在图层1第5，第10帧处插入关键帧，分别在第1和第5帧设置传统补间动画。然后在第1帧和第10帧处，选中"内动按钮"，把它的Alpha值设为：0％，如图5—10、图5—11所示。

(5) 执行菜单"插入"｜"新建元件"命令，在弹出的对话框中输入元件名称"外动按钮2"，并设置元件的行为为"影片剪辑"。选中"外动按钮2"图层1帧1，从"库"中把"内动按钮"导入到场景中，设置坐标为X：0，Y：0。在图层1中的第15帧处插入关键帧，并选中"内动按钮"影片剪辑，把它变形为：宽200.10，高：180.10，并水平倾斜.48°，垂直倾斜.42°，Alpha值设为：0％，如图5—12所示。

图 5—10　元件 Alpha 设置面板

图 5—11　补间动画设置

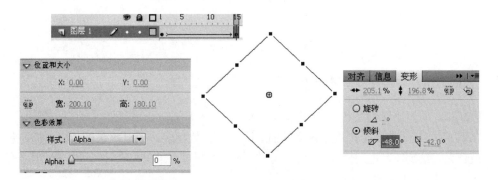

图 5—12　影片剪辑属性设置信息及效果

（6）回到 场景1 中，新建一个"动画按钮"按钮元件。在按钮元件弹起帧使用椭圆工具分别绘制两个为 80×80 和 67×67 的正圆，大圆颜色为："33CC66"，坐标为 X、Y 都为：45，小圆颜色为："000000"，坐标 X、Y 都为：.34。

（7）小圆所有内容删去，使用文字工具输入"动感"文字到"弹起"帧的场景中，坐标 X：.26.6、Y：.12.5，颜色为黑色，如图 5—13 所示。

（8）在"指针经过"帧处插入关键帧，把文字颜色设为蓝色，从"库"中导入"外动按钮 1"，设置坐标 X：0.35，Y 坐标：0.45，使之内嵌到大圆里，并在"修改"｜"排列"菜单中把它置于底层，如图 5—14 所示。

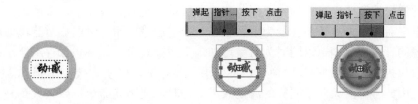

图 5—13　按钮外观设计　　　　图 5—14　按钮内部帧设计

（9）在"按下"帧处插入关键帧，把"外动按钮 1"删掉，把文字颜色设为红色，从"库"中导入"外动按钮 2"，设置坐标 X：0.35，Y 坐标：0.45，使之内嵌到大圆里，并在"修改"｜"排列"菜单中把它置于底层，如图 5—14 所示。

（10）回到 场景1 中，把"动画按钮"从"库"中导出到舞台，测试播放。

5.2.4　相关知识

1．柔化填充边缘命令

（1）柔化填充边缘的作用。

柔化矢量图形的边缘，使得形状边缘模糊化。

（2）柔化填充边缘的操作方法如图 5—15 所示。

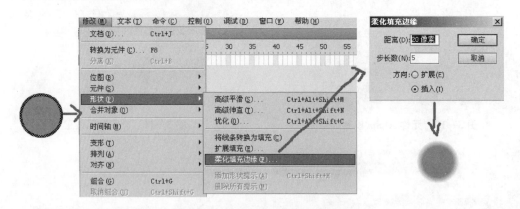

图 5—15　柔化填充边缘的操作方法

"距离"是柔化边缘的宽度（以像素为单位）。

"步骤数"是用于控制柔化边缘效果的曲线数。步骤数越多，平滑效果就越好，但是创建的文件也就越大，绘制速度也越慢。"扩散"或"插入"控制着在柔化边缘时形状是放大还是缩小。

（3）柔化填充注意事项。

柔化填充命令，只能柔化矢量图形，不能柔化位图和矢量线条。

2. Flash 中的滤镜

Flash CS5 的"滤镜"功能，可以让我们制作出许多以前只在 Photoshop 或 Fireworks 等软件中才能完成的效果，比如阴影、模糊、发光、斜角、渐变发光、渐变斜角和调整颜色等。和属性面板排列在一起的"滤镜"面板，是管理 Flash 滤镜的主要工具，增加、删除滤镜或改变滤镜的参数等操作都可以在此面板中完成。

（1）滤镜的基础操作。

启动 Flash CS5 以后，在属性面板下方可伸缩的面板中就能找到滤镜，需要说明的是，滤镜效果只适用于文本、影片剪辑和按钮中。当场景中的对象不适合应用滤镜效果时，滤镜面板中的加号按钮处于灰色的不可用状态。在场景中输入一段文字，或插入一个影片剪辑和按钮，选中对象，加号按钮会变为可用状态。单击加号按钮，可以显示滤镜列表、滤镜的预设和滤镜的管理，我们可以同时为对象增加多个滤镜效果，如果想保存组合在一起的滤镜效果，可以执行"预设/另存为"命令，将效果保存起来，以便直接应用到其他的对象中，当要为动画中的多个对象应用同样的滤镜效果组合时，使用此命令可以大大提高工作效率。另外，我们还可以重命名或删除保存好的预设滤镜组合，执行"预设/重命名（删除）"命令就可以在弹出的对话框中进行操作了，如果要删除、启用或禁用全部滤镜效果，可以直接执行弹出菜单中的"删除全部"、"启用全部"、"禁用全部"命令即可。

（2）滤镜特效的相关内容。

我们已经了解了滤镜的基础操作方法，下面就来详细介绍每个滤镜的使用方法。

①投影。

投影滤镜包括的参数很多，效果类似于 Photoshop 中的投影效果。

②模糊滤镜。

模糊滤镜的参数比较少，主要包括模糊程度和品质两项参数。

③发光滤镜。

发光滤镜的效果也类似于 Photoshop 中的发光效果。

④斜角滤镜。

使用斜角滤镜可以制作出立体的浮雕效果。

⑤渐变发光滤镜。

渐变发光滤镜的效果和发光滤镜的效果基本一样，只是我们可以调节发光的颜色为渐变颜色，还可以设置角度、距离和类型。

⑥渐变斜角滤镜。

使用渐变斜角滤镜同样也可以制作出比较逼真的立体浮雕效果。

⑦调整颜色滤镜。

调整颜色滤镜，允许我们对影片剪辑、文本或按钮进行颜色调整，比如亮度、对比度、饱和度和色相等。

具体每个滤镜的属性参数相关的配置如表 5—1 所示，·表示有，空表示无。

表 5—1　　　　　　　　　　　　　　　　　滤镜参数配置表

滤镜名称	模糊	强度	品质	颜色	角度	距离	挖空	色相	加亮	类型	对比度	饱和度	渐变	阴影	内侧发光	内侧阴影	隐藏对象
投影	•	•	•	•	•	•										•	•
模糊	•		•														
发光	•	•	•	•			•								•		
斜角	•	•	•		•	•			•					•			
渐变发光	•	•	•		•	•				•			•		•	•	
渐变斜角	•	•	•		•	•				•			•		•	•	
调整颜色								•				•					

　　模糊：可以指定投影的模糊程度，可分别对 X 轴和 Y 轴两个方向设定。取值范围为 0～100。如果单击 X 和 Y 后的锁定按钮，可以解除 X、Y 方向的比例锁定。

　　强度：设定滤镜效果的强烈程度。取值范围为 0%～100%，数值越大，对象的显示越清晰。

　　品质：设定滤镜效果的品质高低。可以选择"高"、"中"、"低"三项参数，品质越高，效果越清晰。

　　颜色：设定对象的颜色。单击"颜色"按钮，可以打开调色板选择颜色。

　　角度：设定滤镜效果的角度。取值范围为 0～360 度。

　　距离：设定滤镜效果的距离大小。取值范围为 −32～32。

　　挖空：在将对象作为背景的基础上，挖空对象的显示。

　　色相：调整对象中各个颜色色相的浓度，取值范围为 −180～180。

　　加亮：设置对象的高光加亮颜色，也可以在调色板中选择颜色。

　　类型：设置对象的应用位置，可以是内侧、外侧和整个，如果选择整个，则在内侧和外侧同时应用滤镜效果。

　　对比度：调整对象的对比度。取值范围为 −100～100，向左拖动滑块可以降低对象的对比度，向右拖动可以增强对象的对比度。

　　饱和度：设定色彩的饱和程度。取值范围为 −100～100，向左拖动滑块可以降低对象中包含颜色的浓度，向右拖动可以增加对象中包含颜色的浓度。

　　渐变：面板中的渐变色条是我们控制渐变颜色的工具，默认情况下为白色到黑色的渐变色。将鼠标指针移动到色条上，如果出现了带加号的鼠标指针，则表示可以在此处增加新的颜色控制点。如果要删除颜色控制点，只需拖动它到相邻的一个控制点上，当两个点重合时，就会删除被拖动的控制点。单击控制点上的颜色块，会弹出系统调色板让我们选择要改变的颜色。

　　阴影：设置对象的阴影颜色。可以在调色板中选择颜色。

　　内侧发光：设置发光的生成方向指向对象内侧。

　　内侧阴影：设置阴影的生成方向指向对象内侧。

　　隐藏对象：只显示投影而不显示原来的对象。

5.2.5 拓展练习

利用前面学过的知识,制作如图5—16所示效果的按钮,完整的动画演示请观看素材第5章的"项目举一反三3"Flash文件。

弹起   指针经过   点击

图5—16 "炫动"的效果

说明:按钮制作中使用的补间动画,使用了"柔化填充边缘"和文字滤镜效果。在"指针经过帧"里导入一个影片剪辑,该影片剪辑内部有个类似钟摆运动的补间动画。在"点击"帧为文字设置阴影滤镜,对内部圆角矩形进行"柔化填充边缘"。

项目3 文字按键

上一节我们制作了动画按钮,从中也将前面所学的动画知识应用在按钮上,增加了按钮的动感,使按钮更精彩。这一节我们学习如何把文字、图片素材导入和加工,如何与补间动画过程的结合应用在按钮上,使得按钮要表达的内容更清晰,增加按钮的体验乐趣,使用户使用起来更快乐,更有趣。

5.3.1 项目效果

通过此项目实例的设计与制作,最终项目效果是,场景开始时有个"姑娘",它是按钮,它处于半透明状态,静静地待在那里,当鼠标移到它身上的时候,把她吓了一跳,马上显身并跑到场景右边,并出现警告文字,耳边开始流汗。当你尝试去右边捕捉她时,她又跑回原地,如图5—17所示。

弹起、按下、点击   指针经过

图5—17

5.3.2 项目目的

在本项目实例中,将主要解决以下问题:

(1)图片素材的导入和加工。

(2)场景文字的制作。

（3）按钮的制作。

（4）补间动画的制作。

（5）按钮、文字与补间动画的相互配合。

5.3.3 项目技术实训

（1）新建 Flash 文档，执行菜单"文件"｜"导入"｜"导入到舞台"命令，把素材文件夹里的"离我远点 .jpg"导入到舞台，把舞台背景颜色设为黑色。

（2）选中"离我远点 .jpg"，按 Ctrl＋B 键把图片分离成形状。利用魔术棒工具和橡皮工具把图片中的背景颜色抹掉，如图 5—18 所示。

（3）把处理后的图片形状转换为"美女"图形元件，并在舞台中把它删除。

（4）执行菜单"插入"｜"新建元件"命令，在弹出的对话框中输入元件名称"离我远点"，元件类型为按钮。在"弹起"帧中，从"库"里把"美女"请出来，坐标 X 和 Y 都为：0，元件宽为：160，高为：210.10，Alpha 值 55%，如图 5—19 所示。

图 5—18 魔术棒修剪图片

图 5—19 素材引入按钮相关信息

（5）在"指针经过"帧中插入关键帧，利用变形属性面板，把"美女"垂直翻转 180°，并把它的 X 轴坐标值改为：219，使之向右水平平移，并把 Alpha 值设为 100%。

（6）使用文字工具，在场景中输入文字："离我远点"，字体为：华文行楷，宽为：170.95，高为：67.50。坐标 X 为：.96.95，Y 为：.31.45。对文字使用"发光"滤镜效果，模糊 X：5，模糊 Y：5，强度 100%，品质：高，角度 45°，距离：7，类型：外侧，其他参数不调整，如图 5—20，图 5—21 所示。

图 5—20 滤镜参数

图 5—21 文字参数

（7）执行菜单"插入"｜"新建元件"命令，在弹出的对话框中输入元件名称"汗"，元件类型为影片剪辑。在影片剪辑场景中，利用绘图工具绘制一滴"汗珠"，然后填充上灰白色放射状颜色，如图 5—22 所示。

图 5—22　"汗珠"绘制过程

（8）把"汗珠"转换为图形元件，调整"汗珠"的大小为宽：25.50，高：32.20，坐标 X、Y 均设为：0。在第 20 帧处插入关键帧，设置"汗珠"的宽为：49.40，高为：78.20，坐标 X 为：0，Y 为：63，Alpha 值为：0％，如图 5—23 所示。

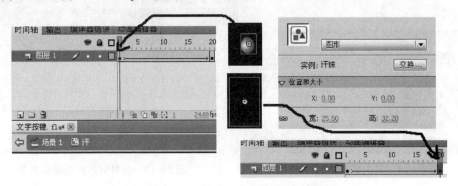

图 5—23　汗珠影片剪辑补间动画设计

（9）在"库"里点击"离我远点"按钮元件，进入元件内部时间轴。在"指针经过"帧中，把"汗"影片剪辑元件 X 坐标设置为：255.00，Y 坐标为：62.65，宽为：25.50，高为：32.20。

（10）回到场景 1 中，从"库"里导出"离我远点"按钮元件，测试影片。

5.3.4　相关知识

1. 影片剪辑的嵌套

Flash 的基础结构是一个影片剪辑（即使并非一定如此），在这个影片剪辑里可以可视化地设计各种动画、特效、位图等资源，甚至嵌套其他剪辑、按钮、图形对象等，从而组成一个庞大的可视对象的层次结构，也就是 Flash 动画。

一个典型的 Flash 作品的结构如图 5—24 所示。

深刻理解这个嵌套关系对开发 Flash 动画或者特效，开发 Flash 程序都具有非常重大的意义。这个结构影响着如下几个方面的内容：

（1）可视对象嵌套下的属性嵌套关系；

（2）无缝连接特效剪辑的实现；

（3）化繁为简的重要手段；

（4）是消息传递机制的基础；

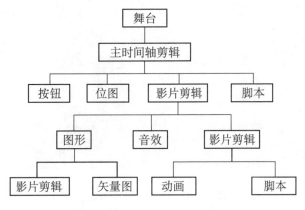

图 5—24 Flash 作品的结构图

（5）程序中的变量作用域以及代码路径问题；

（6）模块化 Flash 程序的重要手段。

假设在可视对象层次关系中，a 对象嵌套着 b 对象，则它们的嵌套关系如表 5—2 所示。

表 5—2 　　　　　　　　　　　　　　　对象嵌套关系层次表

属性	嵌套关系
不透明度（alpha）	全局不透明度＝a. alpha ∗ b. alpha
活动状态（enable）	全局活动状态＝（a. enable&.&.b. enable）
高度（height）	全局高度＝a. scaleY ∗ b. height
角度（rotation）	全局角度＝a. rotation＋b. rotation
可见性（visible）	全局可见性＝（a. visible&.&.b. visible）
宽度（width）	全局宽度＝a. scaleX ∗ b. width
x 坐标（x）	全局 x 坐标＝a. x＋b. x ∗ a. scaleX
y 坐标（y）	全局 y 坐标＝a. y＋b. y ∗ a. scaleY
鼠标 x 坐标（mouseX）	全局 stage. mouseX＝a. x＋（b. x＋b. mouseX）∗ a. scaleX
鼠标 y 坐标（mouseY）	全局 stage. mouseY＝a. y＋（b. y＋b. mouseY）∗ a. scaleY
x 缩放（scaleX）	全局 x 缩放＝a. scaleX ∗ b. scaleX
y 缩放（scaleY）	全局 y 缩放＝a. scaleY ∗ b. scaleY

2. 魔术棒

魔术棒是 Flash 里套索工具的一个组成部分，是建立选区的工具之一，作用是在一定的容差值（Tolerance，默认为 32）范围内将颜色相同的区域同时选中。使用魔术棒要注意的是，除非色调单一不然一定会不齐，如果参差不齐的部分和你要选中的部分颜色差不多就把魔术棒的阈值增大，平滑参数设为平滑会有所改善。

5.3.5　拓展练习

利用前面学过的知识，制作如图 5—25 所示效果的文字按键，完整的动画演示请观看素材第 5 章的"项目举一反三 3"Flash 文件。

说明：文字按键制作中，主要动画内容都在"指针经过帧"，使用逐帧动画，来制作不断

图5—25　动画按钮实例效果

增减的点号，文字使用了文字滤镜效果中的阴影和发光特效。在"指针经过帧"里导入用动作补间动画制作的"汗珠"。在帧中，不断从"库"中，导入Alpha值不断变化的汗水。

项目4　跟随鼠标提示

5.4.1　项目效果

通过此项目实例的设计与制作，最终项目效果是：场景开始出现六个不同国家的环保标志，当你把鼠标移到每个按钮上方，时候，按钮好像被激活了，出现蓝色聚焦圈，同时在按钮右边，会有一段带浅黄色背景的文字，文字主要介绍鼠标经过的标志的相关信息，如图5—26所示。

弹起帧　　　　　　　　　　　　鼠标经过帧

图5—26　跟随鼠标提示实例效果

5.4.2　项目目的

在本项目实例中，将主要解决以下问题：

（1）图片素材的导入和加工。

（2）文字标题的制作。

（3）文字提示框的设计。

（4）按钮动态变化。

（5）鼠标与提示框相互配合显示信息。

5.4.3　项目技术实训

（1）新建Flash文档，把文档属性设置为800像素宽，500像素高，从素材文件夹中打开

160

"各国环保标志.doc"，把里面每个图片通过复制/粘贴命令复制到舞台中，并在"库"里，分别给每个图片重命名为对应国家名，然后把场景1中的所有图片删除，如图5—27所示。

（2）执行菜单"插入"｜"新建元件"命令，在弹出的对话框中输入元件名称"中国"，并设置元件的行为为"按钮"。在按钮"弹起"帧，把"中国.png"图片导入到场景中，使得图片的形变中心点和场景的"十字心"重合在一起。然后把图片分离成形状。

（3）插入关键帧到按钮的"指针经过帧"。使用椭圆工具在场景中绘制一个蓝色边的圆形，把圆形除了边线外的其他内容删除掉。设置边线笔触为：15。把这个环状空心圆套到相关图片形状外围，使得恰好把形状包围住，如图5—28所示。

图5—27　导入库的图片

图5—28　空心圆设计

（4）回到场景1中，从"库"中把"中国"按钮元件拖拽到舞台中，并在该按钮对应属性面板的实例文本框中，输入"B1"。按照同样方法，制作另外其他国家的标志的按钮，并把按钮元件拖曳到舞台中。各国按钮的坐标和实例名称，如表5—3、图5—29、图5—30所示。

表5—3　　　　　　　　　　　各个按钮在场景中的坐标及名称一览

按钮名	X坐标	Y坐标	实例名称
中国	101.85	195	B1
奥地利	290.95	195	B2
美国	496.95	195	B3
法国	101	392	B4
德国	286.95	386	B5
日本	491.80	394.35	B6

图5—29　"B1"按钮的属性

图5—30　按钮在场景最终位置

161

（5）在场景1中，使用文字工具插入一个静态文本，宽为：180.5，高为：37.15，坐标 X 为：244，Y 为：46，字体为：华文楷体40点，颜色为："339900"，如图5—31所示。

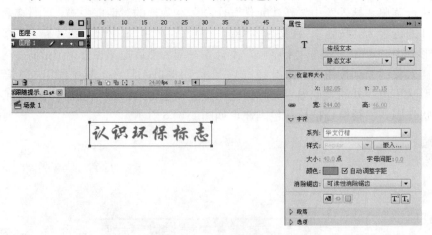

图5—31　文字标题属性

（6）在场景1中，新建图层2，在图层2第1帧处，使用矩形工具，绘制一个宽：202.95，高：92的没有笔触颜色的矩形，矩形颜色为："FFFF99"，并把该矩形转换为影片剪辑元件，注册点改为左上角，名称为："信息框"，如图5—32所示。

图5—32　信息框元件创建

（7）双击"信息框"，进入影片剪辑内部时间轴，在图层1第1帧处，使用文字工具插入一个实例名称为"info"的动态文本，使得文本框大小刚好和矩形形状大小和位置相吻合，文字字体为黑体，大小为10点，多行显示，如图5—33所示。

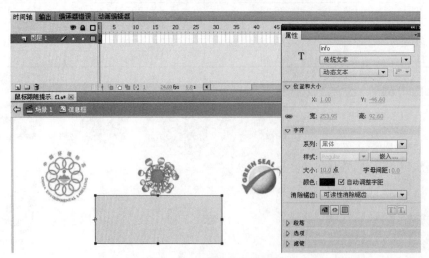

图5—33　动态文本的设置

（8）回到场景 1 中，把图层 2 第 1 帧里的"信息框"元件的 Alpha 值设置为：65％，并给该元件实例命名为："T1"，如图 5—34 所示。

（9）选中场景 1 图层 1 第 1 帧，按"F9"打开 ActionScript3.0 程序编辑面板，在右边的白色编程区域输入代码，注意里面的各个国家标志的介绍性文本可以从素材文件夹里面的"各国环保标志 . doc"文档里拷贝到代码编辑区。

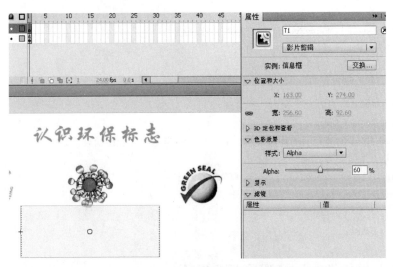

图 5—34　信息框实例及样式设置

场景 1 帧 1AS：

```
T1. visible = false;           //设置影片剪辑的可视性
B1. addEventListener(MouseEvent. MOUSE_MOVE,show1)     //使用侦听器检测鼠标是否经过 B1 按钮
function show1(event:MouseEvent):void        //经过按钮是要执行的代码
{
T1. visible = true;
T1. x = stage. mouseX + 10;    //设置影片剪辑的 X 坐标值为舞台中 X 坐标值 + 10,以达到鼠标跟随效果
T1. y = stage. mouseY + 10;    //设置影片剪辑的 X 坐标值为舞台中 Y 坐标值 + 10,以达到鼠标跟随效果
T1. info. text = "这个是中国十环标识,图形由青山、绿水、太阳及十个环组 . . . . . . . . . ";
                        //相关文本显示到跟随元件中
}
B1. addEventListener(MouseEvent. MOUSE_OUT,hidden1)          //侦听鼠标是否离开 B1 按钮
function hidden1(event:MouseEvent):void        //离开按钮是要执行的代码
{
T1. visible = false;
}
//文字代码太长,自己做练习时补上
//下面代码跟按钮 B1 代码相似
B2. addEventListener(MouseEvent. MOUSE_MOVE,show2)
function show2(event:MouseEvent):void
{
T1. visible = true;
T1. x = stage. mouseX + 10;
T1. y = stage. mouseY + 10;
```

```
T1.info.text = "这个是奥地利环境标志,创立于 1991 年,对顾客和制造商都是 .......... ";
}
B2.addEventListener(MouseEvent.MOUSE_OUT,hidden2)
function hidden2(event:MouseEvent):void
{
T1.visible = false;
}
B3.addEventListener(MouseEvent.MOUSE_MOVE,show3)
function show3(event:MouseEvent):void
{
T1.visible = true;
T1.x = stage.mouseX + 10;
T1.y = stage.mouseY + 10;
T1.info.text = "这个是美国的环保标志, 由两个民间非赢利性组织所建立,在 .......... ";
}
B3.addEventListener(MouseEvent.MOUSE_OUT,hidden3)
function hidden3(event:MouseEvent):void
{
T1.visible = false;
}
B4.addEventListener(MouseEvent.MOUSE_MOVE,show4)
function show4(event:MouseEvent):void
{
T1.visible = true;
T1.x = stage.mouseX + 10;
T1.y = stage.mouseY + 10;
T1.info.text = "这个是法国环保标章(EcoProducts),有两种功能:第一是产品 .......... ";
B4.addEventListener(MouseEvent.MOUSE_OUT,hidden4)
function hidden4(event:MouseEvent):void
{
T1.visible = false;
}
B5.addEventListener(MouseEvent.MOUSE_MOVE,show5)
function show5(event:MouseEvent):void
{
T1.visible = true;
T1.x = stage.mouseX + 10;
T1.y = stage.mouseY + 10;
T1.info.text = "德国蓝色天使德国于 1977 年提出蓝色天使计划,是第一个实行环 .......... ";
}
B5.addEventListener(MouseEvent.MOUSE_OUT,hidden5)
function hidden5(event:MouseEvent):void
{
T1.visible = false;
}
B6.addEventListener(MouseEvent.MOUSE_MOVE,show6)
```

```
function show6(event:MouseEvent):void
{
T1.visible = true;
T1.x = stage.mouseX + 10;
T1.y = stage.mouseY + 10;
T1.info.text = "这个是日本生态标章(ECO-Mark),图样之含义在以双手拥抱..........";
}
B6.addEventListener(MouseEvent.MOUSE_OUT,hidden6)
function hidden6(event:MouseEvent):void
{
T1.visible = false;
}
```

（10）输入完代码后，就可以测试动画效果了。

5.4.4 相关知识

1. 动态文本的概念

Flash 中的文本形式有三种，即静态文本、动态文本和输入文本。在电影中，所有动态文本字段和输入文本字段都是 TextField 类的实例。可以在属性检查器中为文本字段指定一个实例名称，然后在动作脚本中使用 TextField 类的方法和属性对文本字段进行控制，如透明度，是否运用背景填充等。就像影片剪辑实例一样，文本字段实例也是具有属性和方法的动作脚本对象。通过为文本字段指定实例名称，我们就可以在动作脚本语句中通过实例名来设置、改变和格式化文本框和它的内容。不过，与影片剪辑不同，我们不能在文本实例中编写动作脚本代码，因为它们没有时间轴。动态文本就是可以动态更新的文本，如体育得分、股票报价等，它是根据情况动态改变的文本，常用在游戏和课件作品中，用来实时显示操作运行的状态。

2. 动作脚本动态创建文本框常用的指令

（1）MovieClip.createTextField( )：

作用：动态创建文本框。

语法：my_mc.createTextField(instanceName, depth, x, y, width, height)

参数：instanceName，指示新文本字段的实例名称，depth 是一个正整数，指定新文本字段的深度；x 是一个整数，指定新文本字段的 x 坐标；y 是一个整数，指定新文本字段的 y 坐标；width 是一个正整数，指定新文本字段的宽度；height 是一个正整数，指定新文本字段的高度。

例如：

stage.createTextField("textBox",1,50,50,200,100);

textBox.text="这是我的第一个动态创建文本?";

这段程序代码的功能是，创建一个文本框，其实例名为 textBox，深度为 1，x 为 50，y 为 50，宽度为 200，高度为 100。

（2）TextField.removeTextField( )：

作用：删除由 createTextField 创建的文本字段。

语法：my_txt.removeTextField( )

例如：

textBox. removeTextField（）；//删除 textBox 文本

（3）TextField. alpha：

作用：设置或获取由 my_txt 指定的文本字段的 Alpha 值，有效值为 0（完全透明）到 100（完全不透明），默认值为 100。

语法：my_txt._alpha

例如：

text1_txt._alpha＝30；//将名为 text1_txt 的文本字段的_alpha 属性设置为 30%

（4）TextField. autoSize：

作用：控制文本字段的自动大小调整和对齐。

语法：my_txt. autoSize

例如：

my_txt. autosize＝"center"；//将文本字段 my_txt 的 autosize 属性设置为"center"

（5）TextField. background：

作用：设置文本字段背景是否填充。如果为 true，则文本字段具有背景填充。如果为 false，则文本字段没有背景填充。

语法：my_txt. background

例如：

my_txt. background＝false；//文本字段 my_txt 没有背景填充

（6）TextField. border：

作用：设置文本字段是否有边框。如果为 true，则文本字段具有边框。如果为 false，则文本字段没有边框。

语法：my_txt. border

例如：

my_txt. border＝true；//文本字段 my_txt 有边框

3. 文本字段的详细属性

accessibilityProperties：AccessibilityProperties 显示对象的当前辅助功能选项。

alpha：Number 指示指定对象的 Alpha 透明度值。

alwaysShowSelection：Boolean 如果设置为 true 且文本字段没有焦点，Flash Player 将以灰色突出显示文本字段中的所选内容。

antiAliasType：String 用于此文本字段的消除锯齿类型。

autoSize：String 控制文本字段的自动大小调整和对齐。

background：Boolean 指定文本字段是否具有背景填充。

backgroundColor：UInt 文本字段背景的颜色。

blendMode：String BlendMode 类中的一个值，用于指定要使用的混合模式。

border：Boolean 指定文本字段是否具有边框。

borderColor：UInt 文本字段边框的颜色。

bottomScrollV：int［read-only］一个整数（从 1 开始的索引），指示指定文本字段中当前可以看到的最后一行。

cacheAsBitmap：Boolean 如果设置为 true，则 Flash Player 将缓存显示对象的内部位图表示形式。

caretIndex：int［read-only］插入点（尖号）位置的索引。

condenseWhite：Boolean 一个布尔值，它指定是否应删除具有 HTML 文本的文本字段中的额外空白（空格、换行符等）。

constructor：Object 对类对象或给定对象实例的构造函数的引用。

contextMenu：ContextMenu 指定与此对象相关联的上下文菜单。

defaultTextFormat：TextFormat 指定应用于新插入文本（例如，使用 replaceSelected-Text（）方法插入的文本或用户输入的文本）的格式。

displayAsPassword：Boolean 指定文本字段是否是密码文本字段。

doubleClickEnabled：Boolean 指定此对象是否接收 doubleClick 事件。

embedFonts：Boolean 指定是否使用嵌入字体轮廓进行呈现。

filters：Array 包含当前与显示对象关联的每个滤镜对象的索引数组。

focusRect：Object 指定此对象是否显示焦点矩形。

gridFitType：String 用于此文本字段的网格固定类型。

height：Number 指示显示对象的高度，以像素为单位。

htmlText：String 包含文本字段内容的 HTML 表示形式。

length：int［read-only］文本字段中的字符数。

loaderInfo：LoaderInfo［read-only］返回一个 LoaderInfo 对象，其中包含加载此显示对象所属的文件的相关信息。

mask：DisplayObject 调用显示对象被指定的 mask 对象遮罩。

maxChars：int 文本字段中最多可包含的字符数（即用户输入的字符数）。

maxScrollH：int［read-only］scrollH 的最大值。

maxScrollV：int［read-only］scrollV 的最大值。

mouseEnabled：Boolean 指定此对象是否接收鼠标消息。

mouseWheelEnabled：Boolean 一个布尔值，指示当用户单击某个文本字段且用户滚动鼠标滚轮时，Flash Player 是否应自动滚动多行文本字段。

mouseX：Number［read-only］指示鼠标位置的 x 坐标，以像素为单位。

mouseY：Number［read-only］指示鼠标位置的 y 坐标，以像素为单位。

multiline：Boolean 指示文本字段是否为多行文本字段。

name：String 指示 DisplayObject 的实例名称。

numLines：int［read-only］定义多行文本字段中的文本行数。

opaqueBackground：Object 指定显示对象是否由于具有某种背景颜色而不透明。

parent：DisplayObjectContainer［read-only］指示包含此显示对象的 DisplayObjectContainer 对象。

prototype：Object［static］对类或函数对象的原型对象的引用。

restrict：String 指示用户可输入到文本字段中的字符集。

root：DisplayObject［read-only］对于加载的 SWF 文件中的显示对象，root 属性是此 SWF 文件所表示的显示列表树结构部分中的顶级显示对象。

rotation：Number 指示 DisplayObject 实例与其原始方向的旋转程度，以度为单位。

scale9Grid：Rectangle 当前有效的缩放网格。

scaleX：Number 指示从注册点开始应用的对象的水平缩放比例（百分比）。

scaleY：Number 指示从对象注册点开始应用的对象的垂直缩放比例（百分比）。

scrollH：int 当前水平滚动位置。

scrollRect：Rectangle 显示对象的滚动矩形范围。

scrollV：int 文本在文本字段中的垂直位置。

selectable：Boolean 一个布尔值，指示文本字段是否可选。

selectionBeginIndex：int［read-only］当前所选内容中第一个字符从零开始的字符索引值。

selectionEndIndex：int［read-only］当前所选内容中最后一个字符从零开始的字符索引值。

sharpness：Number 此文本字段中字型边缘的清晰度。

stage：Stage［read-only］显示对象的舞台。

styleSheet：StyleSheet 将样式表附加到文本字段。

tabEnabled：Boolean 指定此对象是否遵循 Tab 键顺序。

tabIndex：int 指定 SWF 文件中的对象按 Tab 键顺序排列。

text：String 作为文本字段中当前文本的字符串。

textColor：UInt 文本字段中文本的颜色（采用十六进制格式）。

textHeight：Number［read-only］文本的高度，以像素为单位。

textWidth：Number［read-only］文本的宽度，以像素为单位。

thickness：Number 此文本字段中字型边缘的粗细。

transform：Transform 一个对象，具有与显示对象的矩阵、颜色转换和像素范围有关的属性。

type：String 文本字段的类型。

useRichTextClipboard：Boolean 指定在复制和粘贴文本时是否同时复制和粘贴其格式。

visible：Boolean 显示对象是否可见。

width：Number 指示显示对象的宽度，以像素为单位。

wordWrap：Boolean 一个布尔值，指示文本字段是否自动换行。

x：Number 指示 DisplayObject 实例相对于父级 DisplayObjectContainer 本地坐标的 x 坐标。

y：Number 指示 DisplayObject 实例相对于父级 DisplayObjectContainer 本地坐标的 y 坐标。

4. addEventListener 事件侦听器

（1）原型。

public override function addEventListener（type：String, listener：Function, useCapture：Boolean＝false, priority：int＝0, useWeakReference：Boolean＝false）：void

（2）作用。

侦听事件并处理相应的函数。

（3）参数。

①type：String 事件的类型。

②listener：Function 侦听到事件后处理事件的函数。此函数必须接受 Event 对象作为其唯一的参数，并且不能返回任何结果，如以下示例所示：访问修饰符 function 函数名

(evt：Event)：void。

③useCapture：Boolean（default＝false）这里牵扯到"事件流"的概念。侦听器在侦听时有三个阶段：捕获阶段、目标阶段和冒泡阶段。顺序为：捕获阶段（根节点到子节点检查是否调用了监听函数）→目标阶段（目标本身）→冒泡阶段（目标本身到根节点）。此处的参数确定侦听器是运行于捕获阶段、目标阶段还是冒泡阶段。如果将 useCapture 设置为 true，则侦听器只在捕获阶段处理事件，而不在目标或冒泡阶段处理事件。如果 useCapture 为 false，则侦听器只在目标或冒泡阶段处理事件。要在所有三个阶段都侦听事件，请调用两次 addEventListener，一次将 useCapture 设置为 true，第二次再将 useCapture 设置为 false。

④priority：int（default＝0）事件侦听器的优先级。优先级由一个带符号的 32 位整数指定。数字越大，优先级越高。优先级为 n 的所有侦听器会在优先级为 n−1 的侦听器之前得到处理。如果两个或更多个侦听器共享相同的优先级，则按照它们的添加顺序进行处理。默认优先级为 0。

⑤useWeakReference：Boolean（default＝false）确定对侦听器的引用是强引用，还是弱引用。强引用（默认值）可防止您的侦听器被当作垃圾回收。弱引用则没有此作用。

（4）注意事项。

使用 EventDispatcher 对象注册事件侦听器对象，以使侦听器能够接收事件通知。可以为特定类型的事件、阶段和优先级在显示列表的所有节点上注册事件侦听器。成功注册一个事件侦听器后，无法通过额外调用 addEventListener（ ）来更改其优先级。要更改侦听器的优先级，必须首先调用 removeListener（ ）。然后，可以使用新的优先级再次注册该侦听器。

5. ActionScript3.0 鼠标事件

鼠标事件（MouseEvent）和鼠标位置（AS3 鼠标坐标）是 RIA 中最重要的人机交互途径。这里把在使用鼠标事件时要注意的问题总结一下：

（1）鼠标事件分为 MOUSE _ OVER，MOUSE _ MOVE，MOUSE _ DOWN，MOUSE _ UP，MOUSE _ OUT，MOUSE _ WHEEL 和 MOUSE _ LEAVE。其中前六个事件都来自 flash. events. MouseEvent 类，最后一个 MOUSE _ LEAVE 却是来自 flash. events. Event，在导入类包的时候一定要注意这个问题。

MOUSE _ OVER：鼠标移动到目标对象之上时触发，可以用于模拟按钮的 mouse over 效果。

MOUSE _ MOVE：鼠标在目标对象之上移动时触发。

MOUSE _ OUT：鼠标移动到目标对象之外时触发。

MOUSE _ WHEEL：鼠标在目标对象之上转动滚轮时触发。

MOUSE _ LEAVE：当光标离开舞台时触发。

（2）mouseChildren。目标对象中含有子实例时，感应鼠标行为的是子实例，而非目标对象。如果使用 cursor. mouseEnabled＝false；就可以由目标对象来更改鼠标行为。

（3）mouseEnabled。当实例重叠时，处于显示列表上方的实例总比下方实例更有优先权感应鼠标行为。当想让下方实例感应鼠标行为时使用 cursor. mouseEnabled＝false；即可。

这常用于自定义鼠标后，去除自定义鼠标对鼠标行为的干涉，因为自定义鼠标往往一直处于鼠标下方，其他实例无法再感应到鼠标的变化。

另外，也许 DOUBLE_CLICK 也应该算做鼠标事件，但要使用它，必须先让
doubleClickEnabled＝true；
var bg：Sprite＝new Sprite（）；
bg. doubleClickEnabled＝true；
bg. addEventListener（MouseEvent. DOUBLE_CLICK，clickHandler）；

5.4.5 拓展练习

利用前面学过的知识，制作如图 5—35 所示效果的按钮，完整的动画演示请观看素材第 5 章的"项目举一反三 4"Flash 文件。

图 5—35　看图识汽车品牌动画界面

说明：按钮制作中使用的补间动画，使用了 ActionScript3.0 程序脚本。可从素材文件夹中导入相关图片，并转化为影片剪辑元件。把各影片剪辑的初始 Alpha 值设为：50％，当各影片剪辑侦听到鼠标在上方移动的时候，Alpha 值变为：100％（元件实例名 . alpha＝100；），并在光标右下角提示该汽车品牌。

项目 5　调节音量大小

上一节我们制作了鼠标跟随提示信息的动画效果，从中也结合使用前面所学的动画知识、按钮应用知识和 ActionScript3.0 相关语句命令。这一节我们学习如何在动画中调整歌曲音量的大小，通过 AS3.0 程序编写来达到目的，增加动画的可控性。

5.5.1 项目效果

通过此项目实例的设计与制作，最终项目效果是，动画开始出现一个可爱的电视机，上面出现一张韩国"Kara"组合的画面，同时场景中播放起该组合的经典歌曲，在电视右下角有个小滑块，用鼠标拖动它能够增大或者减少音量，如图 5—36 所示。

图 5—36　"Kara"电视机界面外观

5.5.2 项目目的

在本项目实例中，将主要解决以下问题：

（1）电视机的绘制。

（2）图片素材的导入和设置。

（3）特殊效果文字的制作。

（4）声音按钮外观的设计。

（5）音乐的导入和使用。

（6）声音按钮的可控性。

5.5.3 项目技术实训

（1）新建 Flash 文档，把文档属性设置为 550 像素宽，400 像素高，使用矩形工具和圆角矩形工具分别绘制两个矩形，圆角矩形内嵌在矩形里面。矩形大小为：311.95 宽，273 高，颜色为："FFCCFF"，笔触为：3，坐标 X：120，Y：130，圆角矩形大小为：290.95 宽，186 高，颜色为："FFFFFF"，笔触为：3，坐标 X：130，Y：43。在矩形下方绘制两个支脚，并把圆角矩形白色形状内容删除，如图 5—37 所示。

（2）在场景 1 中，新建图层 2，从素材文件中导入 "kara.jpg" 到舞台中，调整图片大小为：290 宽，181.25 高，坐标 X 为：130.95，坐标 Y 为：45.75，并把图层 2 拖到图层 1 下方，如图 5—38 所示。

（3）在图层 1，矩形中，使用文字工具，插入文字 "Kara"，文字字体为："BroadWay BT"，大小为 40 点，坐标 X 为：126，Y 为：240.8，滤镜为：投影（参数选择挖空），如图 5—39 所示。

（4）在场景 1，图层 1 中利用直线工具绘制一个的直角三角形，并用油漆桶把它填充为黑色，三角形大小为：80 宽，34 高。然后把它转换成影片剪辑 "音量背景"，注册点为正中心。

（5）用矩形工具绘制一个圆角矩形，填充为颜色为："999999"，大小为：17 宽，42 高。并把它转换成图形元件 "滑块"，注册点为正中心，回到场景 1 图层 1 第 1 帧处，把 "音量背景" 元件和 "滑块" 元件拖拽出舞台，设置它们坐标都为 X：380.95，Y：271。如图 5—40 所示。

图 5—37 电视机外观

图 5—38 图片与电视机的结合

（6）把素材文件夹里的 "kara.hony.mp3" 导入到 "库" 里，并设置该文件的属性，在链接菜单中，选中 "ActionScript 导出" 和 "在帧 1 中导出"，并把类名改为：kara，如图 5—41 所示。

图 5—39

图 5—40　声音滑块外观　　　　　图 5—41　声音类的设置

（7）在场景 1 图层 1 第 1 帧处，设置 ActionScript 脚本。

场景 1 图层 1 第 1 帧 AS：

var x1 = slider. x − bar. width/2 + slider. width/2;//设置滑块能拖动的起点 X 坐标

var y1 = slider. y//设置滑块能拖动的起点 Y 坐标

var x2 = bar. width-slider. width/2;//设置滑块能拖动的宽度

var rect:Rectangle = new Rectangle(x1,y1,x2,0);//定义拖动范围

var sound:kara = new kara( );//设置声音对象 sound 为 kara 声音类对象

var s:SoundChannel = sound. play( );//设置 S 为声道对象，并赋值播放声音

var transformSound:SoundTransform = new SoundTransform( );//声明 transformSound 对象

transformSound. volume = 0. 3;//设置初始音乐音量为 0. 3(0 − 1 变化)

slider. addEventListener(MouseEvent. MOUSE_DOWN,s1);//侦听鼠标是否在滑块上按下

slider. addEventListener(MouseEvent. MOUSE_UP,s2);//侦听鼠标在滑块上释放

slider. addEventListener(MouseEvent. MOUSE_OUT,s3);// 侦听鼠标是否离开滑块

slider. addEventListener(MouseEvent. MOUSE_OVER,s4);

addEventListener(Event. ENTER_FRAME,setVolume);//侦听场景中的帧事件

function setVolume(e:Event):void//执行 setVolume 函数

{

transformSound. volume = (slider. x-bar. x + bar. width/2)/bar. width;

　　//计算滑块滑动距离并转换成对应的音量大小

s. soundTransform = transformSound;//调整音量数值

}

172

```
function s1 (evt:MouseEvent):void//调用 s1 函数
{
slider.startDrag(true,rect);//使得滑块可以开始拖动
}
function s2 (evt:MouseEvent):void//调用 s2 函数
{
slider.stopDrag( );//停止滑块拖动
}
function s3 (evt:MouseEvent):void//调用 s2 函数
{
slider.removeEventListener(MouseEvent.MOUSE_DOWN,s1); //调用 s2 函数
slider.stopDrag( );//停止滑块拖动
}
slider.addEventListener(MouseEvent.MOUSE_OVER,s4);
function s4 (evt:MouseEvent):void//调用 s4 函数
{
slider.addEventListener(MouseEvent.MOUSE_DOWN,s1); //重新侦听鼠标是否按下
}
```

（8）在场景 1 中，按 Ctrl＋Enter 键，测试影片，观看动画效果。

5.5.4　相关知识

1. AS3.0 类 MovieClip 方法 method：startDrag（ ）/stopDrag（ ）

使用目的：开始/停止拖拽影片片段。

说明：startDrag 方法可让用户拖拽指定的影片片段，该影片片段在 startDrag 方法被调用后将维持可拖拽的状态，知道 MovieClip.stopDrag（ ）方法被调用后，或是直到其他影片片段变成可以拖拽为止。stopDrag 方法可结束 startDrag 方法的调用，让用户拖拽的指定影片片段停止拖拽状态。一次只能有一个影片片段为可拖拽状态。

语法结构：

影片片段对象.startDrag（锁定中心，拖拽区域）

影片片段对象.stopDrag（ ）

锁定中心＝布尔值，指定可拖拽的影片片段要锁定于鼠标指针的中央 true 或是锁定在用户第一次按下影片片段的位置 false。

拖拽局部＝矩形对象，指定影片片段拖拽的限制矩形。

范例：

my_mc.startDrag（ ）；

将影片片段 my_mc 进行拖拽动作。

this.startDrag（true）；

将当前影片片段锁定中心点，并开始拖拽。

my_mc.stopDrag（ ）；

停止影片片段 my_mc 的拖拽动作。

2. ActionScript3.0 声音相关类及使用方法

（1）Sound 类。

Sound 类允许您在应用程序中使用声音。使用 Sound 类可以创建新的 Sound 对象、将

外部 MP3 文件加载到该对象并播放该文件、关闭声音流，以及访问有关声音的数据。Flash CS5 软件对声音的编辑和调用分为四种：①将音乐导入舞台的时间轴上。②从库中调用声音。③从网络中调用音乐。④从电脑硬盘中调用音乐。将音乐导入到舞台时间轴控制音乐，想必大家都已非常熟悉。从库中、网络中和电脑硬盘中调用音乐既有相似之处，但也有一定的区别。在这里我们只介绍从库中调用音乐，从电脑硬盘中调用音乐，以及从网络中调用音乐。

①从库中调用。

打开 Flash CS5 软件，导入一首音乐到库中，右键链接，链接名：Snd。在场景的第一帧，打开动作面板，输入语句：

var snd：Sound＝new yy（）；

snd. play（）；

测试影片，音乐即可播放。

②从电脑硬盘中调入。

var urlMus：URLRequest＝new URLRequest（"E：/音乐/回家 . mp3"）；

var snd：Sound＝new Sound(urlMus)；

snd. play（）；

测试影片，电脑中的音乐也可播放。

③从网络中调入音乐。

var urlMus:URLRequest＝new URLRequest("http://rm. 56dj. net/0808/在心里从此永远有个你 . mp3")；

var snd:Sound＝new Sound(urlMus)；

snd. play（）；

测试影片前，点发布设置，把 Flash 中的本地回放安全性设置成只访问网络，网络中的音乐就可以播放了。测试时我们会发现，音乐只播放一次，而且音乐播放时是从起始位置开始播放的。是否可以让音乐重复多次播放，或者是从某一起始位置开始播放。解决办法：修改语句：snd. play（）为：snd. play（5500，200）；我们在 play（）小括号里面加上两个参数，5500 表示播放的起始位置，它是以毫秒为单位，即 5.5 秒。200 表示循环播放的次数。以上只是调用声音的播放，我们如何控制音乐的停止呢？下面我们引入一个新的类，SoundChannel 类。

（2）SoundChannel 类。

SoundChannel 类（声音通道类），主要用来控制应用程序中的声音，它包含如下属性、事件和方法。

SoundChannel 类属性：position：该声音中播放头的当前位置。

SoundChannel 类方法：stop（）停止在该声道中播放声音。

SoundChannel 类事件：soundCompele 在声音完成播放后调度。

（3）SoundTransform 类。

控制播放声音音量的大小及声音平衡，必须构建一个新的类型 SoundTransform（声音转换）类，它包含音量和平移的属性。

volume 用来控制音量，其范围从 0（静音）到 100。

5.5.5 拓展练习

利用前面学过的知识，制作如图5—42所示效果的按钮，完整的动画演示请观看素材第5章的"项目举一反三5"Flash文件。

说明： 声音播放中的喇叭是影片剪辑，使用补间动画不断调整粉红色部分的Alpha值，使用了ActionScript3.0程序脚本。参考项目中的声音滑块代码，改写成能够上下拉动的滑块来调整音乐的音量大小。

图5—42　超炫 Hi-Fi 系统界面

项目6　调整图片变化

上一节我们制作了按钮控制调整音量大小的动画效果，其中也使用了前面所学的动画知识和ActionScript3.0相关语句命令。这一节我们学习如何通过使用按钮来控制图片大小、旋转、移动的效果，增加了图片内容的可控性、可调整性。

5.6.1 项目效果

通过此项目实例的设计与制作，最终项目效果是：场景中左边显示一个类似遥控器的东西，右边显示显示器，显示器里面有个小木偶，在里面不断摆动。使用鼠标点击遥控器里面的按钮，小木偶会按照指令，做出相应的动作，如图5—43所示。

图5—43　遥控的木偶人外观界面

5.6.2 项目目的

在本项目实例中，将主要解决以下问题：

（1）遥控器、显示器的绘制。

（2）图片素材的导入和设置。

（3）公用库按钮的使用。

（4）按钮外观的设计。

（5）补间动画的设计。

（6）按钮对影片剪辑的可控性。

5.6.3 项目技术实训

（1）新建 Flash 文档，把文档属性设置为 550 像素宽，400 像素高，使用矩形工具并设置边角为 30°，绘制一个大小为：宽 318.95，高 237，笔触为 3 的圆角矩形，坐标 X：227，Y：14。利用颜色面板对圆角矩形进行颜色线性渐变填充，调整两个色彩滑块，左边那个颜色为："0009DE"，Alpha 值为：20%，右边的滑块颜色为："FFFFFF"。使用渐变变形工具改变线性填充方向，由左到右填充改变为由上到下填充。在圆角矩形下方绘制一个往右拱起的形状，并填充颜色为："E71C20"，Alpha 值为：20%，如图 5—44 所示。

（2）在舞台中绘制一个空心椭圆，利用直线工具，在椭圆上半部左边和右边，下半部分别拖拽如图 5—45 所示形状，并使用颜色面板的径向渐变，填充颜色为左滑块："D9EC1E"，右滑块："FF9574"的渐变色彩，大小为：169.8 宽，188.7 高；坐标 X：11.05，Y：208.3，如图 5—46 所示。

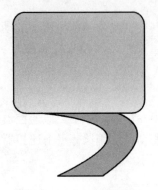

图 5—44　显示器外观

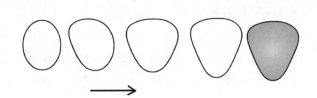

图 5—45　遥控器形状设计过程

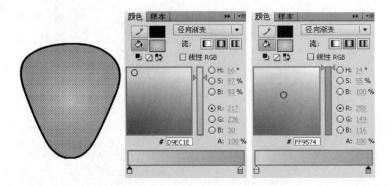

图 5—46　遥控器外观颜色填充

（3）选择"窗口"｜"公用库"｜"按钮"，在"库"中选择"Circle Buttons"下的"circle button.next"按钮样式，导入到场景中刚刚画好的形状上部，并复制三个副本，相应旋转一定的角度，使得它们方向变为上、下、左、右。上箭头坐标 X：97.2，Y234.5，下箭头坐标 X：97.8，Y：276.45，左箭头坐标 X：65.5，Y：256.35，右箭头坐标 X：129.5Y：255.5，如图 5—47 所示。

图 5—47　公用库按钮导入

（4）从"公用库"｜"按钮"中分别选择"buttons rounded"的"rounded blue2"和"rounded red"按钮，导入到场景对应的形状下半部位置，分别双击两个按钮内部时间轴，分别把"Enter"文字替换为"放大"和"缩小"并设置好相应位置，如图5—48所示。

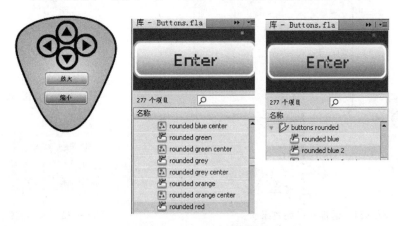

图5—48 公用库按钮导入

（5）利用直线工具和填充工具绘制一个向左弯曲，带箭头的线段，箭头向左选择45°，线段笔触为：10。然后拷贝一个副本，选择它，使用"窗口"｜"变形"面板把它垂直翻转180°，如图5—49所示。

图5—49 旋转按钮外观设计

（6）分别把这两个弯曲箭头转换为"逆时针"和"顺时针"按钮元件，在"指针经过帧"插入关键帧，把这两个箭头形状颜色改为红色，在"按下帧"插入关键帧，把这两个箭头形状颜色改为绿色，如图5—50所示。

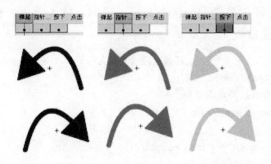

图5—50 左右选择按钮设计过程

（7）回到场景1中，把"顺时针"和"逆时针"按钮大小变为：30宽，18高，分别放在变形椭圆形状两边，"逆时针"坐标X：45.35，Y：285.95，"顺时针"坐标X：154.35，Y：285.95，如图5—51所示。

（8）选中屏幕形状，把它转化成影片剪辑，并命名为screen的实例名称。通过"文件"｜"导入"｜"导入到舞台"，把"木偶.jpg"图片导入到舞台。把图片分离成形状，利用魔术棒工具把背景白色选中并删除掉，调整图片大小为：89.95 宽，95.20 高，并转化为"木偶"图形元件，如图 5—52 所示 。

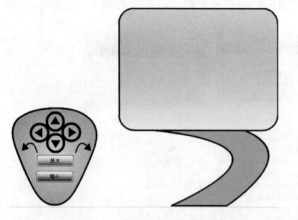

图 5—51　遥控器最终效果　　　　　　　　图 5—52　木偶属性

（9）新建一个"舞动木偶"影片剪辑元件，从"库"中导入"木偶"图形元件到其内部层 1 帧 1 处，分别在 10、20、30、40 帧处插入关键帧。在第 10、第 30 帧分别向左和右旋转 45°，然后在第 10、20、30 帧处创建传统补间动画。

（10）回到场景 1 层 1 处，从"库"中导入"舞动木偶"影片剪辑到屏幕中，坐标 X：395.30，Y：128.60。最后分别定义相关按钮的实例名称，如表 5—4 所示。

表 5—4　　　　　　　　　　　　相关元件的实例名命名一览

元件名称	实例名称	元件名称	实例名称
屏幕	screen	向右箭头	right
舞动木偶	mo	左旋转	lcircule
向上箭头	up	右旋转	rcircule
向下箭头	down	放大按钮	large
向左箭头	left	缩小按钮	small

（11）在场景 1 层 1 帧 1 处设置 ActionScript 代码，输入完毕，检查错误并修正，就可以测试影片，欣赏动画播放效果。

场景 1 层 1 帧 1AS：

```
up. addEventListener(MouseEvent. CLICK, up1)
//使用 up 按钮侦听器检测是否点击鼠标
function up1(event:MouseEvent):void
{
if(mo. y-mo. height/2 > screen. y-screen. height/2)
//判断木偶影片剪辑是否越过屏幕上方
mo. y- = 10; //上移
}
down. addEventListener(MouseEvent. CLICK, down1)
function down1(event:MouseEvent):void
{
if(mo. y + mo. height/2 < screen. y + screen. height/2)
//判断木偶影片剪辑是否越过屏幕下方
```

```
mo.y+ = 10;//下移
}
left.addEventListener(MouseEvent.CLICK,left1)
function left1(event:MouseEvent):void
{
if(mo.x-mo.width/2 > screen.x-screen.width/2)
//判断木偶影片剪辑是否越过屏幕左边
mo.x-= 10;//左移
}
right.addEventListener(MouseEvent.CLICK,right1)
function right1(event:MouseEvent):void
{
if(mo.x+mo.width/2 > screen.x+screen.width/2)
//判断木偶影片剪辑是否越过屏幕右边
mo.x+ = 10;//右移
}
large.addEventListener(MouseEvent.CLICK,large1)
function large1(event:MouseEvent):void
{
if(mo.y-mo.height/2 > screen.y-screen.height/2)
if(mo.y+mo.height/2 < screen.y+screen.height/2)
if(mo.x-mo.width/2 > screen.x-screen.width/2)
if(mo.x+mo.width/2 < screen.x+screen.width/2)
//连续判断是否越过屏幕四条边
{
mo.scaleX+ = 0.1;//水平方向增大0.1倍
mo.scaleY+ = 0.1;//垂直方向增大0.1倍
}
}
small.addEventListener(MouseEvent.CLICK,small1)
function small1(event:MouseEvent):void
{
if(mo.scaleX > 0&&mo.scaleY > 0)]
//判断木偶水平方向和垂直方向是否缩小到负值
{
mo.scaleX-= 0.1;//水平方向减少0.1倍
mo.scaleY-= 0.1;//垂直方向减少0.1倍
}
}
lcircule.addEventListener(MouseEvent.CLICK,lcircule1)
function lcircule1(event:MouseEvent):void
{
mo.rotation-= 10;//向左旋转10°
}
rcircule.addEventListener(MouseEvent.CLICK,rcircule1)
function rcircule1(event:MouseEvent):void
{
```

mo.rotation+=10;//向右旋转10°}

5.6.4 相关知识

影片剪辑的属性：

x是影片剪辑在场景中的x轴坐标的位置；

y是影片剪辑在场景中的y轴坐标的位置；

width是影片剪辑的宽度；

height是影片剪辑的高度；

scaleX是影片剪辑的X轴的缩放比例（正值为缩放，负值为元件水平翻转180°后缩放）；

scaleY是影片剪辑的Y轴的缩放比例（正值为缩放，负值为元件水平翻转180°后缩放）；

alpha是影片剪辑的透明度；

rotation是影片剪辑的旋转角度（0～360°）。

要想在影片剪辑上出现和在按钮上一样的手型可以使用.buttonMode=true。

图5—53　遥控打PP界面

5.6.5 拓展练习

利用前面学过的知识，制作如图5—53所示效果的按钮，完整的动画演示请观看素材第5章的"项目举一反三6"Flash文件。

说明：先画一个椭圆基座，在椭圆上方再画一个圆，利用选择工具调整部分线段形态，在正圆中间插入一个圆角矩形，弧度为40，并转换为影片剪辑。把场景和基座填充线性渐变色彩，新建一个影片剪辑，把素材文件夹里的"打PP.jpg"导入，并调整每个关键帧里的中心点。使用了类似项目案例的ActionScript3.0程序脚本，具体样式如图5—53所示。

项目7　左右声道调节

上一节我们制作了按钮控制调整影片剪辑属性的动画效果，其中也使用了前面所学的动画知识和ActionScript3.0相关语句命令。这一节我们学习如何通过使用按钮来控制音乐左右声道的变化，以便能灵活地调整声音的播放，增加动画魅力和乐趣。

5.7.1 项目效果

通过此项目实例的设计与制作，最终项目效果是：场景开始出现个超酷的多媒体影音系统，中间显示"张信哲"，左右吊着两只不断喷射音符的动感喇叭，系统下方有个可移动粉色按钮，声音随着场景内容载入，很快就开始播放，播放过程中可以调整声音的左右声道音量大小，如图5—54所示。

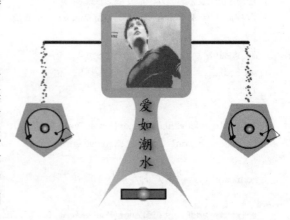

图5—54　左右声道调节动画界面

5.7.2 项目目的

在本项目实例中,将主要解决以下问题:

(1) 多媒体系统的绘制。

(2) 图片素材的导入和设置。

(4) 按钮的设计。

(5) 补间动画的设计。

(6) 按钮对声道的可控性。

5.7.3 项目技术实训

(1) 新建 Flash 文档,把文档属性设置为 550 像素宽,400 像素高,使用矩形工具并设置边角为 20°,绘制一个宽、高都为 161.95 的圆角矩形,颜色设置为:"669999",坐标 X:186,Y:9,在其中间绘制一个矩形,宽、高都为:123.95,坐标 X:204.95,Y:30,并把绘制内容删除。在圆角矩形两边分别拉出两条等长直线,笔触为 5,长度为:100.5,坐标 Y 都为 74。在两条线段两端再绘制两条垂直的直线,笔触为 10,颜色为红色。在两条线段下边各绘制一个五边形,大小为:102.95 宽,94.95 高。左边的坐标 X:30.9,Y:180.6,右边坐标 X:399,Y:182,颜色与圆角矩形相同。在圆角矩形正下方绘制一个梯形,利用选择工具,调整各边的弧度,并填充两个滑块的线性渐变颜色,左滑块颜色为:"5DC4FA",右滑块为:"3F35EE",Alpha:50%,如图 5—55 所示。

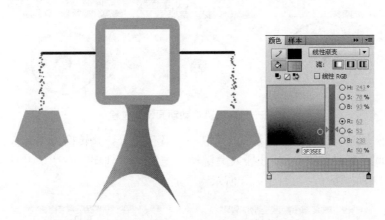

图 5—55　多媒体系统外观

(2) 在图层 1 上新建图层 2,选择"文件"|"导入"|"导入到舞台"命令把素材库中的"张信哲.jpg"导入到图层 2 帧 1 处。调整图片大小为:152.20 宽,144.40 高,坐标 X:189.85,Y:20.20。并把图层 2 拖到图层 1 下方。使用文字工具,输入"爱如潮水",字体为:华文楷体,大小为:32.2 宽,135.6 高,坐标 X:249.1,Y:166.6。对文字使用投影滤镜,其中模糊 X、Y 改为 8 像素,如图 5—56 所示。

(3) 在图层 1 第 1 帧处绘制一个正圆,大小为:69.5,笔触为:3。在正圆中间在绘制一个小圆形,大小为:14,笔触为 3。正圆填充颜色为:"D3DDC3",Alpha:50%。小圆颜色为:"FFFFFF"径向渐变。选中所有圆形形状,转换为影片剪辑元件,名称为"喇叭"。双击"喇叭",进入其内部时间轴,选中环形色块,把它转换为影片剪辑元件,名称为"喇叭内壁"。在"喇叭"元件图层 1 中的第 5、第 10 帧处插入关键帧。在第 5 帧处,把"喇叭

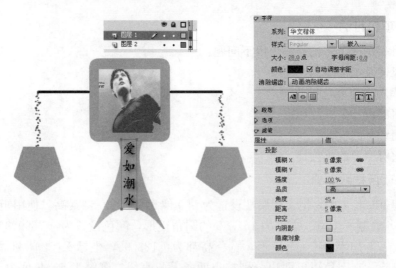

图 5—56　多媒体系统图片和文字设置效果

内壁"元件缩放为：69.5 宽，65.5 高，Alpha 值为 50％。在第 1 和第 5 帧处设置传统补间动画，如图 5—57 所示。

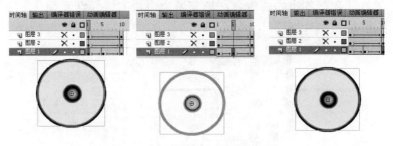

图 5—57　喇叭震动动画设计过程

（4）新建图层 2，在图层 2 第 1 帧处绘制一个音乐符号，并转换为"音符 1"影片剪辑，放置在喇叭中间位置，在第 10 帧处插入关键帧，把符号拖到喇叭左边，并放大，逆时针旋转 80°，设置 Alpha：0％，如图 5—58 所示。

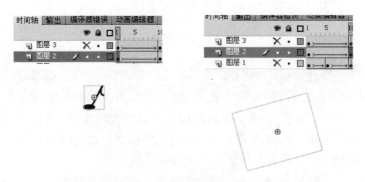

图 5—58　音符 1 设计动画过程

（5）新建图层 3，绘制另外一个音乐符号，转换为"音符 2"影片剪辑，按照同样方法设置一个补间动画，回到场景 1 层 1 帧 1 处，从库中导入两个"喇叭"元件分别放置在左右两个五边形中间，如图 5—59 所示。

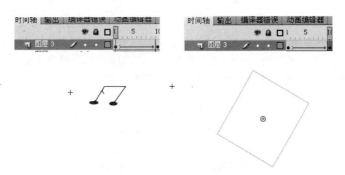

图 5—59　音符 2 设计动画过程

（6）在场景 1 层 1 帧 1 中，绘制一个矩形大小为：79 宽，16 高，颜色为："666666"，并转换为按钮元件"bar"，在"bar"的"指针经过帧"处插入关键帧，把颜色改为："CC9900"。回到场景 1 中，绘制一个正圆，大小为：25。颜色为双滑块径向渐变，左边滑块颜色为："EED4E9"，右边滑块为："EC2E25"，Alpha：50％。把该圆转换为影片剪辑元件，名称为："slider"。回到场景中，把"bar"和"slider"中心重合放置在文字正下方，坐标 X：261.45，Y：339.0，如图 5—60 所示。

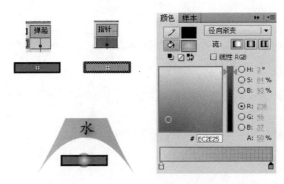

图 5—60　声道控制按钮设计

（7）从素材库中导入"爱如潮水.mp3"到"库"里面。在"库"中找到该曲，选中右击，在弹出的菜单中，单击高级按钮，把链接选项全打上钩，把类名改为："lovewater"。回到场景 1 层 1 帧 1 中，选中"bar"和"slider"元件，在属性面板中，分别起名为：bar 和 slider 的实例名。

（8）选中图层 1 帧 1，按 F9 打开动作面板，编写相关的脚本代码：

场景 1 层 1 帧 1AS：

```
var x1 = slider.x-bar.width/2 + slider.width/2;//设置滑块能拖动的起点 X 坐标
var y1 = slider.y//设置滑块能拖动的起点 Y 坐标
var x2 = bar.width-slider.width;//设置滑块能拖动的宽度
var rect:Rectangle = new Rectangle(x1,y1,x2,0);//定义拖动范围
var sound:lovewater = new lovewater( );//设置声音对象 sound 为 kara 声音类对象
var s:SoundChannel = sound.play( );//设置 S 为声道对象，并赋值播放声音
var transformSound:SoundTransform = new SoundTransform( );//声明 transformSound 对象
transformSound.volume = 0.8;//设置初始音乐音量为 0.3(0~1 变化)
slider.addEventListener(MouseEvent.MOUSE_DOWN,s1);//侦听鼠标是否在滑块上按下
slider.addEventListener(MouseEvent.MOUSE_UP,s2);//侦听鼠标在滑块上释放
```

```
slider. addEventListener(MouseEvent. MOUSE_OUT,s3);//侦听鼠标是否离开滑块
slider. addEventListener(MouseEvent. MOUSE_OVER,s4);//侦听鼠标是否在滑块上方
addEventListener(Event. ENTER_FRAME,setVolume);//侦听场景中所有帧事件
function setVolume(e:Event):void//执行 setVolume 函数
{
transformSound. pan = slider. x-bar. x;//计算滑块滑动距离并转换成对应的声道音量大小
s. soundTransform = transformSound;//调整左右声道音量数值
}
function s1 (evt:MouseEvent):void//调用 s1 函数
{
slider. startDrag(true,rect);//使得滑块可以开始拖动
}
function s2 (evt:MouseEvent):void//调用 s2 函数
{
slider. stopDrag( );//停止滑块拖动
}
function s3 (evt:MouseEvent):void//调用 s3 函数
{
slider. removeEventListener(MouseEvent. MOUSE_DOWN,s1);
      //停止侦听鼠标点击,防止鼠标离开目标区,还能拖动对象调整声音
slider. stopDrag( );//停止滑块拖动
}
function s4 (evt:MouseEvent):void//调用 s4 函数
{
slider. addEventListener(MouseEvent. MOUSE_DOWN,s1);
}
```

5.7.4 相关知识

ActionScript3.0声道大小调整相关类及参数:

(1) SoundChannel 类。

leftPeak:左声道的当前幅度(音量),范围从 0(静音)至 1(最大幅度)。

rightPeak:右声道的当前幅度(音量),范围从 0 (静音)至 1(最大幅度)。

(2) SoundTransform 类。

控制播放声音音量的大小及声音平衡,必须构建一个新的类型 SoundTransform(声音转换)类,它包含音量和平移的属性。

pan 用来控制声音的左右平衡,范围从−1(左侧最大平移)至 1(右侧最大平移),值 0 表示没有平移(在左侧和右侧之间平衡居中)。

5.7.5 拓展练习

利用前面学过的知识,制作如图 5—61 所示效果的按钮,完整的动画演示请观看素材第 5 章的"项目举一

图 5—61 "爱丽丝"音乐播放器界面

反三 7" Flash 文件。

　　说明： 先画一个矩形。在下半部 1/4 之处画一条直线使之分隔开两半，把那条分隔线复制一个副本，把副本转换为影片剪辑，并与原来分隔线重合。在矩形上半部绘制一个椭圆，并把椭圆内部所有东西删除，形成一个镂空的区域。利用选择工具调整矩形上半部线段弧度。制作一个倒三角形滑块。新建图层 2，把素材文件夹里的 "alices.jpg" 图片导入，并把图层 2 下拉，在镂空区域，调整图片大小和位置。按照项目制作喇叭的方法，制作一个会震动，并发出音符的嵌套补间动画的喇叭，并从库中导出四个实例，调整它们的大小和位置。参照项目案例的 ActionScript3.0 程序脚本"，编写调整左右声道音量的代码，具体样式如图 5—61 所示。

项目 8　用外部库按钮控制声音播放

　　上一项目我们制作了按钮控制音乐左右声道声音大小变化的动画效果，从中也结合前面所学的动画知识和 ActionScript3.0 相关语句命令。这一项目我们学习如何通过使用外部按钮来控制音乐音量大小，左右声道的大小，以便能灵活地调整声音的播放，增加动画的魅力、乐趣和可控性。

5.8.1　项目效果

　　通过此项目实例的设计与制作，最终项目效果是，在场景中首先出现一台多媒体电脑，屏幕上显示 "漂亮的姑娘"，机箱面板显示 "LONLY" 铭牌，左边有个上下自由调节音量的滑块，右边有可以调节左、右声道的旋钮，两个组件都上方都有能显示数字的对话框。随着音乐的播放，用户可以通过鼠标的点击，调整声音的属性，如图 5—62 所示。

5.8.2　项目目的

　　在本项目实例中，将主要解决以下问题：

（1）多媒体 PC 的绘制。

（2）渐变颜色填充。

（3）图片素材的导入和设置。

（4）外部按钮的引用和设置。

（5）按钮对音量和声道的可控性。

图 5—62　外部库按钮控制
的 LONLY 外观

5.8.3　项目技术实训

　　（1）新建 Flash 文档，把文档属性设置为 550 像素宽，400 像素高，使用直线工具和矩形工具绘制两个大小不一的长方体。场景上方的长方体宽为：256.15，高为：160.40，坐标 X：144.62，Y：26。场景下方的长方体宽为：304.55，高为：125.15，坐标 X：97.20，Y：249。在两长方体中间绘制一个椭圆形支架，在上方长方体里绘制一个边角为 15 的圆角矩形，大小为：226.95 宽，136 高，坐标 X：159，Y：37，并删除所有内容。长方体颜色填充为双滑块线性渐变色，左滑块为："43BB9F"，右滑块为："1E4338"。中间支架填充为双滑块线性渐变色，左滑块为："663AD4"，右滑块为："1E15EC"，如图 5—63 所示。

　　（2）在图层 1 上方新建图层 2，在层 2 帧 1 处选择 "文件" ｜ "导入" ｜ "导入到舞台" 命令，从素材库中导入 "布兰妮.jpg" 到舞台，调整图片大小为：250 宽，150 高。坐标 X：

图 5—63　电脑外观绘制

152.05，Y：25，如图 5—64 所示。

　　（3）利用文字工具输入"LONLY"文字，设置文字大小为：134.8 宽，48.5 高。坐标 X：175.68，Y：288.90，颜色为黄色，滤镜为投影，20°，品质：高，如图 5—65 所示。

　　（4）选择"文件" | "导入" | "打开外部库"命令，从素材文件夹，分别导入"gain. fla"和"pan. fla"文件到库中。在"库中"找到"classic buttons"展开文件夹，找到"knob&Faders"文件夹并展开，分别把"fader. gain"和"knob. pan"拖拽到舞台，设置"fader. gain"坐标 X：128.75，Y：262.25，大小为：42 宽，115.95 高。设置"knob. pan"坐标 X：363.95，Y：307.90，大小为：

图 5—64　图片设计效果

图 5—65　文字滤镜效果

44.75 宽，75.85 高，如图 5—66 所示。

　　（5）选择"文件" | "导入" | "导入到库"命令，把素材文件夹里的"lonly. mp3"，导入到"库"中，在该歌曲的链接文件选项中全打钩，并把类名改为："lonly"，并给导入的声音调整元件起实例名："gain"和"pan"，如图 5—67 所示。

图 5—66　外部库按钮的使用

图 5—67　音乐类的设置

（6）在场景 1 层 1 帧 1 处，输入 AS 代码：

场景 1 层 1 帧 AS：

```
var sound:lonly = new lonly( );//设置声音对象 sound 为 lonly 声音类对象
var s:SoundChannel = sound.play( );//设置 S 为声道对象,并赋值播放声音
var transformSound:SoundTransform = new SoundTransform( );//声明 transformSound 对象
transformSound.volume = 0.3;//设置初始音乐音量为 0.3(0—1 变化)
addEventListener(Event.ENTER_FRAME,setVolume);//在主场景中侦听帧,并执行相关函数
function setVolume(e:Event):void
{
if (gain.dragging) { //判断 gain 元件内滑块偏移量,转换为具体数值传递声音对应函数
    gain.level = 100 - (gain.vol.y - gain.top);
} else {
if (gain.level > 100) {
    gain.level = 100;
} else if (gain.level < 0) {
    gain.level = 0;
} else {
    gain.vol.y = - gain.level + 100 + gain.top;
    }
}
```

```
gain. inputText. text = String(Math. round(gain. level));
//把偏移量取整,并转换成文本通过动态文本按钮显示在场景 1 中
transformSound. volume = gain. level/100;
s. soundTransform = transformSound;
if (pan. dragging)//判断 pan 元件内部旋钮指针旋转角度,转换为具体数值传递声音给对应函数
{
    pan. pivot = (stage. mouseX - pan. Start) * 2 + pan. newStart;
    pan. panKnob. rotation = pan. pivot;
    if (pan. pivot < - 135)
    {
        pan. panKnob. rotation = - 135;//左右偏移 135°范围内调整
    }
    if (pan. pivot > 135)
    {
        pan. panKnob. rotation = 135;
    }
    pan. level = Math. round(pan. panKnob. rotation/1. 35);
}
else
{
if (pan. autoPan)
{
    pan. textInput. enabled = false;
    pan. level + = pan. increment;
    if (pan. level > 99 || pan. level < - 99)
    {
        pan. increment * = - 1;
    }
}
else
{
    pan. textInput. enabled = true;
}
    if (pan. level > 100)
{
    pan. level = 100;
}
else if (pan. level < - 100)
{
    pan. level = - 100;
}
else if (pan. level > = - 100&&pan. level < = 100)
{
        pan. panKnob. rotation = pan. level * 1. 35;
    }
}
```

```
pan. textInput. text = String(pan. level);
transformSound. pan = pan. level/100;
s. soundTransform = transformSound;
```
}

（7）双击"gain"元件，选择层"layer4"第1帧，修改里面的 AS 代码。

gain 元件场景层 4 帧 1AS：

```
var dragging:Boolean
var top = vol. y;
var level = 100;
var rect:Rectangle = new Rectangle(vol. x, vol. y, 0, level);

vol. addEventListener(MouseEvent. MOUSE_DOWN, s0);
vol. addEventListener(MouseEvent. MOUSE_UP, s1);
vol. addEventListener(MouseEvent. MOUSE_OUT, s2);
vol. addEventListener(MouseEvent. MOUSE_OVER, s3);
function s0(evt:MouseEvent):void
{
vol. startDrag(true, rect);
dragging = true;
}
function s1(e:MouseEvent):void
{
vol. stopDrag( );
vol. removeEventListener(MouseEvent. MOUSE_DOWN, s0);
dragging = false;
}
function s2(e:MouseEvent):void
{
vol. stopDrag( );
vol. removeEventListener(MouseEvent. MOUSE_DOWN, s0);
dragging = false;
}
function s3(e:MouseEvent):void
{
vol. addEventListener(MouseEvent. MOUSE_DOWN, s0);
}
```

（8）双击"pan"元件，选择层"layer4"第1帧，修改里面的代码。

pan 元件场景层 4 帧 1AS 代码：

```
var increment = 4;
var level = 0;
var pivot;
var Start;
var autoPan:Boolean;
```

```
var dragging:Boolean;
var newStart;
panKnob.addEventListener(MouseEvent.MOUSE_DOWN,s2);
panKnob.addEventListener(MouseEvent.MOUSE_UP,s3);
panKnob.addEventListener(MouseEvent.MOUSE_OUT,s4);
panKnob.addEventListener(MouseEvent.MOUSE_OVER,s5);
function s2(e:MouseEvent):void
{
    if (textInput.text=="")
        {
            autoPan=true;
        }
        else
        {
            autoPan=false;
            Start=stage.mouseX;
            newStart=panKnob.rotation;
            dragging=true;
        }
}
function s3(e:MouseEvent):void
    {
panKnob.removeEventListener(MouseEvent.MOUSE_UP,s3);
dragging=false;
    }
function s4(e:MouseEvent):void
{
panKnob.removeEventListener(MouseEvent.MOUSE_DOWN,s4);
dragging=false;
    }
function s5(e:MouseEvent):void
{
panKnob.addEventListener(MouseEvent.MOUSE_DOWN,s2);;
}
```

（9）回到场景 1 中，按 Ctrl＋F9 测试影片，观看播放效果。

5.8.4 相关知识

1. Flash 库的特点及外部库使用方法

Flash 文档中的库存储在 Flash 创作环境中创建或在文档中导入的媒体资源。在 Flash 中可以直接创建矢量插图或文本；导入矢量插图、位图、视频和声音；创建元件。元件是指创建一次即可多次重复使用的图形、按钮、影片剪辑或文本。也可以使用 ActionScript 动态地将媒体内容添加至文档。

库还包含已添加到文档的所有组件。组件在库中显示为编译剪辑。

在 Flash 中工作时，可以打开任意 Flash 文档的库，将该文件的库项目用于当前文档。

您可以在 Flash 应用程序中创建永久的库，只要启动 Flash 就可以使用这些库。Flash 还提供几个含按钮、图形、影片剪辑和声音的范例库。

可以将库资源作为 SWF 文件导出到一个 URL，从而创建运行时共享库。这样即可从 Flash 文档链接到这些库资源，而这些文档运行时共享导入元件。

"库"面板（"窗口"＞"库"）显示库中所有项目名称的滚动列表，允许您在工作时查看和组织这些元素。"库"面板中项目名称旁边的图标指示项目的文件类型。

在另一个 Flash 文件中打开库，从当前文档选择"文件"｜"导入"｜"打开外部库"。定位到要打开的库所在的 Flash 文件，然后单击"打开"。所选文件的库在当前文档中打开，并在"库"面板顶部显示文件名。若要在当前文档中使用所选文件的库中的项目，请将这些项目拖到当前文档的"库"面板或舞台上。

2. Knobs & Faders

Knobs & Faders 是 FlashMX 开始到 Flash8 版本之间，公用库里自带的一组按钮组件。该组件界面设计精美，外观时尚，经常用来调整声音文件的属性。其中"fader-gain"用来调整音量大小，"fader-pan"用来调整声音文件的左右声道。这个组件在 Flash9.0（即 Flash CS3 以后不再提供），因这两个组件内部时间轴含有 ActionScript2.0 的程序脚本，所以通过"导入"｜"打开外部库"导入的"fla"文档不能在后续 Flash 版本的 ActionScript3.0 文档中直接使用，必须在内部自己把代码改写成符合 AS3.0 相关规范的结构。

5.8.5 拓展练习

利用前面学过的知识，制作如图 5—68 所示效果的按钮，完整的动画演示请观看素材第 5 章的"项目举一反三 8"Flash 文件。

说明： 在舞台上部先画一个菱形，颜色为双滑块线性渐变（左："3C58A6"右："FF72EE"），在菱形下方绘制一个梯形，颜色为双滑块线性渐变（左："C972EE"右："FFE98C"），利用直线工具使梯形变形。在菱形左右两边画一条笔触为 3 的等长线段，然后往下走，一直延伸到下方。参照项目 7 的喇叭特效，弄两只喇叭在左右两边吊着。通过素材文件夹导入"gain"和"pan"，并参照本

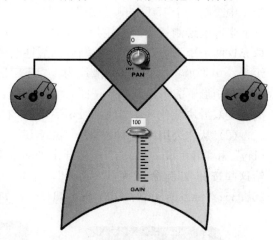

图 5—68　动感音乐播放器外观

项目方法设置程序脚本，音乐导入"越吻越伤心.mp3"，具体效果如图 5—68 所示。

项目 9　使用按钮选择乐曲播放

上一项目我们制作了利用外部库按钮来控制音乐音量大小和左右声道声音大小变化的动画效果，通过几个项目的学习大家都已掌握了按钮的程序设计方法，并复习了前面学习的一些补间动画知识，了解了 ActionScript3.0 相关语句的命令。这一节我们学习如何通过使用按钮来控制选择的音乐的曲目，并同时能够调整音量大小和左右声道的大小，以便能更灵活地运用 Flash 中的声音知识，来增加动画的魅力、乐趣和可控性。

5.9.1 项目效果

通过此项目实例的设计与制作，最终项目效果是：场景开始首先显示非常时尚的"XPOD"，里面按钮众多，功能丰富。当点击"播放"或者"下一首"按钮的时候，自动播放音乐"越吻越伤心"，同时在屏幕上该歌曲标题被激活，变成红色阴影字。通过不断点击上一首和下一首可以来回播放被选择的歌曲，同时还能使用场景中的按钮控制声音播放流程和属性，如图 5—69 所示。

图 5—69　时尚 XPOD 外观界面

5.9.2 项目目的

在本项目实例中，将主要解决以下问题：

（1）质感"XPOD"外壳的绘制。

（2）动感按钮的外部引入和自建。

（3）文字标题的制作。

（4）外部库使用。

（5）音乐文件的导入。

（6）按钮、音乐和字幕的配合。

5.9.3 项目技术实训

（1）新建 Flash 文档，把文档属性设置为 550 像素宽，400 像素高，使用矩形工具在场景 1 中绘制一个 15 度的圆角矩形，大小为：248.95 宽，343 高，坐标 X：143，Y：21。在它上半部也绘制一个圆角矩形，大小为：214.95 宽，133 高，坐标 X：160，Y：36。分别填充这两个矩形为双滑块径向渐变和线性渐变色，其中大矩形左滑块为："FF5DE7"，右滑块为："000000"，小矩形左滑块为："FFEEEE"，右滑块为："000000"，Alpha：50％。在小圆角矩形下方，绘制一个正圆，大小都为：152.5，坐标 X：193.95，Y：192，并填充径向渐变双滑块颜色，左滑块："F5FAF0"，右滑块："00DEDE"，如图 5—70 所示。

（2）从"公用库中"中展开"play black flat"文件夹，把"flat blue stop"、"flat blue play"和"flat blue pause"按钮导出到场景 1 帧 1 中，调整它们大小统一为：40×40。分别给这些按钮实例命名为："stops"，坐标 X：168：，Y：203.35；"plays"，X：168，Y：268.35；"pauses"，X：168，Y：334.35，如图 5—71 所示。

图 5—70　XPOD 界面

图 5—71　公用库按钮设置

192

（3）使用文字工具输入"XPOD"，大小为：40 点，字体为："copperplate Gothic Bold"，颜色为：白色，坐标 X：351.45，Y：172，并使用滤镜"发光"特效，品质为：高，如图 5—72 所示。

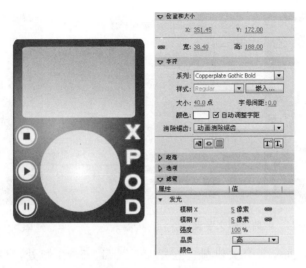

图 5—72　文字效果

（4）利用直线工具，绘制一个向上的黑色箭头，大小为：50 宽，51.8 高，并把该箭头复制三个副本，利用形变工具调整它们的角度，使得它们变为向左、右、下。将这四个箭头分别转换成按钮元件。上为："up"，下为："down"，左为："left"，右为："right"，分别在每个按钮的"弹起帧"输入文字，"上一首"、"下一首"、"Vol."、"Vol＋"。字体都为华文琥珀，大小为：10 点。在"鼠标经过帧"设置箭头形状颜色为："99FF00"，文字颜色为蓝色，在"按下"帧，设置箭头形状颜色为："6633FF"，文字颜色为红色，如图5—73所示。

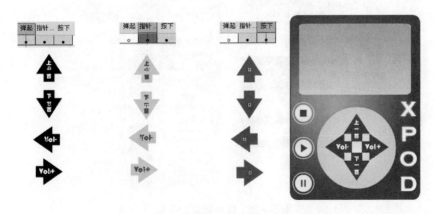

图 5—73　箭头按钮的制作

（5）回到场景 1 帧 1 处，使用文字工具输入五首歌曲名字分别为："越吻越伤心"，坐标 X：215.95，Y：40.60，"Lonly"，坐标 X：236.95，Y：64.30，"致爱丽丝"，坐标 X：225.95，Y：89.60，"Hony"，坐标 X：239.20，Y：115.40，"爱如潮水"，坐标 X：219.95，Y：139.40，字体都为华文新魏，字号：20 点，效果如图 5—74 所示。

（6）选择"文件"｜"导入"｜"打开外部库"命令，从素材文件夹中导入"pan.fla"，把"knob.pan.fla"组件导入到场景1层1帧1中，大小为：358.80宽，141.45高。坐标X：358.80，Y：141.45，如图5—75所示。

图5—74　歌曲标题文字设置　　　　　　　　　　　　图5—75　"pan"设置

（7）层1中连续插入5个关键帧。在第2、3、4、5、6帧处，设置"越吻越伤心"、"Lonly"、"致爱丽丝"、"Hony"、"爱如潮水"文字属性，大小：22点，颜色：红色，滤镜为：投影（距离：2，其他不变），如图5—76所示。

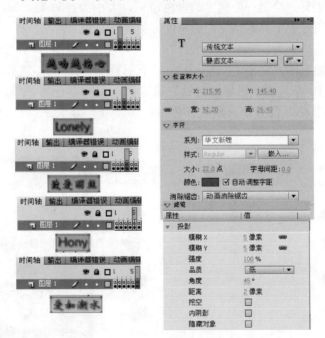

图5—76　歌曲标题文字效果

（8）从素材文件夹中导入5首歌曲到"库"里，并在"属性"｜"链接"设置对应的类名如表5—5所示。

（9）设置场景1层1帧1处的ActionScript代码。

194

表 5—5　　　　　　　　　　　　各首歌曲对应命名的类名

歌曲名	链接类名	歌曲名	链接类名
越吻越伤心．mp3	kiss	kara．honey．mp3	hony
lonly．mp3	lonly	爱如潮水．mp3	lovewater
致爱丽丝（贝多芬）．mp3	alices		

场景 1 层 1 帧 1AS：

```
stop( );//开始先暂停播放,等待按钮命令
plays.addEventListener(MouseEvent.CLICK,plays1);
function plays1(event:MouseEvent):void
{
plays.removeEventListener(MouseEvent.CLICK,plays1);
gotoAndPlay(2);
}
down.addEventListener(MouseEvent.CLICK,down1);
function down1(event:MouseEvent):void
{
down.removeEventListener(MouseEvent.CLICK,down1);
gotoAndPlay(2);
}
//放置两个侦听器,第一帧只允许按"play"和"下一首"键
```

（10）设置场景 1 层 1 帧 2 处的 ActionScript 代码。

场景 1 层 1 帧 2AS：

```
stop( );
var p = 0;
var sound:kiss = new kiss( );//设置声音对象 sound 为 kiss 声音类对象
var s:SoundChannel = sound.play( );//设置 S 为声道对象,并赋值播放声音
var transformSound:SoundTransform = new SoundTransform( );//声明 transformSound 对象
plays.addEventListener(MouseEvent.CLICK,plays2);
function plays2(event:MouseEvent):void
{
SoundMixer.stopAll ( );//在播放音乐之前,先停止原有音乐
s = sound.play(p,1,transformSound);
plays.removeEventListener(MouseEvent.CLICK,plays2);
//取消侦听 plays,防止播放音乐时候,重复点击,重复播放
}
stops.addEventListener(MouseEvent.CLICK,stops2);
function stops2(event:MouseEvent):void
{
p = 0;
s.stop( );
plays.addEventListener(MouseEvent.CLICK,plays2);
}
pauses.addEventListener(MouseEvent.CLICK,pauses2);
function pauses2 (event:MouseEvent):void
```

```
{
p = s. position;
s. stop( );
plays. addEventListener(MouseEvent. CLICK, plays2);
}
up. addEventListener(MouseEvent. CLICK, up2);
function up2(event:MouseEvent):void
{
up. removeEventListener(MouseEvent. CLICK, up2);
SoundMixer. stopAll ( );
gotoAndPlay(6);
}
down. addEventListener(MouseEvent. CLICK, down2);
function down2(event:MouseEvent):void
{
down. removeEventListener(MouseEvent. CLICK, down2);
SoundMixer. stopAll ( );
gotoAndPlay(3);
}
left. addEventListener(MouseEvent. CLICK, left2);
function left2(event:MouseEvent):void
{
if(transformSound. volume > = 0)
{
transformSound. volume − = 0. 1;
s. soundTransform = transformSound;
}
}
right. addEventListener(MouseEvent. CLICK, right2);
function right2(event:MouseEvent):void
{
if(transformSound. volume < 1)
{
transformSound. volume + = 0. 1;
s. soundTransform = transformSound;
}
}
addEventListener(Event. ENTER_FRAME, setVolume);//在主场景中侦听帧,并执行相关函数
function setVolume(e:Event):void
{
    if (pan. dragging)//判断 pan 元件内部旋钮指针选择角度,转换为具体数值传递声音对应函数
        {
            pan. pivot = (stage. mouseX − pan. Start) * 2 + pan. newStart;
            pan. panKnob. rotation = pan. pivot;
            if (pan. pivot < − 135)
                {
```

```
                pan. panKnob. rotation = - 135;
        }
        if (pan. pivot > 135)
        {
                pan. panKnob. rotation = 135;
        }
        pan. level = Math. round(pan. panKnob. rotation/1. 35);
    }
    else
    {
        if (pan. autopan)
        {
            pan. textInput. enabled = false;
            pan. level += pan. increment;
            if (pan. level > 99 || pan. level < - 99)
            {
                pan. increment *= - 1;
            }
        }
        else
        {
            pan. textInput. enabled = true;
        }
        if (pan. level > 100)
        {
            pan. level = 100;
        }
        else if (pan. level < - 100)
        {
            pan. level = - 100;
        }
        else if (pan. level > = - 100&&pan. level < = 100)
        {
            pan. panKnob. rotation = pan. level * 1. 35;
        }
    }
    pan. textInput. text = String(Math. round(pan. level));
    transformSound. pan = pan. level/100;
    s. soundTransform = transformSound;
}
```

（11）设置场景 1 层 1 帧 3 处的 ActionScript 代码。

场景 1 层 1 帧 3 处 AS：

```
stop( );
var p1 = 0;
var sound1:lonly = new lonly( );//设置声音对象 sound1 为 lonly 声音类对象
```

197

```
var s1:SoundChannel = sound1.play( );//设置 s1 为声道对象,并赋值播放声音
var transformsound1:SoundTransform = new SoundTransform( );//声明 transformsound1 对象
transformsound1.volume = 0.3;//设置初始音乐音量为 0.3(0~1 变化)
plays.addEventListener(MouseEvent.CLICK,plays3);
function plays3(event:MouseEvent):void
{
SoundMixer.stopAll ( );
s1 = sound1.play(p1,1,transformsound1);
plays.removeEventListener(MouseEvent.CLICK,plays3);
}
stops.addEventListener(MouseEvent.CLICK,stops3);
function stops3(event:MouseEvent):void
{
p1 = 0;
s1.stop( );
plays.addEventListener(MouseEvent.CLICK,plays3);
}
pauses.addEventListener(MouseEvent.CLICK,pauses3);
function pauses3(event:MouseEvent):void
{
p1 = s1.position;
s1.stop( );
plays.addEventListener(MouseEvent.CLICK,plays3);
}
up.addEventListener(MouseEvent.CLICK,up3);
function up3(event:MouseEvent):void
{
up.removeEventListener(MouseEvent.CLICK,up3);
SoundMixer.stopAll( );
gotoAndPlay(2);
}
down.addEventListener(MouseEvent.CLICK,down3);
function down3(event:MouseEvent):void
{
down.removeEventListener(MouseEvent.CLICK,down3);
SoundMixer.stopAll ( );
gotoAndPlay(4);
}
left.addEventListener(MouseEvent.CLICK,left3);
function left3(event:MouseEvent):void
{
if(transformsound1.volume >= 0)
{
transformsound1.volume -= 0.1;
s1.soundTransform = transformsound1;
}
}
```

```
right. addEventListener(MouseEvent. CLICK, right3);
function right3(event:MouseEvent):void
{
if(transformsound1. volume < 1)
{
transformsound1. volume + = 0. 1;
s1. soundTransform = transformsound1;
}
}
addEventListener(Event. ENTER_FRAME, setVolume1);//在主场景中侦听所有帧,并执行相关函数
function setVolume1(e:Event):void
{
    if (pan. dragging)//判断pan元件内部旋钮指针选择角度,转换为具体数值传递声音对应函数
        {
            pan. pivot = (stage. mouseX - pan. Start) * 2 + pan. newStart;
            pan. panKnob. rotation = pan. pivot;
            if (pan. pivot < - 135)
            {
                pan. panKnob. rotation = - 135;
            }
            if (pan. pivot > 135)
            {
                pan. panKnob. rotation = 135;
            }
            pan. level = Math. round(pan. panKnob. rotation/1. 35);
        }
        else
        {
            if (pan. autopan)
            {
                pan. textInput. enabled = false;
                pan. level + = pan. increment;
                if (pan. level > 99 || pan. level < - 99)
                {
                        pan. increment * = - 1;
                    }
            }
            else
            {
                pan. textInput. enabled = true;
            }
            if (pan. level > 100)
            {
                pan. level = 100;
            }
            else if (pan. level < - 100)
            {
```

199

```
                    pan. level = - 100;
                }
            else if (pan. level > = - 100&&pan. level < = 100)
                {
                    pan. panKnob. rotation = pan. level * 1. 35;
                }
        }
        pan. textInput. text = String(Math. round(pan. level));
        transformsound1. pan = pan. level/100;
        s1. soundTransform = transformsound1;
}
```

(12) 设置场景 1 层 1 帧 4 处的 ActionScript 代码。

场景 1 层 1 帧 4AS:

```
stop( );
var p2 = 0;
var sound2:alices = new alices( );//设置声音对象 sound1 为 alices 声音类对象
var s2:SoundChannel = sound2. play( );//设置 s2 为声道对象,并赋值播放声音
var transformsound2:SoundTransform = new SoundTransform( );//声明 transformsound2 对象
transformsound2. volume = 0. 3;//设置初始音乐音量为 0. 3(0~1 变化)
plays. addEventListener(MouseEvent. CLICK,plays4);
function plays4(event:MouseEvent):void
{
SoundMixer. stopAll ( );
s2 = sound2. play(p1,1,transformsound2);
plays. removeEventListener(MouseEvent. CLICK,plays4);
}
stops. addEventListener(MouseEvent. CLICK,stops4);
function stops4(event:MouseEvent):void
{
p2 = 0;
s2. stop( );
plays. addEventListener(MouseEvent. CLICK,plays4);
}
pauses. addEventListener(MouseEvent. CLICK,pauses4);
function pauses4(event:MouseEvent):void
{
p2 = s2. position;
s2. stop( );
plays. addEventListener(MouseEvent. CLICK,plays4);
}
up. addEventListener(MouseEvent. CLICK,up4);
function up4(event:MouseEvent):void
{
up. removeEventListener(MouseEvent. CLICK,up4);
SoundMixer. stopAll( );
```

```
gotoAndPlay(3);
}
down. addEventListener(MouseEvent. CLICK, down4);
function down4(event:MouseEvent):void
{
down. removeEventListener(MouseEvent. CLICK, down4);
SoundMixer. stopAll ( );
gotoAndPlay(5);
}
left. addEventListener(MouseEvent. CLICK, left4);
function left4(event:MouseEvent):void
{
if(transformsound2. volume > = 0)
{
transformsound2. volume - = 0. 1;
s2. soundTransform = transformsound2;
}
}
right. addEventListener(MouseEvent. CLICK, right4);
function right4(event:MouseEvent):void
{
if(transformsound2. volume < 1)
{
transformsound2. volume + = 0. 1;
s2. soundTransform = transformsound2;
}
}
addEventListener(Event. ENTER_FRAME, setVolume2);//在主场景中侦听帧,并执行相关函数
function setVolume2(e:Event):void
{
    if (pan. dragging)//判断 pan 元件内部旋钮指针选择角度,转换为具体数值传递声音对应函数
        {
            pan. pivot = (stage. mouseX - pan. Start) * 2 + pan. newStart;
            pan. panKnob. rotation = pan. pivot;
            if (pan. pivot < - 135)
            {
                pan. panKnob. rotation = - 135;
            }
            if (pan. pivot > 135)
            {
                pan. panKnob. rotation = 135;
            }
            pan. level = Math. round(pan. panKnob. rotation/1. 35);
        }
        else
        {
```

```
        if (pan. autopan)
        {
            pan. textInput. enabled = false;
            pan. level + = pan. increment;
            if (pan. level > 99 || pan. level < - 99)
            {
                pan. increment * = - 1;
            }
        }
        else
        {
            pan. textInput. enabled = true;
        }
        if (pan. level > 100)
        {
            pan. level = 100;
        }
        else if (pan. level < - 100)
        {
            pan. level = - 100;
        }
        else if (pan. level > = - 100&&pan. level < = 100)
        {
            pan. panKnob. rotation = pan. level * 1. 35;
        }
    }
    pan. textInput. text = String(Math. round(pan. level));
    transformsound2. pan = pan. level/100;
    s2. soundTransform = transformsound2;
}
```

(13) 设置场景 1 层 1 帧 5 处的 ActionScript 代码。

场景 1 层 1 帧 5AS:

```
stop( );
var p3 = 0;
var sound3:hony = new hony( );//设置声音对象 sound1 为 hony 声音类对象
var s3:SoundChannel = sound3. play( );//设置 s3 为声道对象,并赋值播放声音
var transformsound3:SoundTransform = new SoundTransform( );//声明 transformsound3 对象
transformsound3. volume = 0. 3;//设置初始音乐音量为 0. 3(0~1 变化)
plays. addEventListener(MouseEvent. CLICK, plays5);
function plays5(event:MouseEvent):void
{
SoundMixer. stopAll ( );
s3 = sound3. play(p1, 1, transformsound3);
plays. removeEventListener(MouseEvent. CLICK, plays5);
```

```
}
stops. addEventListener(MouseEvent. CLICK, stops5);
function stops5(event:MouseEvent):void
{
p3 = 0;
s3. stop( );
plays. addEventListener(MouseEvent. CLICK, plays5);
}
pauses. addEventListener(MouseEvent. CLICK, pauses5);
function pauses5(event:MouseEvent):void
{
p3 = s3. position;
s3. stop( );
plays. addEventListener(MouseEvent. CLICK, plays5);
}
up. addEventListener(MouseEvent. CLICK, up5);
function up5(event:MouseEvent):void
{
up. removeEventListener(MouseEvent. CLICK, up5);
SoundMixer. stopAll ( );
gotoAndPlay(4);
}
down. addEventListener(MouseEvent. CLICK, down5);
function down5(event:MouseEvent):void
{
down. removeEventListener(MouseEvent. CLICK, down5);
SoundMixer. stopAll ( );
gotoAndPlay(6);
}
left. addEventListener(MouseEvent. CLICK, left5);
function left5(event:MouseEvent):void
{
if(transformsound3. volume > = 0)
{
transformsound3. volume - = 0. 1;
s3. soundTransform = transformsound3;
}
}
right. addEventListener(MouseEvent. CLICK, right5);
function right5(event:MouseEvent):void
{
if(transformsound3. volume < 1)
{
transformsound3. volume + = 0. 1;
s3. soundTransform = transformsound3;
}
```

```
}
addEventListener(Event. ENTER_FRAME, setVolume3);//在主场景中侦听所有帧,并执行相关函数
function setVolume3(e:Event):void
{
    if (pan. dragging)//判断 pan 元件内部旋钮指针选择角度,转换为具体数值传递声音对应函数
        {
            pan. pivot = (stage. mouseX − pan. Start) * 2 + pan. newStart;
            pan. panKnob. rotation = pan. pivot;
            if (pan. pivot < − 135)
            {
                pan. panKnob. rotation = − 135;
            }
            if (pan. pivot > 135)
            {
                pan. panKnob. rotation = 135;
            }
            pan. level = Math. round(pan. panKnob. rotation/1. 35);
        }
        else
        {
            if (pan. autopan)
            {
                pan. textInput. enabled = false;
                pan. level + = pan. increment;
                if (pan. level > 99 || pan. level < − 99)
                {
                    pan. increment * = − 1;
                }
            }
            else
            {
                pan. textInput. enabled = true;
            }
            if (pan. level > 100)
            {
                pan. level = 100;
            }
            else if (pan. level < − 100)
            {
                pan. level = − 100;
            }
            else if (pan. level > = − 100&&pan. level < = 100)
            {
                pan. panKnob. rotation = pan. level * 1. 35;
            }
        }
```

```
        pan. textInput. text = String(Math. round(pan. level));
        transformsound3. pan = pan. level/100;
        s3. soundTransform = transformsound3;
}
```

（14）设置场景 1 层 1 帧 6 处的 ActionScript 代码。

场景 1 层 1 帧 6AS：

```
stop( );
var p4 = 0;
var sound4:lovewater = new lovewater( );//设置声音对象 sound1 为 lovewater 声音类对象
var s4:SoundChannel = sound4. play( );//设置 S 为声道对象,并赋值播放声音
var transformsound4:SoundTransform = new SoundTransform( );//声明 transformsound4 对象
transformsound4. volume = 0. 3;//设置初始音乐音量为 0. 3(0~1 变化)
plays. addEventListener(MouseEvent. CLICK,plays6);
function plays6(event:MouseEvent):void
{
SoundMixer. stopAll ( );
s4 = sound4. play(p1,1,transformsound4);
plays. removeEventListener(MouseEvent. CLICK,plays6);
}
stops. addEventListener(MouseEvent. CLICK,stops6);
function stops6(event:MouseEvent):void
{
p4 = 0;
s4. stop( );
plays. addEventListener(MouseEvent. CLICK,plays6);
}
pauses. addEventListener(MouseEvent. CLICK,pauses6);
function pauses6(event:MouseEvent):void
{
p4 = s4. position;
s4. stop( );
plays. addEventListener(MouseEvent. CLICK,plays6);
}
up. addEventListener(MouseEvent. CLICK,up6);
function up6(event:MouseEvent):void
{
up. removeEventListener(MouseEvent. CLICK,up6);
SoundMixer. stopAll ( );
gotoAndPlay(5);
}
down. addEventListener(MouseEvent. CLICK,down6);
function down6(event:MouseEvent):void
{
down. removeEventListener(MouseEvent. CLICK,down6);
SoundMixer. stopAll ( );
```

```
gotoAndPlay(2);
}
left. addEventListener(MouseEvent. CLICK,left6);
function left6(event:MouseEvent):void
{
if(transformsound4. volume > = 0)
{
transformsound4. volume - = 0. 1;
s3. soundTransform = transformsound4;
}
}
right. addEventListener(MouseEvent. CLICK,right6);
function right6(event:MouseEvent):void
{
if(transformsound4. volume < 1)
{
transformsound4. volume + = 0. 1;
s4. soundTransform = transformsound4;
}
}
addEventListener(Event. ENTER_FRAME,setVolume4);//在主场景中侦听帧,并执行相关函数
function setVolume4(e:Event):void
{
        if (pan. dragging)//判断 pan 元件内部旋钮指针选择角度,转换为具体数值传递声音对应函数
            {
                pan. pivot = (stage. mouseX - pan. Start) * 2 + pan. newStart;
                pan. panKnob. rotation = pan. pivot;
                if (pan. pivot < - 135)
                {
                    pan. panKnob. rotation = - 135;
                }
                if (pan. pivot > 135)
                {
                    pan. panKnob. rotation = 135;
                }
                pan. level = Math. round(pan. panKnob. rotation/1. 35);
            }
            else
            {
                if (pan. autopan)
                {
                    pan. textInput. enabled = false;
                    pan. level + = pan. increment;
                    if (pan. level > 99 || pan. level < - 99)
                    {
                        pan. increment * = - 1;
```

```
                }
            }
            else
            {
                pan. textInput. enabled = true;
            }
            if (pan. level > 100)
            {
                pan. level = 100;
            }
            else if (pan. level < - 100)
            {
                pan. level = - 100;
            }
            else if (pan. level > = - 100&&pan. level < = 100)
            {
                pan. panKnob. rotation = pan. level * 1. 35;
            }
        }
        pan. textInput. text = String(Math. round(pan. level));
        transformsound4. pan = pan. level/100;
        s4. soundTransform = transformsound4;
}
```

（15）完成后，测试影片，观看效果。

5.9.4 相关知识

Flash CS5 的公用库：

您可以使用 Flash 附带的范例公用库向文档添加按钮或声音。还可以创建自定义公用库，然后与创建的任何文档一起使用。

（1）在文档中使用公用库中的项目。

①选择"窗口" > "公用库"，然后从子菜单中选择一个库。

②将项目从公用库拖入当前文档的库。

（2）为 SWF 应用程序创建公用库。

Flash 文件，该库包含您想包括在公用库中的元件。将 Flash 文件放置在硬盘上的用户级库文件夹中。

在 Windows XP 中，路径为 C：\ Documents and Settings \ 用户名 \ Local Settings \ Application Data \ Adobe \ Flash CS5 \ 语言 \ Configuration \ Libraries \ 。

在 Windows Vista 中，路径为 C：\ Users \ 用户名 \ Local Settings \ Application Data \ Adobe \ Flash CS5 \ 语言 \ Configuration \ Libraries \ 。

在 Mac OS 中，路径为"硬盘/Users/用户名/Library/Application Support/Adobe/Flash CS5/语言/Configuration/Libraries/"。

5.9.5 拓展练习

利用前面学过的知识，制作如图 5—77 所示效果的按钮，完整的动画演示请观看素材第 5 章的"项目举一反三 9" Flash 文件。

说明： 在舞台上部先画两个圆角矩形，颜色为双滑块线性渐变（左："8015E2"，"FFEC00"；右都为："000000"），在圆角矩形下半部绘制一个圆形，颜色为双滑块线性渐变（左："A3B4B8"，右："000000"，Alpha：50％），参照项目案例，从公用库中导入相应的按钮，并制作相应的方向按钮，设置对应歌曲名时文字颜色为：蓝色，滤镜：发光（红色），把歌曲名转换为影片剪辑放到小圆角矩形上。通过素材文件夹导入"pan"，并参照项目方法设置程序脚本，音乐导入 5 首歌曲，具体效果如图 5—77 所示。

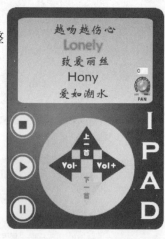

图 5—77　时尚 IPAD 界面外观

项目 10　使用按钮加载外部图片

上一项目我们制作了利用外部库按钮的使用来控制音乐曲目的变换、歌曲名字的提示，同时能够调整音乐音量大小和左右声道声音大小变化的动画效果，通过几个项目的学习大家都掌握了按钮的程序设计方法，并复习了前面学习的一些动画按钮知识，进一步学习了 ActionScript3.0 相关语句命令。本章最后一节我们学习如何通过使用按钮来控制，从外部导入图片到场景中，实现类似小图形播放器，来增加动画的魅力、乐趣和可控性。

5.10.1　项目效果

通过此项目实例的设计与制作，最终项目效果是，场景开始时显示可爱的"XDSee"图片播放器外观，当点击左右箭头时，播放器屏幕显示载入的图片，然后可以重复点击左箭头或者右箭头来不断浏览播放 6 张图片，在播放图片的同时，在播放器顶部有个牌子能够实时地显示当前观看图片的序号，如图 5—78 所示。

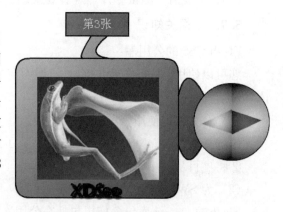

图 5—78　XDSee 图片浏览器外观界面

5.10.2　项目目的

在本项目实例中，将主要解决以下问题：

（1）"XDSee"外观的制作。

（2）动感按钮的创建。

（3）漂亮文字标题的制作。

（4）外部文件的导入。

（5）按钮与图片载入的相互配合。

5.10.3 项目技术实训

（1）新建 Flash 文档，把文档属性设置为 550 像素宽，400 像素高，使用矩形工具在场景 1 中绘制一个 15 度的圆角矩形，大小为：274.65 宽，229.55 高，坐标 X：87.10，Y：120.25。颜色为双滑块径向渐变，其中左滑块颜色为："8CEC4D"，右滑块为："000000"。在中间绘制一个矩形，大小为：196.7 宽，168.95 高，坐标 X：122.95，Y：151.10。把中间矩形内容全部删除。在圆角矩形上部中间处绘制一个与之平行的的矩形，大小为：106 宽，38 高，坐标 X：171，Y：45，颜色为双滑块径向渐变，其中左滑块颜色为："8C79EC"，右滑块为："000000"。用直线工具连接圆角矩形，并设置相关弧度。在圆角矩形右侧中间，绘制一个矩形，大小为：44.1 宽，82 高，坐标 X：361.75，Y：181，在矩形右边绘制一个圆形。大小为：126，坐标 X：388.9，Y：161，颜色为双滑块径向渐变，其中左滑块颜色为："81E7F0"，右滑块为："000000"。并把矩形连接处上下两边向外变形，如图 5—79 所示。

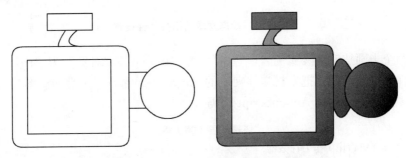

图 5—79　"XDSee"播放器外观界面

（2）利用椭圆工具绘制一个跟右边大小相当的圆形，分开两半，左、右半圆分别转换为按钮元件，左半圆为"左览"，右半圆为"右览"。在左右览中间绘制一个三角形。并在"弹起"帧填充半圆和三角形颜色。半圆和三角形同为双滑块径向渐变，其中左滑块颜色为："B1F5D9"，右滑块为："000000"，在"指针经过"和"按下"帧处插入关键帧，其中"指针经过"帧颜色为双滑块径向渐变，其中左滑块颜色为："8133F5"，右滑块为："000000"；"按下"帧颜色为为双滑块径向渐变，其中左滑块颜色为："81120B"，右滑块颜色为："000000"，如图 5—80 所示。

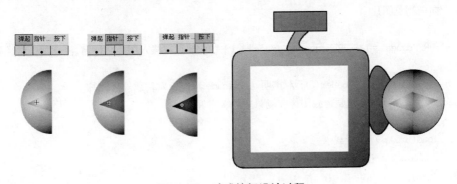

图 5—80　动感按钮设计过程

（3）回到场景 1 层 1 帧 1 中，利用文字工具输入"XDSee"，字体为：华文新魏，大小为：89宽，34.55高，30点，坐标X：175，Y：322.05，分别使用阴影和发光滤镜，参数参考上一项目。再利用文字工具设置一个动态文本，大小为：104.95高，34.95宽，坐标X：171，Y：46。字体为华文新魏，实例名称为t1，如图5—81所示。

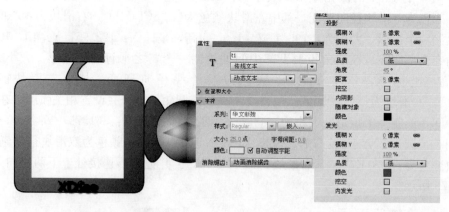

图5—81　动态文本的相关属性设置

（4）把两个半圆按钮定义实例名，"左览"为"lround"，"右览"为"rround"。先把制作的动画文件保存到桌面，把素材文件夹里的image1～image6，六张jpg图片拷贝到桌面。在场景1层1帧1处，设置ActionScript代码。

场景1层1帧1AS：

```
var i:int = 1;//初始化i作为计数器
var s:String;
lround. addEventListener(MouseEvent. CLICK,LoadPic);//侦听往前播放图片按钮
function LoadPic(me:MouseEvent)
{
if(i < 1)//判断是否有对应图片文件名序号
{
i++;//先增加计数器,防止载入文件名对不上号
lround. removeEventListener(MouseEvent. CLICK,LoadPic);//如果是第一图片,不准再往前翻
rround. addEventListener(MouseEvent. CLICK,LoadPic1);//向后翻按钮允许使用
}
else //向前浏览图片
{
var url:URLRequest = new URLRequest("image" + i + ". jpg");//载入图片文件名,注意默认路径与生成的
swf文件同一路径.
var loader:Loader = new Loader( );//声明一个loader对象,来装载外部图片
loader. x = 122.95;//设置要装载图像在场景中的X坐标
loader. y = 151.10;
loader. load(url); //执行载入
addChild (loader); 在场景中增加一个对象
s = String(i);
t1. text = "第" + s + "张" //利用动态文本功能,在场景中显示当前载入张数
i−−; //计数器后退,以下次点击该按钮时候,能往前翻页
}
```

210

```
}
rround.addEventListener(MouseEvent.CLICK,LoadPic1);
function LoadPic1(me:MouseEvent)
{
if(i>6) //不能超过6张图片数
{
i--; //计数器后退,否则在下次单击向前翻页按钮时候显示图片次序混乱
rround.removeEventListener(MouseEvent.CLICK,LoadPic1);
//超过6,就不能再点击向后翻页按钮
lround.addEventListener(MouseEvent.CLICK,LoadPic);
}
else //显示后续的图片
{
var url1:URLRequest = new URLRequest("image" + i + ".jpg");
var loader1:Loader = new Loader( );
loader1.x = 122.95;
loader1.y = 151.10;
loader1.load(url1);
addChild (loader1);
s = String(i);
t1.text = "第" + s + "张"
i++;
}
}
```

（5）回到场景 1 中，按 Ctrl＋F9，测试影片，观看播放效果。

5.10.4 相关知识

1. Loader 类

Loader 类可用于加载 SWF 文件或图像（JPG、PNG 或 GIF）文件。使用 load( ) 方法来启动加载。被加载的显示对象将作为 Loader 对象的子级添加。注意：在 ActionScript 3.0 中使用的不是 ActionScript 2.0 MovieClipLoader 和 LoadVars 类，而是 Loader 和 URL-Loader 类。

使用 Loader 类时，应了解 Flash Player 安全模型，如下所示：

● 您可以加载来自任何可访问源的内容。

● 如果执行调用的 SWF 文件位于网络沙箱中并且要加载的文件是本地的，则不允许加载。

● 如果加载的内容为用 ActionScript 3.0 编写的 SWF 文件，那么除非可以通过调用加载的内容文件中的 System.allowDomain( ) 或 System.allowInsecureDomain( ) 方法来允许跨脚本排列，否则另一个安全沙箱中的 SWF 文件不能对它执行跨脚本操作。

● 如果被加载的内容为 AVM1 SWF 文件（用 ActionScript 1.0 或 2.0 编写），则 AVM2 SWF 文件（用 ActionScript 3.0 编写）不能对它执行跨脚本操作。但是，可以通过使用 LocalConnection 类在两个 SWF 文件之间实现通信。

● 如果加载的内容为图像，则安全沙箱之外的 SWF 文件将无法访问其数据，除非该 SWF 文件的域包含在该图像的原始域上的 URL 策略文件中。

● 在只能与本地文件系统的内容交互的沙箱中的影片剪辑不能对只能与远程内容交互的沙箱中的影片剪辑使用脚本，反之亦然。

● 无法连接到常用的保留端口。

2. URLRequest 类

URLRequest 类可捕获单个 HTTP 请求中的所有信息。URLRequest 对象将传递给 Loader、URLStream 和 URLLoader 类的 load（）方法和其他加载操作，以便启动 URL 下载。这些对象还将传递给 FileReference 类的 upload（）和 download（）方法。

5.10.5 拓展练习

利用前面学过的知识，制作如图 5—82 所示效果的按钮，完整的动画演示请观看素材第 5 章的"项目举一反三 10"Flash 文件。

图 5—82 未来播放外观界面

说明：在舞台上部先画一个圆角矩形，颜色为双滑块线性渐变（左："0000FF"，右："000000"），在圆角矩形下半部绘制一个椭圆形，并用选择工具形成基本对称的两半。把两块形状转换成按钮，在按钮内部"弹起帧"设置双滑块径向渐变，颜色为：左："00B8F0"，右："000000"，箭头颜色为：左："E7E9AA"，右："000000"；在"指针经过帧"，左："E75F33"，右："000000"；在"按下"帧，左："CDFB1"，右："000000"，整体效果如图 5—82 所示。

第6章 Flash CS5 综合制作

教学要求

知识要点	能力要求	关联知识
Flash 视频内容	掌握视频导入的方法	视频外观的处理
各种绘图工具	了解组件的基本概念	组件的创建
绘图的基本方法和基本技巧	了解 Flash UI 组件的使用方法	制作看图识字
文档界面的布置	掌握各种组件的综合使用方法	制作选择题和调查表

项目导读

　　本章主要介绍 Flash CS5 在视频处理上的基本方法和介绍几种常见的 Flash 组件应用技术。通过本章 6 个案例，来讲解 Flash 提供的组件功能。经过本章的学习，读者可以了解一些常用组件的功能，并掌握这些组件的使用方法和技巧。

　　随着 Flash 技术的发展，Flash 组件技术也日趋成熟，功能得到了进一步的加强和扩展。通过使用 Flash 组件，Flash 设计者们可以方便地重复使用和共享代码，不需要编写 Action-Script 也可以方便地实现各种动态网站和应用程序中常见的交互功能。这无疑能够极大地提高 Flash 用户的工作效率。

　　Flash 视频具备创造性的技术优势，允许把视频、数据、图形、声音和交互式控制融为一体，从而创造出引人入胜的丰富体验。

　　本章将运用 6 个项目来集中学习 Flash 组件和视频的运用，在项目中学习用法，在用法中体会项目。

项目 1　综合项目案例：视频播放控制

　　Flash 除了动画的表现优异外，对声音和视频的支持也相当出色。在 Flash 中可以插入的声音格式为 MP3、WAV、FLA、AVI。本项目将介绍如何在 Flash 中控制视频的播放。

Flash 支持的视频类型会因电脑所安装的软件不同而不同，比如：如果机器上已经安装了 QuickTime 7 及其以上版本，则在导入嵌入视频时支持包括 MOV（QuickTime 影片）、AVI（音频视频交叉文件）和 MPG/MPEG（运动图像专家组文件）等格式的视频剪辑，如表 6—1 所示。

表 6—1   Flash 支持的视频格式

文件类型	扩展名
音频视频交叉	.avi
数字视频	.dv
运动图像专家组	.mpg、.mpeg

6.1.1   项目效果

通过此项目的设计与制作，最终项目效果如图 6—1 所示。

图 6—1   最终项目效果

6.1.2   项目目的

在本项目中，将主要解决以下问题：

（1）利用导入视频向导导入视频。

（2）如何运用外观边框美化视频。

（3）制作从 Web 服务器渐进式下载播放的视频。

6.1.3   项目技术实训

（1）选择"文件"—"导入"—"导入视频"，进入如图 6—2 所示的导入视频向导画面。

（2）打开素材，选择要导入的视频文件。这里有两种选择：如果视频存放在自己的计算机上，选择选项 1，单击"浏览"按钮，将视频文件选中。如果视频已经上传到网络服务器上，那么你就要选择选项 2，在输入框中输入确切的网址。

（3）由于导入的是存放在自己计算机上的视频，所以在这个步骤中有两个选项：第一项和第二项。大家选择第一项，如图 6—3 所示。

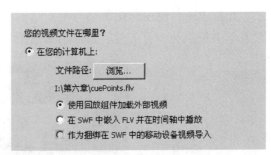

图6—2　导入视频　　　　　　　　　　　　图6—3　步骤选项

（4）单击"下一步"按钮，进入了下一个画面，选择视频播放外观，如图6—4所示。外观俗称"皮肤"。Flash为用户提供了多种外观选择，外观包含播放、停止、快进、倒退、音量以及调整播放头。大家可以根据自己的爱好，选择自己喜欢的外观。

（5）单击"下一步"按钮，文件就导入到舞台中，可以使用任意变形工具进行大小调整。将文件命名、保存后，测试动画。最终效果如图6—5所示。

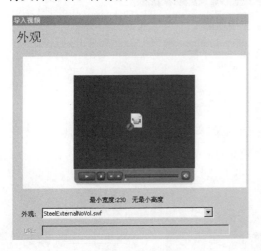

图6—4　选择外观　　　　　　　　　　图6—5　最终效果图

6.1.4　相关知识

在Flash中使用视频的方法。可以通过不同方法使用Flash中的视频：

（1）从Web服务器渐进式下载。

此方法保持视频文件处于Flash文件和生成的SWF文件的外部。这使SWF文件大小可以保持较小。这是在Flash中使用视频的最常见方法。

（2）使用Adobe Flash Media Server流式加载视频。

此方法也保持视频文件处于Flash文件的外部。除了流畅的流播放体验之外，Adobe Flash Media Streaming Server还会为您的视频内容提供安全保护。

(3) 直接在 Flash 文件中嵌入视频数据

此方法会生成非常大的 Flash 文件，因此建议只用于短小视频剪辑。

6.1.5 拓展练习

开拓思路，使用前面所学的相关知识点制作如图 6—6 所示的视频外观。完整动画请观看本书提供的网页下载的素材第 6 章的"视频"Flash 文件。

图 6—6 卡通造型

项目 2 登录系统

6.2.1 项目效果

在登录界面中输入账号和密码，若输入正确则跳转到相应页面；反之，则会出现错误提示信息。通过此项目的设计与制作，最终项目效果如图 6—7 所示。

6.2.2 项目目的

在本项目中，将主要解决以下问题：

(1) 使用动态文本。

(2) 如何运用外观边框美化视频。

(3) 学习使用输入文本。

(4) 学习使用 goto 函数。

图 6—7 最终项目效果

6.2.3 项目技术实训

首先我们要绘制登录界面，当然你可以设计自己喜欢的造型。

(1) 创建一个新的文档，设置舞台的大小为 800 * 500，背景为白色；将素材图片导入到库。将背景图片放在第一层，如图 6—8 所示。

(2) 新建一个图层，命名"界面"，选择矩形工具，关闭填充色。将笔触颜色设置为黑色，点击属性面板，将选项的边角设为"12"，如图 6—9 所示。

图 6—8　背景图片

（3）设置好属性后，在舞台图层 2 中绘制一个矩形，如图 6—10 所示。

图 6—9　属性面板

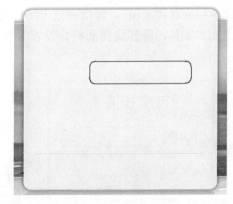

图 6—10　绘制一个矩形

（4）单击时间轴插入图层按钮 ，添加新层。按照上述步骤绘制另一个倒角矩形，如图 6—11 所示。

（5）新建图层，使用文本工具 T，输入静态文本"百度知道"、"用户登录"、"密码"。如图 6—12 所示。

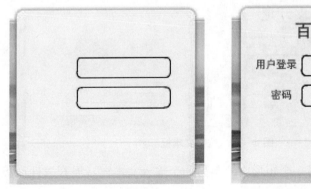

图 6—11　绘制矩形

图 6—12　输入静态文本

（6）执行"窗口/公用库"命令，创建一个类型为"按钮"的元件，如图 6—13 所示。

（7）在公用库里选择一个"按钮"类型，如图6—14所示。

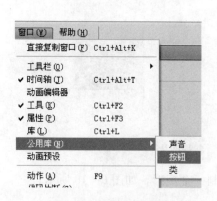

图6—13　创建"按钮"　　　　　　图6—14　选择"按钮"类型

（8）新建图层取名"按钮"，将按钮拖入场景摆放好位置，如图6—15所示。

（9）单击文本工具，展开属性面板，设置文本类型为输入文本，变量设置为"id"，如图6—16所示。

图6—15　摆放位置　　　　　　图6—16　输入文本

（10）在场景中的"用户登录"区域拉出一个文本框，调整其宽度和位置，在属性的选项里设置变量为"id"，如图6—17所示。

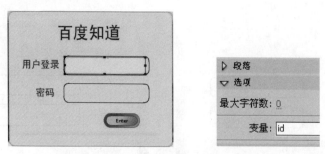

图6—17　拉出文本框

（11）使用同样的方法在另一个矩形内绘制另一个输入文本框，展开属性面板设置变量为"pw"，如图6—18所示。

（12）按F7插入空白关键帧，使用文本工具输入静态文本"账号或密码错误"，调整其位置，如图6—19所示。

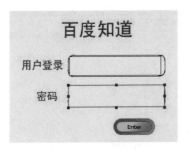

图 6—18　属性面板设置

（13）执行"插入/新建元件"命令，创建一个类型为"按钮"，名称为"返回"的元件，如图 6—20 所示。

图 6—19　输入静态文本　　　　　　　　**图 6—20　创建"按钮"**

（14）双击该元件，进入编辑区，在弹起帧输入静态文本"请重新登录"，并使用线条工具添加下划线，在指针经过帧和点击帧都插入关键帧，如图 6—21 所示。

（15）回到主场景第二帧，将"返回"按钮拖入场景中，放在"账号或密码有误"的下面，如图 6—22 所示。

图 6—21　输入静态文本　　　　　　　**图 6—22　拖入场景**

（16）最后我们通过添加代码来实现简单的登录功能，这是非常关键的一步。按 F9 打开动作面板，如图 6—23 所示。

（17）选中主场景的第一帧，添加"stop()"语句，如图 6—24 所示。

语句注释：

为实例"enter"添加动作

（18）选中第一帧的"enter"按钮，打开动作面板，为它添加动作，如图 6—25 所示。

on (press) { 按下鼠标,触发动作.

219

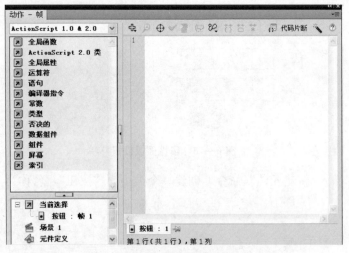

图6—23 添加代码

图6—24 添加代码

```
if (id = = "abc" && pw = = 123){
        getURL("http://www.baidu.com/ ");
    }
}
```

利用 if 语句分情况执行不同的语句；若 id 输入文本框中输入的值为"abc"并且 pw 输入文本框内输入的值为 123，则用户登录成功，系统将自动跳转到百度主页。

```
else{
        gotoAndStop(2)
    }
```

否则，用户登录失败，系统将跳转到第 2 帧即登录失败页面。

（19）选中主场景的第二帧，单击"返回"按钮，打开动作面板，为它添加代码，如图6—26 所示。

语句注释：

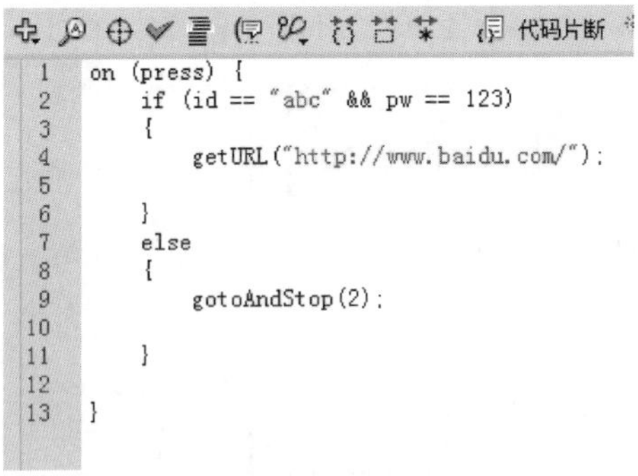

```
1  on (press) {
2      if (id == "abc" && pw == 123)
3      {
4          getURL("http://www.baidu.com/");
5
6      }
7      else
8      {
9          gotoAndStop(2);
10
11     }
12
13 }
```

```
1  on (press) {
2      gotoAndStop(1);
3  }
```

图 6—25　添加代码　　　　　　　　　图 6—26　添加代码

在第 2 帧添加动作

On(press){

gotoAndStop(1);}

鼠标按下，系统将跳回到第 1 帧，让用户重新登录。

（20）测试动画，保存。

6.2.4　相关知识

输入文本：输入文本用于接收用户输入的数据。要创建一个输入文本，先要使用文本工具绘制一个文本框，然后在属性面板中将该文本框的类型设置成输入文本。

输入文本框的值我们可以通过两种方式：一个是通过引用实例的 text 属性，格式：输入文本的实例名称 . text；另一个是直接引用变量，格式：变量名。

6.2.5　拓展练习

开拓思路，使用前面所学的相关知识点制作一个如图 6—27 所示的登录界面。完整动画请观看本书提供的网页下载的素材第 6 章的"登录界面"Flash 文件。

图 6—27　登录界面

项目 3　测试题目

6.3.1　项目效果

利用 RadioButton 组件来完成幼儿算术，根据选择的不同答案，将会有不同的提示，最终项目效果如图 6—28 所示。

6.3.2　项目目的

在本项目中，将主要解决以下问题：

（1）如何运用外观边框美化视频。

（2）绘制背景。

（3）利用 RadioButton 组件制作选题并利用代码完成试题的交互性。

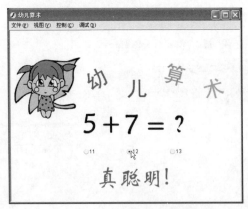

图 6—28　最终项目效果

6.3.3　项目技术实训

首先我们进行的工作是绘制"幼儿算术"的场景，当然你可以设计自己喜欢的造型。

（1）创建一个新的文档，设置舞台的大小为 550 * 400，背景为白色；将素材图片导入到库。将背景图片放在第一层，使用文本工具，输入静态文字"幼"、"儿"、"算"、"术"以及试题"5＋7=?"，文字的颜色及字体可以自己定义，如图 6—29 所示。

图 6—29　输入静态文字

（2）接下来利用 RadioButton 组件来完成算术题的制作，来到"窗口/组件"，打开组件面板，将组件 RadioButton 拖入到舞台，连拖三个，如图 6—30 所示。

图 6—30　窗口/组件

（3）选取左边第一个组件，来到属性面板中将 label 参数的值设置为 11，如图 6—31 所示。重复上述步骤，将其他两个选项的 label 参数值分别为 12 和 13，如图 6—32 所示。

图 6—31　设置参数　　　　　　　　　　　图 6—32　修改参数

（4）使用文本工具，在舞台底部拉开一个动态文本框，并设置动态文字的字体、大小和颜色，如图 6—33 所示。

图 6—33　动态文本框

（5）设置动态文本的实例名称为 answer，如图 6—34 所示。

（6）新建图层 2，在当前层的第一帧中添加帧动作语句，具体如图 6—35 所示。

```
1  tt = radioGroup.selection.label;
2  if (tt == "12")
3  {
4      answer.text = "真聪明!";
5  }
6  if (tt == "11" || tt == "13")
7  {
8      answer.text = "加把劲!";
9  }
10 if (tt == "")
11 {
12     answer.text = "";
13 }
```

图 6—34　动态文本框实例名称　　　　　图 6—35　添加帧动作

语句注释：

tt = radioGroup. selection. label;设置变量 tt 的值为单选按钮组件的 label 值.

if (tt == "12"){

    answer. text = "真聪明!";

}//如果 tt 的值为12,则动态文本框显示"真聪明!".

if (tt == "11" || tt == "13"){

answer. text = "加把劲!";

}//如果 tt 的值为11 或13,则动态文本框显示"加把劲!".

if (tt == ""){

    answer. text = "";

}//如果没有选定任何选项,则动态文本框不显示内容.

图 6—36　插入普通帧

（7）在图层一中的第 2 帧插入普通帧，如图 6—36 所示。

（8）测试动画，保存。

6.3.4　相关知识

（1）创建单选项 RadioButton。

RadioButton 可以创建多个单选项，并为其设置相应的参数。

（2）设置单选项属性。

data：它是一个文本字符串数组，为 label 参数中的各项目指定相关联的值，它没有默认值。

groupName：指定该单选项所属的单选项组，该参数相同的单选项属于一组，而且在一组单选项中只能选择一个单选项。

label：设置按钮上的文本值，默认值是"Radio Button"（单选项）。

labelPlacement：确定单选项旁边标签文本的方向。其中包括 4 个选项"left"、"right"、"top"或"bottom"，默认值为"right"。

6.3.5　拓展练习

开拓思路，使用前面所学的相关知识点制作一个如图 6—37 所示的脑筋急转弯题。完整动画请观看本书提供的网页下载的素材第 6 章的"选择题"Flash 文件。

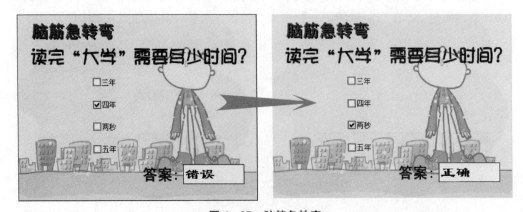

图 6—37　脑筋急转弯

项目 4　警告框

6.4.1　项目效果

不同的组件拥有自己的属性和方法，当我们选取不同组件时，参数选项卡中的参数会根据不同的组件显示不同的参数。本项目通过 Alert 组件，制作一个弹出提示框，它会根据用户的不同选择显示不同的内容。最终效果如图 6—38 所示。

6.4.2　项目目的

（1）完成背景及闪动文字的制作。

（2）制作按钮，并利用 Alert 组件制作弹出提示框效果。

6.4.3　项目技术实训

1. 首先我们进行的工作是完成背景及闪动文字的制作

（1）创建一个新文档，背景大小设为 200 像素×400 像素，背景为白色。

（2）执行"文件/导入/导入到舞台"命令，将素材导入到舞台，如图 6—39 所示。

图 6—38　最终效果图　　　　　图 6—39　最终效果图

（3）执行"插入/新建元件"命令，建立一个类型为"影片剪辑"，名称为"闪动文字1"的元件。进入元件的编辑区，使用文本工具输入竖排文字"请点击我"，如图 6—40 所示。

（4）在第 2、3、4 帧插入关键帧，更换每个文字的颜色，注意颜色不要有重复，如图 6—41 所示。

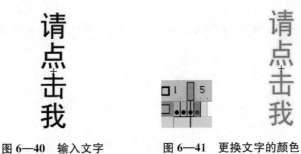

图 6—40　输入文字　　　　图 6—41　更换文字的颜色

225

2. 下面来制作按钮，并完成弹出提示

（1）执行"插入/新建元件"命令，建立一个类型为"按钮"，名称为"闪动文字2"的元件。进入元件的编辑区，将影片剪辑"闪动文字1"从库中拖入舞台，并在其四种不同状态下设置普通帧，如图6—42所示。

（2）为了使用户点击更容易，在按钮元件的编辑状态，增加新层，并绘制矩形，为了使矩形不显示，将矩形的 Alpha 值设置为 0%，如图6—43所示。

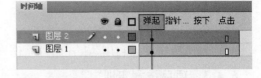

图6—42　编辑"按钮"　　　　　　　　　图6—43　编辑"按钮"

（3）返回主场景，执行"窗口/组件"命令，将组件面板打开，选取组件面板中的 Alert 组件，将 Alert 组件直接拖入库中，如图6—44所示。

（4）新建图层2，将按钮元件"闪动文字2"拖入到主场景，如图6—45所示。

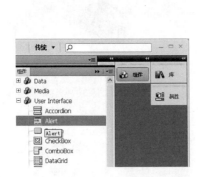

图6—44　窗口/组件　　　　　　　　图6—45　拖入场景

（5）选取当前按钮元件，设置代码如图6—46所示。

```
1   on (press) {
2       import mx.controls.Alert;
3       myClickHandler = function (evt) {
4           if (evt.detail == Alert.OK) {
5               getURL("http://www.sina.com.cn");
6           }
7       }
8
9       Alert.show("去新浪?","提示信息",Alert.OK | Alert.CANCEL,this,myClickHandler);
10  }
```

图6—46　添加代码

语句注释：

on (press) 当用户按下鼠标后触发该事件.当事件触发后,将执行该事件后面大括号{}中的语句.

```
import mx.controls.Alert;在文件中引入 Alert 对象.
myClickHandler = function (evt){}建立组件监听器.
if (evt.detail = = Alert.OK){
        getURL("http://www.sina.com.cn");
    }
```

如果用户单击 ok 按钮,将会打开浏览器,并链接到网址为http://www.sina.com.cn 的网页。
Alert.show("去新浪?","提示信息",Alert.OK|Alert.CANCEL,this,myClickHandler);设置警告框的标题,内容以及按钮标签。

（6）测试动画，保存。

6.4.4　相关知识

Aletr 组件是出现一个加一个确定和一个否定按钮的窗口。可以自定义窗口标签、文本、按钮的大小和高度。窗口有四个按钮可供选择：Yes，No，Ok 和 Cancel。你可以通过 Alert.yesLabel?，Alert.noLabel?，Alert.okLabel? 和 Alert.cancelLabel? 改变四个按钮的属性，但是不能改变按钮顺序。按钮顺序依次是 Yes，No，Ok 和 Cancel。想要出现 Alert 组件窗口，一定要通过 Alert.show () 方法。同时库中必须有 Alert 组件。

6.4.5　拓展练习

开拓思路，使用前面所学的相关知识点制作一个如图 6—47 所示的警告窗口。完整动画请观看本书提供的网页下载的素材第 6 章的"警告框"Flash 文件。

图 6—47　警告窗口

项目 5　看图识标题

6.5.1　项目效果

在本项目中，我们将利用组件来设计制作文字和图像相结合的动画，通过组件来加载显示文字和图像，最终效果如图 6—48 所示。

图 6—48　最终效果图

6.5.2　项目目的

在本项目中主要用到 Flash 中的几种常用组件：

（1）制作背景。

（2）利用 ScrollPane 来加载外部图像。

6.5.3　项目技术实训

（1）新建一个文件，将背景色设为粉红色，背景大小设为 550 像素×400 像素，背景为灰色。使用矩形工具，绘制 550 像素×10 像素的白色线条，并设置 Alpha 的值为 20％，如图 6—49 所示。

（2）通过复制线条，完成条状背景效果，用"对齐"工具进行调整，如图 6—50 所示。

图 6—49　绘制背景

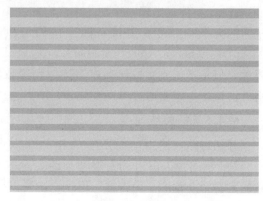

图 6—50　调整背景

（3）选择文本工具，输入标题"九寨沟"，如图 6—51 所示。

（4）新建图层 2，打开组件面板，将组件 ScrollPane 拖入到舞台中，并在属性面板中设置其大小为 230 像素×280 像素，如图 6—52 所示。

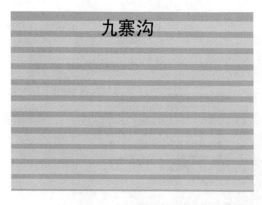

图 6—51　输入标题

图 6—52　设置属性面板

（5）选取组件 ScrollPane，来到属性面板，进行如图 6—53 所示设置。设置 Content-path 的参数值为 jzg.jpg。Contentpath 参数用于设置外部图像的路径和名称，在本实例中，我们要保证素材图片与 Flash 原文件在同一路径下。

（6）将组件 TextArea 拖入到舞台中，并在属性面板中设置其大小为 230 像素×280 像素，组件名称为"content"，如图 6—54 所示。

（7）选取第一帧，添加帧动作，添加语句具体如图 6—55 所示。

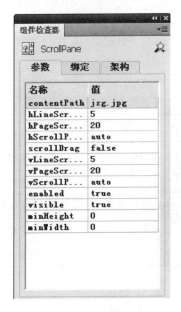

图 6—53　设置属性

图 6—54　组件 TextArea

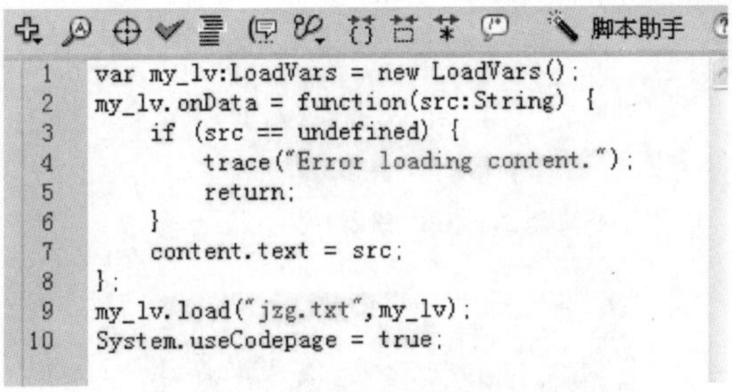

```
1   var my_lv:LoadVars = new LoadVars();
2   my_lv.onData = function(src:String) {
3       if (src == undefined) {
4           trace("Error loading content.");
5           return;
6       }
7       content.text = src;
8   };
9   my_lv.load("jzg.txt",my_lv);
10  System.useCodepage = true;
```

图 6—55　添加代码

语句注释：

var my_lv:LoadVars = new LoadVars();//创建一个新的 LoadVars 对象

my_lv.onData = function(src:String) {

   if (src = = undefined) {

       trace("Error loading content. ");

       return;

    }

   content. text = src;

};

//当从服务器上完全下载时出现错误时调用

my_lv. load("jzg. txt",my_lv);//载入文档 jzg. txt

System. useCodepage = true;//防止出现中文乱码

（8）在保证素材图片 jzg. jpg 和素材文本 jzg. txt 与 Flash 在同一路径下时，测试动画。

6.5.4 相关知识

User Interface 类中的组件是我们最常使用到的，下面的表 6—2 是对该类型中的一些常用组件的简单说明。

表 6—2　　　　　　　　　　　　　　　　组件功能

组件名称	组件说明	组件名称	组件说明
Button	按钮组件	ProgressBar	进度条组件
CheckBox	复选框组件	RadioButton	单选按钮组件
ComboBox	组合框组件	ScroIIPane	滚动窗格组件
Label	标签组件	TextArea	文本区域组件
List	列表组件	TxtInput	文本输入组件
Loader	容器组件	UIScroIIBar	文字滚动条组件
NumericStepper	增减调整组件	Window	视窗组件

6.5.5 拓展练习

开拓思路，使用前面所学的相关知识点制作一个文字浏览器，如图 6—56 所示。完整动画请观看本书提供的网页下载的素材第 6 章的"看图浏览"Flash 文件。

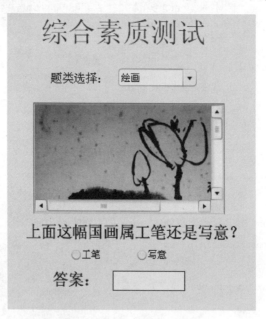

图 6—56　举一反三效果图

项目 6　网站调查表

6.6.1 项目效果

在本项目中将练习制作一张用户调查表，最终效果如图 6—57 所示。在第一张表中填上调查的内容后单击"提交"按钮即可自动生成调查结果，再单击"返回"按钮即可自动回到第一张表中，如图 6—57 所示。

图 6—57　最终效果图

6.6.2　项目目的

在本项目中主要用到 Flash 中几种常用的组件，如下拉列表框、复选框、单选项、列表框、按钮等。通过本课的练习，将使读者进一步巩固 Flash 组件的使用方法。

6.6.3　项目技术实训

1. 首先我们进行的工作是绘制"问卷调查"场景

（1）新建一个文件，将背景色设为粉红色，背景大小设为 450 像素×450 像素，将图层 1命名为"背景"，导入图片"花.jpg"，调整其大小，使其刚好能覆盖场景，如图 6—58 所示。

（2）来到第 1 帧，选择文本工具，在"属性"面板中将文字属性设为"楷体、38、红色、加粗"，在舞台上方输入文字"用户调查表"，添加"投影"滤镜，如图 6—59 所示。

图 6—58　绘制"问卷调查"场景　　　　　　　　图 6—59　输入文字

（3）在字符外单击一下，在"属性"面板中将文字属性设为"黑体、18、黑色"，在舞台上输入如图 6—60 所示的文字。

图 6—60　输入文字

2. 添加组件

（1）选择"窗口"—"组件"菜单命令，打开"组件"面板，将各类组件拖入舞台，具体设置如表 6—3 所示。

表 6—3　　　　　　　　　　　　　　组件属性

名称	对应组件	实例名称	参数设置
姓名	TextInput	name	
性别	RadioButton		Label：男
性别	RadioButton		Label：女
对网站的评价	ComboBox	pingjia	Label：好、很好、一般、差
接受电子刊物	CheckBox	jieshou	Label：是
您的建议	TextArea	jianyi	
按钮	Button		Label：提交

（2）最后效果，如图 6—61 所示。

（3）在第 2 帧处插入关键帧，完成调查结果画面的制作，具体设置如图 6—62 所示。

图 6—61　最后效果

图 6—62　表格设置

232

（4）调查页面最后效果，如图 6—63 所示。

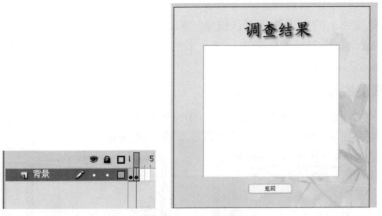

图 6—63　最后效果

3. 添加 Actions 语句

（1）选中第 1 帧，在"动作"面板中为其添加如图 6—64 所示语句。

（2）选中第 2 帧，在"动作"面板中为其添加如图 6—65 所示语句。

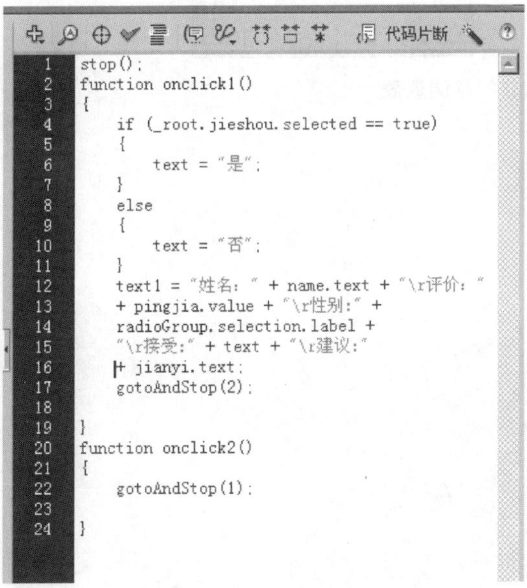

```
1  stop();
2  function onclick1()
3  {
4      if (_root.jieshou.selected == true)
5      {
6          text = "是";
7      }
8      else
9      {
10         text = "否";
11     }
12     text1 = "姓名: " + name.text + "\r评价: "
13     + pingjia.value + "\r性别:" +
14     radioGroup.selection.label +
15     "\r接受:" + text + "\r建议:"
16     + jianyi.text;
17     gotoAndStop(2);
18
19  }
20  function onclick2()
21  {
22      gotoAndStop(1);
23
24  }
```

图 6—64　添加语句

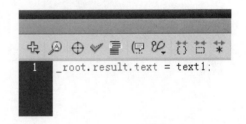

图 6—65　添加语句

（3）保存文件，测试动画效果。本实例完成。

6.6.4　相关知识

（1）创建单选项 RadioButton。

RadioButton 可以创建多个单选项，并为其设置相应的参数。

（2）设置单选项属性。

data：它是一个文本字符串数组，为 label 参数中的各项目指定相关联的值，它没有默

233

认值。

groupName：指定该单选项所属的单选项组，该参数相同的单选项属于一组，而且在一组单选项中只能选择一个单选项。

label：设置按钮上的文本值，默认值是"Radio Button"（单选项）。

labelPlacement：确定单选项旁边标签文本的方向。其中包括 4 个选项"left"、"right"、"top"或"bottom"，默认值为"right"。

6.6.5　拓展练习

开拓思路，使用前面所学的相关知识点制作一个如图 6—66 所示的歌曲问卷调查表。完整动画请观看本书提供的网页下载的素材第 6 章的"网站调查"Flash 文件。

图 6—66　歌曲问卷调查表

参考文献

［1］余丹等 . Flash CS3 动画设计经典 100 例 . 北京：中国电力出版社，2008

［2］薛欣 . ADOBE FLASH CS4 PROFESSIONAL 标准培训教材 . 北京：人民邮电出版社，2009

［3］李青等 . Flash 动画设计与制作 . 北京：清华大学出版社，2009

［4］胡崧 . Flash CS4 中文版标准教程 . 北京：中国青年出版社，2010

［5］胡崧 . Flash cs3 特效设计经典 150 例 . 北京：中国青年出版社，2008

［6］张勃等 . 中文 Flash 基础与实例教程 . 北京：研究出版社，2010

教育部高职高专计算机教指委规划教材

序号	标准书号	书　名	主　编	定价(元)	备　注
1	ISBN 978-7-300-12890-0	大学计算机基础教程	舒望皎、王瑛舒雅	26.00	配备教学资源
2	ISBN 978-7-300-13635-6	计算机信息技术基础与实训教程	王洪香、孟祥瑞	33.00	配备教学资源
3	ISBN 978-7-300-12889-4	C 语言程序设计项目教程	吕新平	29.80	配备教学资源
4	ISBN 978-7-300-13861-9	C 语言程序设计实例教程	周静、陈俊伟	33.00	配备教学资源
5	ISBN 978-7-300-13434-5	数据结构与算法	田晶、金鑫	29.00	配备教学资源
6	ISBN 978-7-300-12888-7	计算机组装与维修案例教程·浙江省高校重点教材建设（高职高专）	张海波	29.00	配备教学资源
7	ISBN 978-7-300-14122-0	网络技术基础项目教程	张学金	29.00	配备教学资源
8	ISBN 978-7-300-11722-5	ASP. NET 网络程序设计	崔连和	28.00	配备教学资源
9	ISBN 978-7-300-13432-1	现代办公自动化项目教程（Windows XP＋Office2010）	靳广斌	29.00	配备教学资源
10	ISBN 978-7-300-11475-0	软件工程技术与实用开发工具	王伟	26.00	配备教学资源
11	ISBN 978-7-300-	软件测试技术与项目实训	于艳华	28.00	配备教学资源
12	ISBN 978-7-300-12061-4	Java 程序设计项目教程	张兴科、季昌武	29.80	配备教学资源
13	ISBN 978-7-300-12059-1	Java 网络程序设计项目教程——校园通系统的实现	王茹香	25.00	配备教学资源
14	ISBN 978-7-300-12060-7	JSP 动态网站设计项目教程	张兴科	28.00	配备教学资源
15	ISBN 978-7-300-12504-6	Dreamweaver CS 网页设计与实训教程	史晓红、章立	29.00	配备教学资源
16	ISBN 978-7-300-12887-0	SQL Server 2005 数据库案例教程	尹毅峰、李东	28.00	配备教学资源
17	ISBN 978-7-300-13435-2	Web 数据库设计项目教程	邵冬华	29.00	配备教学资源
18	ISBN 978-7-300-12759-0	企业级网站开发项目教程（ASP. NET）	陈义辉、沙继东	32.00	配备教学资源
19	ISBN 978-7-300-12891-7	动态网站开发技术项目教程（ASP. NET）	牛立成	29.00	配备教学资源
20	ISBN 978-7-300-13430-7	基于 C♯ 的 Windows 应用程序设计项目教程	刘昌明、郑卉	28.00	配备教学资源
21	ISBN 978-7-300-13246-4	数据库开发技术项目教程（SQL Server 2008＋C♯ 2008）	王跃胜	28.00	配备教学资源
22	ISBN 978-7-300-13431-4	Windows Server 操作系统维护与管理项目教程	王伟	29.00	配备教学资源
23	ISBN 978-7-300-13433-8	Linux 网络服务器搭建管理与应用	周奇	28.00	配备教学资源
24	ISBN 978-7-300-	数字电子技术及 EDA 设计项目教程	王艳芬、候聪玲	28.00	配备教学资源
25	ISBN 978-7-300-13636-3	Flash CS5 动画设计项目实践教程	周奇	29.00	配备教学资源
26	ISBN 978-7-300-12892-4	Premiere Pro CS4 视频编辑项目教程（彩印）	尹敬齐	38.00	配备教学资源
27	ISBN 978-7-300-12894-8	中文版 Photoshop 设计与制作项目教程(彩印)	张小志、高欢	35.00	配备教学资源
28	ISBN 978-7-300-12893-1	3ds Max 动画设计与制作项目教程（彩印）	许广彤	35.00	配备教学资源
29	ISBN 978-7-300-12886-3	网页美术设计（彩印）	许广彤	33.00	配备教学资源

全国高职高专计算机系列精品教材

序号	标准书号	书　名	主　编	定价(元)	备　注
1	ISBN 978-7-300-12039-3	网络管理与维护·	马志彬	26.00	配备教学资源
2	ISBN 978-7-300-12437-7	计算机应用基础	沈美莉、陈孟建、池敏	32.00	
3	ISBN 978-7-300-12435-3	计算机应用基础实训	刘静	26.00	
4	ISBN 978-7-300-12458-2	C 语言程序设计	汪剑	25.00	
5	ISBN 978-7-300-12432-2	Java 实例应用教程	王建虹	26.00	
6	ISBN 978-7-300-12459-9	计算机组成原理	朱小军	25.00	
7	ISBN 978-7-300-12429-2	计算机网络技术实训教程	曹建春	28.00	
8	ISBN 978-7-300-12431-5	Dreamweaver 网页设计与制作案例教程	李敏	26.00	
9	ISBN 978-7-300-12428-5	计算机组装与维护	陈桂生	22.00	
10	ISBN 978-7-300-12434-6	多媒体应用技术基础教程	张明	20.00	
11	ISBN 978-7-300-12436-0	三维动画设计与制作	向华	28.00	
12	ISBN 978-7-300-12430-8	数据结构导论	蔡厚新	39.80	
13	ISBN 978-7-300-12438-4	操作系统概论	杨云	29.00	
14	ISBN 978-7-300-12433-9	二维动画制作技术	牟奇春	26.00	

教师信息反馈表

为了更好地为您服务，提高教学质量，中国人民大学出版社愿意为您提供全面的教学支持，期望与您建立更广泛的合作关系。请您填好下表后以电子邮件或信件的形式反馈给我们。

您使用过或正在使用的我社教材名称		版次	
您希望获得哪些相关教学资料			
您对本书的建议（可附页）			
您的姓名			
您所在的学校、院系			
您所讲授课程名称			
学生人数			
您的联系地址			
邮政编码		联系电话	
电子邮件（必填）			
您是否为人大社教研网会员	□ 是　会员卡号：_____ □ 不是，现在申请		
您在相关专业是否有主编或参编教材意向	□ 是　　　　　□ 否 □ 不一定		
您所希望参编或主编的教材的基本情况（包括内容、框架结构、特色等，可附页）			

我们的联系方式： 北京市海淀区中关村大街 31 号
中国人民大学出版社教育分社
邮政编码：100080
电话：010-62515923
网址：http：//www.crup.com.cn/jiaoyu
E-mail：jyfs_2007@126.com

图书在版编目（CIP）数据

Flash CS5 动画设计项目实践教程/周奇主编 .—北京：中国人民大学出版社，2011.5
教育部高职高专计算机教指委规划教材
ISBN 978-7-300-13636-3

Ⅰ.①F… Ⅱ.①周… Ⅲ.①动画制作软件，Flash CS5 -高等职业教育-教材 Ⅳ.①TP391.41

中国版本图书馆 CIP 数据核字（2011）第 096008 号

教育部高职高专计算机教指委规划教材
Flash CS5 动画设计项目实践教程
主　编　周　奇

出版发行	中国人民大学出版社			
社　　址	北京中关村大街 31 号		**邮政编码**	100080
电　　话	010 - 62511242（总编室）		010 - 62511398（质管部）	
	010 - 82501766（邮购部）		010 - 62514148（门市部）	
	010 - 62515195（发行公司）		010 - 62515275（盗版举报）	
网　　址	http://www.crup.com.cn			
	http://www.ttrnet.com（人大教研网）			
经　　销	新华书店			
印　　刷	北京市易丰印刷有限责任公司			
规　　格	185 mm×260 mm　16 开本		**版　　次**	2011 年 8 月第 1 版
印　　张	16.25		**印　　次**	2011 年 8 月第 1 次印刷
字　　数	393 000		**定　　价**	32.00 元